© Valeria Zalaquett

ALBERTO FUGUET nació en Santiago de Chile, y pasó su infancia en California. Es uno de los autores latinoamericanos más destacados de su generación y uno de los líderes de McOndo, el movimiento literario que proclama el fin del realismo mágico. Ha sido crítico de cine y reportero policial. Vive en Santiago.

OTROS LIBROS POR
ALBERTO FUGUET

Sobredosis

Mala Onda

Por Favor, Rebobinar

Tinta Roja

Las Películas de Mi Vida

Alberto Fuguet

Cortos

CUENTOS

rayo *Una rama de* HarperCollins*Publishers*

Libros de HarperCollins pueden ser adquiridos para uso educacional, comercial, o promocional. Para recibir más información, diríjase a: Special Markets Department, HarperCollins Publishers, 10 East 53rd Street, New York, NY 10022.

Diseño del libro por Ricardo Alarcón y Alberto Fuguet.

Fotografías ©2005 por Alberto Fuguet.

Este libro fue publicado originalmente en español en 2004 en Chile por Alfaguara.

PRIMERA EDICIÓN RAYO, 2005

Impreso en papel sin ácido

Library of Congress ha catalogado la edición en inglés.

ISBN-10: 0-06-053467-2
ISBN-13: 978-0-06-053467-7

05 06 07 08 09 DIX/RRD 10 9 8 7 6 5 4 3 2 1

Corto, ta. *(del latín curtus) adj. Dícese de las cosas que no tienen la extensión que les corresponde, y de las que son pequeñas en comparación con otras de su misma especie // 2. De poca duración, estimación o entidad. // 3. Escaso o defectuoso //... 12. m. cortometraje.*

Cortometraje. *(del fr. court-métrage) m. Película de corta e imprecisa duración.*

Cuento. *(del lat. computus, cuenta) m. Relación de un suceso. // 2. Relación, de palabra o por escrito, de un suceso falso o de pura invención // 3. Breve narración de sucesos ficticios y de carácter sencillo, hecha con fines morales o recreativos...*

«*Youth is wasted on the young*».

GEORGE BERNARD SHAW

«*This is not to say my life is bad. I know it isn't... but my life is not what I expected it might be when I was younger*».

DOUGLAS COUPLAND

«*Inadvertidamente alcanzar a oir palabras que de pronto lo aclaran todo*».

ANTÓN CHEJOV

«*La juventud es una enfermedad que se cura con los años*».

GEORGE BERNARD SHAW

«*¿Por qué filmar una historia, cuando se puede escribir? ¿Por qué escribirla, cuando se va a filmarla?*».

ERIC ROHMER

«*No lo diré todo en esta historia. Por otra parte, no existe historia, sino una serie, una selección de sucesos muy corrientes, casualidades, coincidencias, como siempre ocurre, más o menos, en la vida...*».

Mi noche con Maud *(el cuento)*

ERIC ROHMER

CORTOS

Prueba de Aptitud

El año sobre el cual les quiero contar lo llené asistiendo a un preuniversitario para niños ricos a la deriva. Yo no era rico pero intuía que estaba a la deriva. Me sentía como ese cadete estrella que se tropezó en medio de la Parada Militar. ¿Se acuerdan de él? Dicen que era sobrino de Pinochet o pariente de la Lucía Hiriart, no sé. Nunca se conocieron bien los detalles. A este sobrino lo querían mucho, y lo regaloneaban con viajes a Disney y a Sudáfrica, pero todos esos mimos al final no le sirvieron de nada porque el tipo tropezó. Nada de metáforas aquí. Tropezó en plena elipse del Parque O'Higgins con TVN transmitiendo en directo desde Arica a Punta Arenas. Caer enfrente a todos es la peor manera de caer.

—Lo fondearon —me dijo Raimundo Baeza a la salida de la clase de Específica de Historia y Geografía—. Dejó en ridículo a la familia.

—¿Pero cómo?

—Eso. Se tuvo que ir del país. Cagó. ¿Qué crees, Ferrer? ¿Que lo premiaron?

Ese año asistí al preuniversitario todas las mañanas. No tenía amigos pero sí algo parecido a un grupo. Todos, claro, reincidentes. Entre ellos, Cristóbal Urquidi, Claudia Marconi, la hermana de Florencia, y Raimundo Baeza con sus cejas gruesas y su sonrisa exagerada. A todos ellos los conocí ese año. Teníamos dos semestres para prepararnos, para ensayar con facsímiles y hacer ejercicios de términos excluidos. Nos ataba el hecho de creer que nuestra vida se definía a partir de un examen de tres días. Nuestra única meta era mejorar la ponderación de la famosa, dichosa, temida, asquerosa, arbitraria y hoy desaparecida Prueba de Aptitud Académica.

Pertenecíamos al lastimoso grupo de los 400, 500, 600 puntos. Los que triunfaban e ingresaban a la universidad superaban los 700. Las puertas de la educación superior se nos habían cerrado frente a nuestras narices.

A veces, tomaba el metro y me bajaba en la estación Universidad Católica y simplemente miraba la casa central. Me fijaba en los alumnos que salían, la felicidad que alumbraba sus caras y sus agendas con el logo de la Pontificia brillando bajo el sol. Aquellos chicos tenían algo que yo no tenía. Ellos estaban adentro y yo afuera. Lo más probable, además, es que ni siquiera se daban cuenta porque uno sólo es sensible a lo que no tiene cuando, en efecto, no lo tiene. No toleraba que la mayoría de mis amigos, conocidos y ex compañeros de curso hubiesen logrado entrar, dejándome al margen.

Los profesores del preuniversitario insistían que esto era, a lo más, un traspié, que no tenía nada que ver con nuestras capacidades y que un año más nos haría más maduros. Aun así, o quizá por eso mismo, nos sentíamos unos perdedores. Y cuando uno se siente perdedor, pierdes. No puedes dejar de envidiar. Te sale del alma, te supera y supura, te arrebata hasta que te termina por controlar. Cuando envidias, sientes tanto que dejas de sentir todo lo demás. Yo ese año envidiaba incluso a aquellos que no conocía. Los primeros puntajes del país eran portadas de diarios, salían en la tele. Uno veía a los niños genios en sus casas, con la tele en el living y la abuela orgullosa, desgranando porotos a un costado. La moral imperante era crecer, ganar, salir adelante.

Chile no era un país para débiles y yo, ese año, estaba débil.

De toda mi promoción del colegio, fui el único que no ingresó a la universidad. Para mí, este dato era algo más que una estadística. La vergüenza fue tal que dejé de ver a mis antiguos compañeros del colegio. Los pocos amigos que tenía se convirtieron, de inmediato, por culpa de unos números, en enemigos acérrimos.

Mi supuesto premio de consuelo, además, no fue capaz de consolarme en absoluto: haber sido aceptado, en el penúltimo lugar de la lista, en una dudosa carrera artística que se impartía al interior de una lejana provincia donde nunca paraba de llover. No me parecía para nada un gran logro. Al revés: subrayaba mi fracaso. Así y todo, pagué la matrícula, envié los papeles, me tomé las putas fotos tamaño carnet. ¿Qué iba a hacer si no? ¿Qué oportunidades tenía? La noche antes de partir al extremo sur no pude dormir. Todo me asustaba: estar lejos, dejar a mi madre sola, echar de menos, no conocer a nadie, estudiar algo que no deseaba estudiar, convertirme en algo que no quería.

Nunca he vuelto a llorar tanto como lo hice esa tarde en el rodoviario.

—No es bueno viajar con tanta pena a bordo —me dijo una señora con zapatos ortopédicos antes de pasarme unos pañuelos desechables y acariciarme el pelo.

Me bajé del bus y caminé de regreso a casa.

Caminé más de dos horas. En un callejón oscuro, con olor a chicha, vomité. Llegué con el pelo sudado y los pies heridos. Abrí la puerta. El salón estaba a oscuras. Mi madre estaba en el suelo, de rodillas, su cara perdida en la falda de un hombre que fumaba en un sillón. Yo ya lo conocía. Nunca pensé verla enfrascada en un acto así. Por suerte, no me saludaron. Se quedaron quietos. Yo subí, muy lentamente, la crujiente escala al segundo piso. Me acuerdo que me desplomé sobre mi cama deshecha y no desperté hasta la tarde del día siguiente.

Ese año en que ocurrió todo lo que les voy a relatar yo tenía apenas dieciocho años y todavía sonaba música disco en las radios. Físicamente, el acné me trizó la cara, el pelo se me llenó de grasa y comencé a adelgazar en forma descontrolada.

Me sentía como un malabarista manco. Tenía demasiada presión sobre mi mente. Todo ese año no pude dormir. O dormí muy poco. Nunca soñé. Nunca. Dormir sin soñar es como ver televisión sin imagen ni sonido. Eso te agota. Te vuelves irritable, receloso.

Lo más fastidioso de no haber sido aceptado en la universidad fue que me hizo otorgarle al sistema la razón. Me puse del lado del *enemigo*. Pensaba: si la universidad no *quería* que estuviera entre los suyos, pues cabía la posibilidad de que estuviera en lo correcto. *Quizá* no merecía otra cosa. A lo mejor era cierto que mi inteligencia tocaba techo entre los 400 y los 600. Me trataba de convencer de que no me atraía pertenecer a una institución que no me deseaba entre los suyos. Lo que era falso, claro. A esa edad, toda la energía que se tiene se gasta en asociarse con aquellos que niegan tu existencia. En todo caso, no era el único. Así nos sentíamos todos los del preuniversitario: indeseados. Mirados en menos. Términos excluidos. Lo que complejizaba las cosas es que yo sabía que no era tonto. Mi caída, mi exilio, no era un asunto de capacidad, sino de castigo. Estaba pagando por mi comportamiento colegial. Todas esas notas rojas acumuladas en esas clases mal dictadas, ahora estaban tiñendo mi destino de gris.

Nuestras opciones en esos días eran pocas. O estudiábamos lo que queríamos o estudiábamos algo que *no* nos interesaba. Punto. Si no te gusta, entonces te vistes y te vas. La posibilidad de tomar un camino que no pasara por la universidad era insostenible. Sí o sí, nada más que discutir. No se establecían aún las universidades privadas y las pocas públicas que existían estaban divididas en aquellas donde iba «la gente bien» y las otras.

Yo no estaba en ninguna de las dos.

Ese año lo único que me parecía legítimo, digno y soportable era convertirme en reportero. No vislumbraba otra posibilidad. No estudiar Periodismo equivalía a no poder hablar más español. A dejar de respirar, a ser desterrado del planeta. A veces lloraba al final de los noticiarios. Idolatraba a

Hernán Olguín, quería viajar por el mundo entrevistando gente, aprendiendo de ciencia y tecnología. Almorzaba mirando el 13 junto a los Navasal, un veterano matrimonio que todos los días invitaban gente a hablar de temas de actualidad frente a las cámaras. Yo llamaba por teléfono y enviaba preguntas, pero nunca decía mi nombre. Inventaba seudónimos inspirados en periodistas extranjeros que leía en los diarios y revistas que llegaban a la biblioteca del Instituto Chileno-Norteamericano de la calle Moneda.

El curso del preuniversitario en que fui a caer era el científico-humanista: aspirantes a médicos, odontólogos, abogados y, por cierto, periodistas. Nos dividíamos en dos facciones irreconciliables: los casos perdidos, que eran los más simpáticos y libres, y aquellos que casi-lo-lograron-pero-les-fue-mal-igual. Yo era del segundo grupo. Cristóbal Urquidi y Raimundo Baeza se identificaban claramente con los que tropezaron. Despreciaban a los otros por inmaduros y mediocres. Claudia Marconi, en cambio, estaba feliz de tener un año sabático. Todos, sin embargo, confiábamos que la segunda vez sería la vencida.

Ese año que no puedo borrar de mi mente existían apenas cuatro canales y ninguno de ellos transmitía por la mañana. La comida no era ni *diet* ni rápida y no había cable y la censura era previa y absoluta. El smog no ahogaba, la cordillera se veía desde cualquier punto y la restricción vehicular aún no había logrado dividir a la población en dígitos. Ese año, me acuerdo, se abrió el primer centro comercial bajo techo, con aire acondicionado, con una inmensa tienda llamada Sears y miles de artículos importados. La única manera de enviar cartas era por correo, las fotos se mandaban a desarrollar y los teléfonos se quedaban fijos. La música se compraba, no se bajaba, y algunos afortunados contaban con calculadoras para hacer sus tareas. Esa misma gente, como la familia de Raimundo Baeza, tenían un aparato llamado Betamax y arrendaban sus videos en unos kioscos que estaban a la salida de los supermercados. La participación de nuestro país en el

Mundial de Fútbol de ese año fue desastrosa. Nos farreamos un penal y el país entero se dio cuenta de que la cicatriz que teníamos escondida empezaba a supurar. Una crisis financiera se nos venía encima, pero aún no lo sabíamos.

No sabíamos muchas cosas. Luego llegarían las protestas y nos volveríamos a fraccionar. Pero es fácil contextualizar cuando las cosas ya tomaron su curso. Retrospectivamente, todos somos sabios, hasta los más limitados. Si uno supiera las consecuencias, sin duda que no haría las cosas que hizo. Así nos protegemos. Tenemos certeza de que lo mejor está por venir y lo peor ya pasó. No siempre es así. Para la mayoría, es más bien al revés. Pero así somos. La ceguera no es tan mala. Nos permite caminar por la orilla de un precipicio sin asustarnos. Si pudiéramos ver, si fuéramos capaces de adelantarnos, quizá no nos levantaríamos de nuestras camas. Queremos que perdonen nuestras ofensas, pero somos incapaces de perdonar a los que nos ofendieron. Perdonar, por ejemplo, a Raimundo Baeza. Yo, al menos, no puedo. A veces me pregunto si Cristóbal Urquidi será capaz. Capaz de perdonar a Baeza, capaz de perdonarme a mí.

Lo que ocurrió entre Raimundo Baeza y Cristóbal Urquidi fue *después* que rendimos la prueba. Entre Navidad y Año Nuevo. Un 28 de diciembre. Día de los inocentes. Lo que sucedió ese día en la casa de Claudia y Florencia Marconi alteró los resultados de la prueba. No los puntajes o las ponderaciones en sí. Más bien, lo que decidí hacer con mis resultados. Al final, alcancé los codiciados 750 puntos, me fue más que bien, mejor de lo que soñé, pero no postulé a nada. Me fui del país. Por un tiempo. Para arreglarme la cabeza. No quise estar un segundo más. Partí por regresar a Paraguay.

Pero eso fue *después,* digo. Al final del año.

Me estoy adelantando.

Mejor, rebobino: una mañana, el profesor de aptitud verbal me hizo leer, desde mi secreto puesto en la última fila, las cinco posibles respuestas de un término excluido. No vi más que borrones. Eso me asustó. Tuve que acercarme a la pizarra. Las letras, por suerte, volvieron gradualmente a enfocarse.

Al recreo, Cristóbal Urquidi se acercó para examinarme los ojos. No sé cómo, pero lo dejé. Fue la primera vez que tuvimos algún tipo de contacto. Meses antes, le derramé un café caliente, pero actué como si hubiera sido un accidente. En clases, mirándolo de espaldas, intentaba irradiarlo con mi mala energía. Cruzaba los dedos para que le fuera mal en la prueba. Lo dibujaba en mi cuaderno y lo atravesaba con flechas, lo colgaba de una horca, lo guillotinaba.

—Deberías dejar que mi padre te revise —me dijo con esa voz tan callada que tenía, como si sus pilas le estuvieran fallando—. Te puedo conseguir una hora.

Cuando pienso en Cristóbal Urquidi, y pienso a menudo en él, se los aseguro, lo que más recuerdo es esa vocecilla insegura, lo ligero de su marco, su ropa aburrida, casi opaca, y sus ojos. Sobre todo sus ojos: verdosos, densos, con sueño de siesta.

—Los ojos de alguien que ha visto mucho —me comentó Florencia luego de conocerlo.

—No lo ha visto *todo* —le dije esa vez—. Me consta. Hay cosas que no sabe, que *no* ha visto.

Yo estaba enterado de un asunto que Cristóbal Urquidi desconocía. Se trataba de su padre. Lo había visto un par de veces, en mi casa. Era el tipo que estaba fumando sentado en el sillón. Verán, ese año sobre el que les cuento Eduardo Urquidi era el amante de mi madre. Mejor dicho: ambos estaban enamorados. Yo creo que mi madre, al menos, sí lo estaba, pero él nunca se atrevió a dejar a su mujer que, según él, era una gran persona. Por eso los encuentros entre ellos eran furtivos, de pasada, entre siete y nueve.

Antes de que nos abandonara, cuando aún vivía en casa, mi padre tuvo varias mujeres, pero nunca las vimos. Las amigas de mi padre pertenecían a otro mundo, a un territorio que nos era desconocido. Mi madre, en cambio, era parte de nosotros. Seguía siendo la misma. Más nerviosa, sin duda, pero la misma. Mi madre en esa época arrendaba casas. Trabajaba para una corredora de propiedades. Pasaba todo el día fuera. Me costaba verla con los ojos con que probablemente la miraba la madre de Cristóbal, que seguro le tildaba de puta o algo peor. Uno crece con la idea que las amantes son las malas, son aquellas que destrozan las familias y no les importa nada. Lo complicado es cuando tu madre es la otra mujer, es la amante, es la que está remeciendo lo que ya está destrozado. Me despertaba pensando en las obscenidades que la madre de Cristóbal le podría gritar a Eduardo Urquidi y cómo el muy cobarde no era capaz de defender a mi madre.

Nunca me hice cargo del incidente del living. No se lo comenté a mi madre ni a mis hermanos menores. Tampoco a Florencia, aunque Florencia hubiera comprendido. Florencia era capaz de comprender cualquier cosa, ésa era su gracia, lo que la diferenciaba de todas las demás. Florencia, incluso, era capaz de comprenderme a mí.

Una noche, a la hora de comida, mi madre llegó a la casa con Eduardo Urquidi. Mis hermanos ya se habían ido a dormir. Era tarde, más tarde de lo que acostumbrábamos a comer. Mi madre lo presentó como un «amigo». Eduardo Urquidi le echó mucha sal a todo, incluso al postre. El hecho que tuviera la misma vocecilla de Cristóbal me perturbó. Todo en él era blando, mal terminado. Usaba gomina en el pelo y sus cachetes eran mofletudos. El opuesto absoluto de mi padre.

—Tengo derecho a tener amigos, soy joven —me dijo mi madre luego de que el tipo se fue.

—Pero está casado; ¿crees que no le vi la argolla? —le respondí desafiante.

—No somos más que amigos. Además, ya no quiere a su mujer. Es una gorda católica, frígida más encima, que no para de tener hijos.

—Deberías elegir uno que esté soltero. Que sea solo.

—Uno no elige, Álvaro. Ojalá uno pudiera elegir.

Esa noche, insomne, deduje que Cristóbal era el mayor. Igual que yo. Se conducía por la vida como un primogénito: lento, temeroso, con culpa.

—Eduardo me hace reír, me acompaña —me explicó mi madre a la mañana siguiente, mientras abría el tarro de Nescafé—. Eso es lo que ando buscando. ¿No eres capaz de darte cuenta? ¿No eres capaz de solidarizar conmigo? ¿No crees que he hecho mucho por ustedes y poco por mí? Es un amigo, punto. Una compañía, Álvaro. Nada más. Nada más.

Pero había más. Mucho más.

La tercera vez que comió en mi casa, Eduardo Urquidi intentó conversar conmigo, como si fuera mi padre. Inesperadamente, me comentó:

—Tengo un hijo de tu edad.

—¿Cómo?

—Que tengo un hijo que tiene tu misma edad.

—Una edad difícil —le dije, pero el viejo no me hizo caso, no entendió o no quiso entender.

—Repasa todo el día para la prueba.

—La prueba que nos pone a prueba.

—Cristóbal quiere dedicarse a los ojos. Y tú, Álvaro, ¿qué piensas estudiar?

—Quiero ser reportero. Quiero escribir sobre las cosas que la gente no ve.

Eduardo Urquidi terminó colocándome un par de anteojos y me enfocó la visión. Fui a su consulta con Cristóbal. Acepté jugar con fuego: quería estrujarle todo el dinero que fuera posible. Que pagara por el daño que nos hacía. Contemplé extorsionarlo pero me arrepentí. Había encontrado una carta de Urquidi en la basura. No era romántica porque Urquidi no sabía lo que era el romance. Sí, al menos, dejaba claro que no amaba a su mujer (la excusa de siempre), pero que le temía a Dios y al desprecio eventual de sus hijos.

Eduardo Urquidi se puso nervioso cuando me vio ahí en su lugar de trabajo. Fue como si dejara de respirar. No sabía qué hacer con las manos. Eso quería: enervarlo. Destrozarlo. Por eso acepté la propuesta de Cristóbal. Quería que la resta superara la suma. Quería que pagara, que lo perdiera todo.

—Papá, te presento a Álvaro Ferrer. El amigo del cual te hablé.

Me llamó la atención que Cristóbal me tratara de amigo porque no lo éramos. Ahí pensé que quizás estaba al tanto, pero después pensé que no. Imposible. Cristóbal Urquidi, al igual que su padre, era un ingenuo.

—Buenas tardes.

—¿Así que eres compañero de Cristóbal?

—Sí. Gusto en conocerlo.

—Conocerte. Me puedes tratar de tú.

—Gusto en conocerte, entonces.

—No, el gusto es mío.

En la pared de su oficina colgaba una foto de su mujer y sus hijos.

—Bonita familia, doctor —le dije de la manera más educada—. ¿Qué edad tenías, Cristóbal?

—Ocho.

—Todavía me acuerdo de cuando tenía ocho. Ocho es la mejor edad.

—Sí —me respondió Cristóbal—. Cuando uno tiene ocho, todo es más fácil.

A medida que la relación con mi madre se puso más intensa, Eduardo Urquidi dejó de aparecer por casa. Un asunto de pudor, supongo. Urquidi esperaba en el auto y ella salía. A veces se quedaban ahí, conversando, bajo los frondosos árboles. Detestaba eso: que no ingresaran a la casa. Me hacía sentir que todos estábamos inmersos en algo corrupto. Eduardo Urquidi luego se iba y yo escuchaba a mi madre llorar en su pieza. Mis hermanos chicos me preguntaban si estaba enferma.

—No —les decía—. Tiene pena.

En noches como esa me imaginaba a Cristóbal estudiando, rodeado del calor familar: su padre junto a su madre, sus hermanos jugando en la pieza contigua. No me parecía justo. Pensaba: si Cristóbal supiera lo que sé, si se enterara antes de la prueba, a lo mejor no *todo* le saldría como desea. Tendríamos algo en común, sabría en carne propia lo que se siente.

Eduardo Urquidi diagnosticó que uno de mis ojos era más débil que el otro. El derecho trabajaba por el izquierdo. Sufría de astigmatismo, sentenció. Si el ojo malo no trabajaba, podría atrofiarse.

—Es como la vida, Álvaro.

—¿Cómo la vida, doctor?

—Cuando alguien hace las cosas por ti, te dejas estar. Sólo sacas músculo cuando trabajas.

Cristóbal agregó:

—Te darás cuenta de que antes estabas como ciego. Vas a ver cosas que nunca viste.

Eduardo Urquidi me puso un parche sobre el ojo izquierdo. El parche tenía que estar fijo, día y noche, durante seis meses, mínimo. Los anteojos, me dijo, serán para toda la vida.

—¿Para toda la vida?

—Para siempre, sí. Te vas a acostumbrar. Confía en mí.

—Vale, confiaré en usted.

Eduardo Urquidi me esquivó la vista. Pero no decía nada. Nunca me dijo nada. Callaba. Pensaba que atendiéndome en forma gratuita podía expurgar sus pecados.

Cristóbal tuvo razón: cuando me entregaron los anteojos en la sucursal de Rotter & Krauss, vi cosas que antes nunca vi. El mundo se me volvió nítido, preciso. Ese primer par, sin embargo, me duró poco. Cuatro meses, a lo más. Raimundo Baeza me los quebró esa noche de la que les quiero hablar.

Esa noche del día de los inocentes en el patio de la casa de Claudia y Florencia Marconi.

La semana antes de la prueba, Florencia Marconi me anunció que estaba embarazada y que yo era el responsable del lío. Estábamos en un supermercado, en la sección congelados. Los dos vestíamos pantalones cortos y poleras. El frío del hielo humeante me paralizó. Pensé: esto es grave y es solemne, y debería sentir algún grado de emoción. Sólo pude decir:

—Espero que esto no afecte mi puntaje.

Florencia no era exactamente mi novia. Era, más bien, mi amiga. Amiga con ventaja. Durante esos seis meses no dejé de estar con ella. Florencia me enseñaba muchas cosas. Veía las cosas de otro modo y eso me gustaba. Me gustaba muchísimo. Me hacía sentir mayor, con experiencia, a cargo.

—¿Quieres que nos casemos? —partí—. Puede ser. No me asusta. Igual pasamos todo el día juntos.

—No —me respondió con toda calma—. Jamás me casaría contigo. Cumplí quince la semana pasada. No me voy a casar a los quince.

—¿Por qué no?

—Porque una a los quince está preocupada de ir a bailar y de los galanes de la tele y de llenar diarios de vidas.

—A ti no te interesan esas cosas.

—Ya, pero igual tengo quince. Además, no me quieres.

—Oye, te quiero. O sea, sí... siento cosas por ti.

—¿Cosas?

—Sí, cosas.

Florencia detuvo el carro y me miró fijo a los ojos, sin pestañear.

—Crees que me quieres pero a lo más te gusto. Estás conmigo porque el sexo es fácil y bueno y porque no te jodo.

—¿Y tú?

—¿Yo qué?

—¿Me quieres?

Intenté tomarle la mano, pero no me dejó.

—No seas cursi, Álvaro. No te viene.

—Dime.

—¿Qué?

—Tú sabes.

—Espero conocer más hombres, ¿ya? Fuiste el primero. Estuviste bien. Te tengo cariño. Y un poco de pena.

—¿Pena?

—Sí, pena. No es un mal sentimiento.

—¿No te casarías conmigo, entonces?

—No creo en el matrimonio.

—¿Cómo no vas a creer en el matrimonio?

—Me parece una institución insostenible.

—Florencia, tienes quince.

—¿Y por eso tengo que ser huevona?

—No, pero...

—No soy como mi hermana, ¿ya? Mi meta es siempre tener un mino cerca.

—Yo no soy un mino.

—Sí sé. Además, por qué tanto alboroto con el tema de la edad. ¿Tú acaso tienes cuarenta y dos? Mentalmente, los hombres siempre tienen diez años menos, así que más te vale que te calles.

Florencia extrajo dos cajas de helados y las puso en el carro. Cerca de nosotros se detuvo un hombre mayor con un niño de unos tres años. El niño estaba sentado en el carro y comía un dulce. Su boca estaba llena de chocolate derretido, lo mismo que su ropa y sus manos.

—Mira tu madre, Álvaro, mira la mía. Ahí tienes dos buenos ejemplos. ¿Para qué nos vamos a casar?

—Para estar juntos y criar al niño. Para que él no sufra lo que hemos sufrido.

—Yo no he sufrido tanto, no exageres.

Seguimos por los pasillos. Florencia era joven pero hablaba como adulta y leía como vieja. En la sección galletas me dijo:

—Debí haber ido al ginecólogo de mi hermana. Mi padre me lo alertó esa vez que nos sorprendió en su cama. ¿Te acuerdas?

Florencia era la única hermana de Claudia. La conocí en su casa. Claudia invitó a un par de compañeros a estudiar. Entre ellos, Raimundo Baeza y yo. Nadie invitaba a Cristóbal Urquidi en esos días y eso me alegraba. Claudia era divertida e hiperkinética y le gustaba subir a esquiar y faltar a clases. También deseaba entrar a Periodismo, pero se conformaba con Publicidad o Pedagogía en algo. Siempre llegaba a clases con revistas de moda. Claudia, en rigor, siempre estaba a la moda. La madre de las dos vivía en Europa, trabajaba para un organismo internacional, algo así. A veces les enviaba una caja repleta de Toblerone y revistas *Vogue*. Esa tarde, me acuerdo, Claudia terminó encerrándose en una pieza con Raimundo Baeza. Florencia tomó té conmigo. Vimos un rato televisión. Florencia me contó de su vida en otros países. No parecía una chica de catorce años.

—¿Entonces qué vamos a hacer? —le pregunté mientras nos acercábamos a la caja para pagar—. Yo te puedo ayudar a cuidarlo.

—¿Cuidar qué?

—A nuestro hijo.

—No seas cursi, Álvaro. Sabes que tolero todo menos la cursilería.

Florencia no era fea. Era distinta. Nunca había estado con una mujer distinta. Yo pensaba que todas eran exactamente iguales. Florencia usaba unos inmensos anteojos con marco negro, antiguos. Usaba el pelo muy largo, liso y recto y negro que le cubría toda la parte posterior de su uniforme. Florencia me dijo una vez que yo era un creyente al que sólo le faltaba fe. Nunca nadie me había dicho algo tan bonito. ¿Cómo no la iba a querer? ¿Pero eso era querer?

Florencia perdió su virginidad conmigo, pero no su inocencia. Ésa la perdió años atrás. En ese aspecto éramos opuestos. Ella sabía mucho más que yo. Florencia me despejaba y, a la vez, me concentraba. Lo hacíamos en su casa, casi todas las tardes, mientras escuchábamos discos de jazz que ella se conseguía en el centro. Florencia me enseñaba vocabulario y desarrollábamos facsímiles de la maldita prueba. El padre de Florencia llegaba de madrugada. Claudia, a veces, no aparecía hasta el día siguiente.

—¿Entonces?

—Entonces qué. Ya tomé la decisión, y punto. No me puedo ir a estudiar a Francia con un crío.

—¿Y yo?

—¿Tú qué?

—Lo que opino yo.

—Estás un poco grande, Álvaro, para comportarte como pendejo. ¿De verdad crees que hay otra solución? Tengo quince, por la mierda. Quince. ¿En serio piensas que voy a tener un bebé que no quiero sólo para que no te sientas mal? No crees que estamos un poquito grandes para eso.

—No sé, Florencia.

—Ése es tu problema. Nunca sabes nada, nunca ves lo que hay que ver.

—Voy a ser padre —le deslizó a Raimundo Baeza—. No sé qué hacer. Estoy cagado de miedo.

Hay cosas que uno no se puede guardar, que tiene que compartir con alguien, incluso con alguien en el que no confía. Raimundo Baeza parece mayor que nosotros, muchísimo mayor, pero no lo es. Es muy moreno y se peina hacia atrás, con gomina. Su reloj es de oro, lo mismo que su cruz. Algunos, en el preuniversitario, dicen que parece extranjero, caribeño. Lo más impresionante son sus espaldas. Raimundo

Baeza va a clases con camiseta, incluso en invierno, y usa botas vaqueras. Nadie de nosotros usa botas. Raimundo Baeza, además, parece contar con otro mundo fuera del preuniversitario. Deja caer anécdotas de sus fines de semana. De mujeres increíbles, de moteles que parecen discotheques, de casas en la playa y refugios en la nieve.

Estamos en su casa, en su inmenso cuarto lleno de afiches de chicas en traje de baño y autos de carreras. Cristóbal Urquidi está en el baño. Desde que hablé con él se volvió inestable, irascible. Empezó a juntarse con Raimundo Baeza. Urquidi, además, comenzó a bajar de peso. Raimundo me dijo que Urquidi le robaba recetas a su padre y las falsificaba y luego se conseguía anfetaminas a un precio ridículo.

—Mira, trajo un montón. Te quitan el sueño y el apetito.

—Igual no tengo hambre.

—Mejoran tu rendimiento. *Todo* tipo de rendimiento —y se ríe. Luego se traga dos con un poco de la cerveza.

—Urquidi está cada día más loco —me dice—. ¿Te acuerdas cuando llegó? Parecía como si siempre estuviera a punto de llorar. Ahora es otro. De verdad. Es como si, de pronto, al huevón todo le importara un pico.

En el último ensayo a los dos nos fue bien: nos situamos entre los primeros del curso. Urquidi, en cambio, bajó más de trescientos puntos.

—Ojalá las pastillas le suban el puntaje; igual es como penca que cague de nuevo —me comenta antes de insertar un betamax en su videograbador. Es una película porno, en inglés.

—Me las trajo mi hermano de Georgia. Estuvo como seis meses en Fort Benning, un pueblo infecto donde lo único que hacía era ver pornos y tomar. ¿Sabes lo que es el Colegio de las Américas?

—¿Dónde van los hijos de los diplomáticos?

—No exactamente.

La película parte con una toma a una oficina. En la oficina hay dos enfermeras y están limándose las uñas. Suena un timbre. Una de ellas, con una falda muy corta, cruza la oficina y abre la puerta. Hay dos policías, tipo *CHiPs*, pero los dos son más tipo Erik Estrada que el rubio, y lucen bigotes mexicanos y anteojos Ray-Ban.

—¿Así que papá soltero?

—Sí.

—Ojalá nunca me pase eso.

—Yo quiero, pero ella no quiere.

—¿Casarse?

—Tenerlo.

—No entiendo. ¿Tú quieres casarte y ella quiere liquidarlo? ¿Eso?

—Sí. Más o menos. No lo expresaría de esa forma, pero sí.

—No te creo.

—Sí.

—Puta, Ferrer, la media suerte, compadre. Naciste parado. Eso no lo cuenta nadie. Deberías estar agradecido, en serio.

Raimundo baja el volumen del televisor. Anda con una polera sin mangas y pantalones cortos. Sus piernas son largas, anchas y cubiertas con tantos pelos que no se ve la piel. En la alfombra, cerca de la ventana, hay un tortuga, me fijo. Está con la cabeza escondida.

—No puedes contarle a nadie —le digo.

—Secreto militar. Ni con tortura hablo, te juro.

Raimundo, entonces, me agarra del brazo y me dice:

—Conozco gente que te puede ayudar. En caso que cambie de opinión.

—No creo.

—Es mina. Las minas cambian de opinión siempre. Mejor estar preparado. Mi hermana se involucró de más con un amigo mío, ex amigo, el muy hijo de puta, y nada... lo solucionamos. Rápido y limpio, llegar y llevar. En esta familia no dejamos que nos culeen así como así.

—¿Dónde?

—Por ahí. Puta, la muy puta de mi hermana tenía trece. Trece y ya le gustaba el que te dije. ¿No encuentras que es poco?

—Algo.

—¿Qué edad tiene tu mina?

—Florencia. Se llama Florencia. No le digas «mina».

—¿No me digas que es la hermana de la Claudia Marconi?

—Sí.

—No puede ser. ¿De verdad te gusta?

—Sí.

—Puta, esa pendeja tiene como catorce.

—Tiene quince.

—Ah, no es tan chica.

—No.

En eso ingresa Urquidi. Está muy pálido, con una barba incipiente. Nunca imaginé que Cristóbal Urquidi podría siquiera afeitarse.

—¿Estabas cagando que te demoraste tanto?

—No. Me sentía mal. Creo que tengo la presión alta.

—Los nervios —le digo—. El estrés de la prueba.

Urquidi me mira, pero no me responde. Es como si no tuviera nada adentro. De verdad pareciera que todo le diera lo mismo. Urquidi se sienta en el suelo y comienza a acariciar la tortuga.

—Te pueden acusar de estupro, Ferrer, porque tú eres mayor.

—No soy mayor, huevón. Qué voy a ser mayor.

—Legalmente, sí. Te pueden meter a la cárcel al tiro. Tienes más de dieciocho, se supone que sabes lo que haces.

—Se supone.

—Supongo que sabes lo que le hacen a los huevones como tú en la cárcel.

He estado en esta casa antes. Varias veces. Con Raimundo hemos estudiado para la Prueba Específica de Sociales. A veces me he venido directo del «pre» en el auto oficial de su padre, que viene con chofer. Raimundo trata al chofer de «Chico» y lo envía a comprar marihuana o hamburguesas. Raimundo quiere ser abogado. Necesita ser abogado. La familia quiere un abogado y no creo que se atreva a decepcionar a su familia. El padre de Raimundo es coronel: enseña en la Academia de Guerra. Toda su familia está relacionada con el Ejército. Su hermano mayor, el que estuvo en Fort Benning, se graduó con honores de la Escuela Militar. Según Raimundo, fue compañero del cadete que tropezó.

—Yo te puedo ayudar —me repite—. Tú verás cómo me devuelves el favor. Estoy seguro de que se te ocurrirá cómo.

No se me ocurre qué decirle.

Urquidi suelta la tortuga y ésta asoma su cabeza.

—¿Cómo se llama tu tortuga?

—D'Artagnan —me responde Cristóbal Urquidi.

—Ah.

Raimundo se sienta en su cama y comienza a cortarse las uñas de los pies. Urquidi agarra la tortuga y la coloca arriba de la cama, pero D'Artagnan se asusta y esconde su cabeza. En la televisión, dos bomberos penetran a una doctora asiática que gime muy fuerte.

—El negro lo tiene más grande que el blanco —comenta Urquidi.

—Y el blanco se afeita las huevas, fíjate.

—¿Pero qué le hicieron a tu amigo? —le pregunto en voz baja.

—¿Qué?

—¿Qué fue de tu amigo... el que se metió con tu hermana?

Urquidi deja de mirar el televisor y mira a Baeza.

—Dejó de existir.

—¿Cómo?

—Nada. Dejó de existir.

—No te creo.

—No me creas.

—¿Pero qué le hiciste? —le insisto—. ¿Qué le hicieron a tu amigo?

—Mi padre se encargó. Yo no me manché.

Cuando Raimundo deseaba reírse podía tener una sonrisa feroz, una sonrisa que asustaba. Pero serio podía ser peor, mucho peor. Ahora estaba serio.

—Calma, viejito. Está vivo, pero digamos que nunca podrá ser padre. Una lástima, ¿no?

Ese año que terminó tan mal lo comencé lejos. En Paraguay, en medio de la selva, a orillas del barroso Paraná, en una aldea sofocante, corrupta e infecta de nombre Ciudad Stroessner. El pueblo vivía del contrabando fronterizo con Brasil y de la impresionante represa de Itaipú que estaba en sus etapas finales de construcción. Los que vivían ahí le decían «la axila del mundo». Tenían razón. Fui a visitar a mi padre. No lo veía en tres años. Su idea era que pasáramos un tiempo juntos, que nos conociéramos. No hicimos ni lo uno ni lo otro. Mi padre huyó de nuestra casa por unos cheques, por estafa. Su importadora no funcionó. Llegué a Paraguay, arrendé un taxi y salí en su búsqueda, pero no estaba en la capital. Tomé entonces un bus desde Asunción que viajó toda la noche por unos caminos de tierra rojiza. Me recibió una mujer llamada Laura que tenía una voz muy ronca y el pelo muy largo. Laura era tan impresionante como inmensa y, quizá porque alguna vez fue cabaretera, no tenía cejas, sólo dos rayas pintadas con un lápiz oscuro que, con el calor, a veces se esparcía sin querer sobre su piel color ladrillo molido. Laura convivía con mi padre. También trabajaba con él. En las noches, borrachos, hacían el amor como si yo no estuviera. O como si desearan que escuchara.

En Puerto Stroessner me dediqué a tomar. Cachaza y gin. O cualquier cosa que tuviera hielo. Trataba de leer historietas, pero me costaba enfocar. A veces iba al único cine infecto que había, pero casi todas las películas eran de karatecas. De vez en cuando cruzaba a pie al otro lado, a Foz, a ver películas gringas con subtítulos en portugués.

La mayor parte de ese verano lluvioso y transpirado lo pasé en un prostíbulo que frecuentaban tanto los obreros como los ingenieros extranjeros. Mi padre me dejaba dinero en las mañanas. Sabía para qué era. En Ciudad Stroessner no había otra cosa en qué gastar. El local era una casa húmeda con azulejos trizados y olor a canela. A la hora de mayor calor pasaba desocupado. Giovanna, en realidad, se llamaba Lourdes y era mitad guaraní, mitad mulata de Minas Gerais. A Giovanna, el sudor se le acumulaba en los pelos de su pubis hasta que se llenaban de gotas. Giovanna tomaba mate todo el día. Juntos esuchábamos la radio. Tangos desde la lejana ciudad de Posadas, en Argentina. Casi nunca conversábamos, pero me gustaba resbalarme sobre su cuerpo. Giovanna me enseñó muchas cosas y siempre estaba contenta, y una vez me dijo que yo debía sonreír más, en especial cuando estaba por acabar, porque si no daba la impresión que, bien adentro de mí, yo no la estaba pasando bien y que estaba triste y perdido.

Mi padre traficaba alcoholes, café y cigarrillos. Sus socios eran un libanés con olor a nuez moscada, un chino de Hong-Kong que lucía ternos de lino y un chileno con los ojos hundidos y acento huaso de apellido Gándara. La oficina estaba en el último piso del único rascacielos, una construcción mezquina, obvia, rústica, que no hubiera resistido el más mínimo temblor. El día que se conmemoraba la fundación de la ciudad asistió el propio Stroessner. Pintaron todas las paredes azul, blanco y rojo. El pueblo se desparramó por las calles. Una banda tocaba marchas. Mi padre me presentó al general. Stroessner me dio la mano. Yo se la di de vuelta. La tenía helada y resbaladiza. Mi padre puso su brazo alrededor de mis hombros. Al general se le iluminó la cara. Luego nos tomaron una foto.

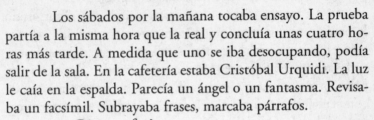

Los sábados por la mañana tocaba ensayo. La prueba partía a la misma hora que la real y concluía unas cuatro horas más tarde. A medida que uno se iba desocupando, podía salir de la sala. En la cafetería estaba Cristóbal Urquidi. La luz le caía en la espalda. Parecía un ángel o un fantasma. Revisaba un facsímil. Subrayaba frases, marcaba párrafos.

—¿Cómo te fue?

—Bien —me respondió sin levantar la vista—. Me sobró tiempo. ¿Tú?

—La parte de geometría estaba fácil.

—Valdés dice que es mejor no ponerse a revisar. Es mejor salir de la sala y olvidarse. Uno puede cambiar una buena por una mala. Eso creo que hice la última vez.

—Recuerda lo otro que nos recomendó: no estudien, no beban, no tomen tranquilizantes, desahóguense sexualmente.

Urquidi estuvo a punto de sonreír. Sabía que Valdés no hubiera dicho algo semejante.

—¿Qué piensas hacer el día antes?

—Nadar en la piscina de Florencia. De Claudia, digo.

Cristóbal Urquidi se demoró en procesar mi respuesta. Cerró el facsímil y me dijo:

—Yo no sé nadar.

—¿Pero puedes tomar sol? —le pregunté sorprendido.

—Nunca he tomado sol. Quedo rojo. No puedo, no me dejan.

Cristóbal se había cortado el pelo muy corto. Me di cuenta de que estaba salpicado de canas.

—Podemos ir al cine si quieres. La víspera, digo. Podemos armar un grupo.

—No creo. Me dedicaré a repasar con mi padre. Él espera mucho de mí. Me hace preguntas, revisamos palabras del diccionario. Eso es lo que hicimos el año pasado.

—Pero te fue mal.

—Me puse nervioso. Pero de que sabía, sabía.

Un par de tipos ingresaron a la cafetería y subieron el volumen de la radio. La sala entera se llenó con el sonido de un grupo pop que ese año sonó mucho y del cual nunca más se supo.

—¿Y tus anteojos? ¿Bien?

— Veo mucho mejor, sí. Gracias. Estoy en deuda.

—Yo no hice nada. Fue mi padre.

—Tu padre, claro. Otra vez tu padre.

Entonces me dije a mí mismo: «ésta es tu oportunidad; la oportunidad que habías estado esperando».

—Es raro que nunca hemos tocado el tema —partí—. Es complicado, lo sé...

—¿Qué?

—Bueno, tú sabes.

—¿Sé qué?

—Mira, Cristóbal, de verdad me caes bien... Perfectamente pudimos ser más amigos, haber estudiado juntos...

—Estudiar en grupo es mejor que estudiar solo.

—Exacto. Pero me complicaba. Tú entiendes.

—¿Te complica estudiar? En la universidad es mucho peor: ahí sí que se estudia.

—No. No me refiero a eso. Creo que tú sabes. Es más: creo que te complica más a ti que a mí.

—¿Qué? —insistió—. ¿No entiendo hacía dónde vas con el tema? ¿De qué hablas?

—Del lazo que existe entre nuestras familias.

—¿Cómo? ¿Qué lazo?

—Dudo, además, que te hubieras sentido cómodo en mi casa. Sé que en la tuya, con tu madre presente, a mí se me hubiera hecho muy difícil estudiar...

Me quedé callado un rato buscando las palabras precisas, pero no llegaron. Decidí continuar igual.

—Mi madre puede estar errada, es cierto; quizás esté cometiendo un error, pero no por eso deja de ser mi madre. ¿Me entiendes? Ponte también en mi lugar.

—Disculpa, Álvaro, de verdad no te entiendo. ¿De qué me estás hablando?

—De mi madre y de tu padre. De lo que tenemos en común. ¿Tú crees que estos anteojos me salieron gratis sólo porque estaba en tu curso? ¿Si ni siquiera somos amigos? Basta sumar dos más dos.

—Si quieres decirme algo, dímelo en forma clara.

Eso fue lo que hice. Y bastó ver cómo sus ojos perdieron su fondo para que me arrepintiera al instante del crimen que acababa de cometer.

En tres semanas más, cuando la ciudad esté evacuada por el calor, sabremos los resultados de la prueba. Mientras tanto, no hay mucho que podamos hacer excepto esperar. Los resultados saldrán, como cada año, en el diario *La Nación*, en tres suplementos consecutivos, cada postulante con su nombre y apellido, más sus puntajes para consumo de quien quiera enterarse. Son más de cien mil nombres, en orden alfabético. Algunos privilegiados obtendrán los resultados unos días antes. Son los privilegiados de siempre y, como tales, no me cabe duda de que les irá bien. Yo he decidido esperar el diario. Me levantaré temprano y partiré a comprarlo al kiosco de la esquina.

La Claudia Marconi puso la casa y la carne, y los hombres trajimos trago y cerveza, y las mujeres ensaladas y postres. El padre está en la playa, con una mujer que Florencia desprecia por vana. Hay gente aquí que sólo conozco de vista. Son del preuniversitario, pero de los cursos matemáticos. Claudia ahora sale con José Covarrubias, que quiere entrar a Ingeniería. José y sus amigos están acá, pero han formado un grupo aparte, al otro lado de la piscina, que tiene la forma de un riñón y es muy profunda. Los tipos están muy borrachos y cuentan chistes cochinos. Cristóbal Urquidi está con ellos. Parece otro. Está totalmente intoxicado. Drogado, diría.

Raimundo Baeza está en el living, con una chica de shorts, muy rubia, con el pelo cortísimo y los párpados pintados de azul. Me llama la atención que ella esté, porque Claudia dijo que el asado era exclusivo para gente del «pre».

—¿Sabes quién es? —me comenta Florencia mientras aliña una ensalada de lechuga. Me fijo en los rábanos. No están cortados en rebanadas. Están enteros. Son muy rojos y flotan entre las olas verdes.

—¿Quién?

—La muñeca de Raimundo.

—No sé. Igual no está mal.

—Ese programa de los patines que dan los domingos después de almuerzo. ¿Lo has visto?

—No.

—Mis compañeros de curso no se lo pierden. No puedo respetar una mina que patina en la tele. Sólo Raimundo puede traer a una tipa que patina a un asado.

—Para lucirse —le digo.

—Obvio.

Florencia visitó un médico y éste le confirmó sus sospechas. Él estuvo de acuerdo con que lo mejor sería eliminar el problema. Florencia habló con su padre. Éste no se enojó. Le echó la culpa a la madre. Él se encargará de todo. Pensé que quizá me iba a llamar, denunciarme a la policía, algo. No hizo nada. Florencia cree que es lo mejor y me ha convencido que así es. La operación será después de Año Nuevo. Me ofrecí a acompañarla a la clínica, pero ella no quiere. No me atrevo a seguir tocándole el tema. Pero el tema me sigue tocando a mí. No pienso en otra cosa.

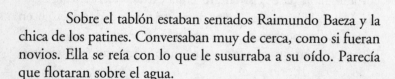

Sobre el tablón estaban sentados Raimundo Baeza y la chica de los patines. Conversaban muy de cerca, como si fueran novios. Ella se reía con lo que le susurraba a su oído. Parecía que flotaran sobre el agua.

Los veranos en Santiago pueden ser atroces. Diciembre y enero son los peores meses y a las tres de la tarde, con los Andes secos como telón de fondo, uno siente que se va a derretir. No es un calor húmedo, sino seco, y lo más desagradable es la resolana. Pero hacia las ocho de la tarde, el panorama cambia. Uno capta que Santiago es precordillera, puesto que empieza a refrescar. De las montañas baja una brisa helada y, antes de la medianoche, ya está fresco. La temperatura baja unos veinte grados. Las noches en Santiago, incluso las noches más calurosas, siempre son frescas.

Esa noche, en cambio, estaba tibia. Tan tibia que parecía que estábamos en otro país, en otro sitio.

Florencia se escabulló a la cocina a sacar los helados del refrigerador. Yo me senté en una silla de lona. Me saqué los anteojos. Vi todo borroso, como antes. Ya estaba oscuro y la única luz era la de la piscina. Terminé mi cerveza. Había tomado más de lo necesario por el día. Cerré los ojos.

—¡Un, dos, tres, ya! ¡Hombre al agua!

Los abrí justo a tiempo. Un grupo de tipos estaban alrededor del tablón. Raimundo alcanzó a darse vuelta, a tratar de defenderse. Cristóbal Urquidi, José y un tercer tipo con aspecto de rugbista lo empujaron. Entre ellos estaba la chica de los patines. Se había unido al grupo. Raimundo se defendió, intentó sujetarse de Urquidi, aleteó en el aire, pero finalmente cayó.

—Puta, los huevones pendejos —me dijo Florencia, que reapareció, secándose la manos.

Los tipos se rieron de buena gana. Uno de ellos se sacó la camisa y los zapatos y saltó. Era gordo y gelatinoso. Raimundo, me fijé, seguía en el agua. Al fondo.

—En pelotas —escuché que gritó el José Covarrubias.

Caminé a la piscina. Me demoré. El pasto no estaba cortado y mis pasos enfrentaron una extraña resistencia. Claudia Marconi se deslizó fuera de su vestido quedando sólo en calzones. Sus pechos eran más grandes que los de su hermana. El grupo continuó riendo y aullando y tratando de tocarse.

José ya estaba en calzoncillos, blancos. Raimundo seguía abajo. Me percaté de que nadaba. Más bien, se deslizaba por el fondo como una manta-raya. Su ropa era oscura, ancha. Se demoró en cruzar hasta la parte menos profunda.

José y Claudia se lanzaron al agua y salpicaron al grupo que continuaba en la orilla. Raimundo se acercó a la escalera y comenzó a intentar salir. Lo hizo lentamente. No era una maniobra simple. El agua le pesaba. Una vez afuera, Raimundo se sacó una bota. Litros de agua se escaparon del interior. La chica de los patines, conteniendo la risa, se le acercó. Raimundo la abofeteó tan fuerte que cayó sobre el pasto mojado.

—Fue tu idea, ¿no? —le dijo.

No le gritó. Se lo dijo pausadamente. Arrastrando cada una de sus palabras. Los que estaban dentro de la piscina callaron y dejaron de moverse. El agua, sin embargo, seguía alterada y la luz que se escapaba de ella rebotaba en forma inconstante.

—Sé que fue tu idea, puta. Admítelo.

Raimundo se acercó a ella como si su propósito fuera olerla. Me acuerdo de la intensidad que se escapaba de los ojos de Raimundo. Era rabia sin destilar. En ese instante supe que las vidas de todos aquellos que estábamos ahí esa noche serían afectadas por lo que iba a ocurrir.

—Dime, puta, ¿de verdad crees que te puedes reír así de mí? ¿De nosotros? ¿De los Baeza?

Raimundo la volvió a abofetear. El ruido fue tan severo que pareció un disparo.

—¿Cuál de éstos te gusta? ¿Te lo podrías culear ahora mismo, en la piscina? Ya entiendo por qué necesitabas venir. ¿Por qué me llamaste y llamaste para que te invitara? ¿Cuál de éstos querías volver a ver?

—Quizás el mismo que tú, Raimundo.

Hubo un silencio. Florencia me tomó la mano. Algunos tipos salieron del agua, pero en silencio. Raimundo se sentó en el pasto, empapado. Contenía a duras penas las lágrimas.

—Calma, viejo. Fue una broma —le dijo uno de los matemáticos—. Todos nos vamos a meter. Relájate.

Fue entonces que vi a Cristóbal Urquidi caminar hacia Baeza. Estaba sin camisa. Su tronco era como el de un niño desnutrido. Se notaban sus costillas.

—Fue mi idea, Baeza. Mi idea. Último día, nadie se enoja.

La tenue voz de Cristóbal Urquidi se había potenciado. Pero era la voz de alguien que ya no se controlaba. Cada palabra parecía que la pronunciaba por primera vez.

—Es agua, loco. Agua.

Raimundo seguía en el pasto. Su cara escondida, bajo sus brazos.

—Corta el hueveo, Baeza —continuó, con tono desafiante—. Estás pintando el mono. Agua es agua, viejo. Agua es agua. No duele, no mancha, se seca. ¿Entiendes? Se seca.

Raimundo levantó la cara y lo miró fijo, atento. Alrededor de los dos se formó un círculo de gente. Yo me acerqué muy despacio, intentando que nadie me escuchara.

—Sí, fue mi idea —insistió Urquidi, ufanándose—. ¿Algún problema? *Mi* idea. Y fue una muy buena idea, Baeza. Yo era el que te quería empujar. ¿Sabes por qué? Puta, por pesado. Y porque hay que celebrar.

Entonces, Cristóbal Urquidi cometió una acción que lo hizo cruzar una cierta línea. Justo el tipo de línea que es mejor no cruzar. Fue la peor de las ideas. Nunca hay que acorralar a un caído, humillarlo, no darle otra posibilidad de escape que la violencia. Lo que Cristóbal Urquidi hizo fue agarrar la botella de un litro de cerveza de la cual estaba tomando y darla vuelta sobre la cabeza de Raimundo Baeza.

—Ya, puh, deja de llorar. ¿Qué vamos a pensar de ti, soldado? ¿Que eres puro bluff? ¿Que todas tus aventuras son invento, Baeza? ¿Cuándo vas a volver a invitarme a ver los videos de tu hermano asesino? ¿Cuándo vas a volver a correrme la paja?

Baeza no hizo nada. Fue como si sintiera que se merecía eso. O le gustara. El líquido amarillo descendía desde su cráneo y la espuma se iba acumulando sobre su camisa. Incluso me fijé en que con su lengua la saboreó.

Pero eso no podía terminar así. Cristóbal Urquidi lo sabía. *Tiene* que haberlo sabido. No puede haber sido de otro modo. Raimundo Baeza no tuvo la necesidad de levantarse. Con su mano agarró la botella resbalosa. Yo pensé que la iba a lanzar lejos, pero, en una fracción de segundo, la botella estalló en el cráneo de Urquidi. Cristóbal cayó al pasto y Raimundo se lanzó arriba de él. Urquidi no reaccionaba, no podía luchar de vuelta.

Yo corrí hacia donde estaban los dos y antes de que le dijera algo como «basta, sepárense», Raimundo me lanzó un combo que partió y trizó mis anteojos y me hizo rodar hasta el borde de la piscina. Traté de mirar, pero la falta de foco y la oscuridad no me permitieron captar lo que estaba sucediendo. Escuché gritos: «¡basta!», «¡córtala!», «¡déjalo!».

Entonces hice algo que no sé cómo explicar ni justificar. Seguí rodando y caí al agua. La ropa se me fue mojando de a poco mientras descendía como plomo hacia el fondo. Me quedé así, en el silencio acuático, hasta que me faltó el aire. Logré, con las manos, sacarme mis zapatillas. Me pesaban y no me dejaban subir. Cuando lo hice, escuché los gritos y el llanto antes de tocar la superficie. Raimundo Baeza iba saliendo, dejando una huella de agua por la alfombra de la casa. En el pasto, Cristóbal Urquidi yacía quieto, la cara cubierta de sangre espesa. Seguí en el agua; estaba tibia, me protegía de algo mayor.

Cristóbal Urquidi estaba vivo; Raimundo Baeza, en su acto de locura, también sabía lo que estaba haciendo. Lo que hizo fue sentarse sobre su pecho. Esperó que Urquidi recobrara la conciencia. Cuando lo hizo, Baeza agarró sus dos inmensos pulgares y los insertó lo más posible en los ojos de Urquidi hasta que los reventó. Fue un ruido que nunca escuché. Florencia me dice que nunca podrá olvidarlo.

La ruta que une la capital con la costa es corta y, en general, expedita. Es un camino que me gusta y que conozco bien. Hice mi memoria para el título de ingeniero sobre la carretera, por lo que cada puente y curva me son en extremo familiares. El camino ahora es de doble calzada. Sin pasar a llevar ninguna ley, uno puede alcanzar el puerto en una hora cuarenta.

El país ha cambiado mucho en poco tiempo, eso es innegable, pero hay costumbres que se niegan a desaparecer. Como hacer un alto en el camino y comer algo. El más conocido y legendario de todos los locales en la ruta es una estructura baja de piedra que se define a sí misma como una hostería. En invierno, la chimenea siempre está encendida y los leños de eucaliptus chisporrotean en medio de las llamas.

Son apenas las seis de la tarde y vuelvo de un lluvioso paseo por la playa con Martín, mi hijo, que acaba de cumplir diez, una edad fronteriza bastante incómoda, en la que uno no sabe si lo que tiene enfrente es un niño con sueño o, por el contrario, un cínico adolescente en miniatura que te está poniendo a prueba. Con Martín recorrimos el litoral central. Florencia tenía que estudiar para un examen. Está terminando su doctorado. Cuando está muy agobiada con el tema académico, nos arrancamos con Martín por ahí y la dejamos sola. Los tres salimos ganando. Ella nos echa de menos y nosotros aprovechamos para conversar de hombre a hombre.

No llevamos ni cinco minutos en la hostería cuando lo veo entrar. El mozo aún no nos ha traído la orden; Martín está impaciente, con hambre. Afuera ya es de noche, llovizna, y el local está prácticamente vacío. Raimundo Baeza se ve exactamente igual a como lo vi la última vez, esa noche del 28 de diciembre, unos once años atrás.

Con el tiempo me he ido dando cuenta de que poseo una cualidad que no todos tienen. Soy capaz de advertir la aparición de alguien con el cual no me interesa toparme desde lejos. Los huelo a la distancia, es como un radar que me alerta. He cruzado veredas sin saber por qué, para luego, al instante, darme cuenta que, gracias a esa maniobra, evité toparme con alguien que no deseaba ver. Si uno no se cuida, puede encontrarse con mucha gente.

Esta vez, sin embargo, mi antena ha fallado. Raimundo Baeza entra y se sienta en la mesa que está a mi lado. Baeza no está solo. Lo acompaña una mujer. Una chica, más bien, de unos veintidós años. Su esposa, quizá, porque ambos, me fijo, lucen argollas e ingresan con un coche en el que duerme una criatura. Estoy seguro de que Raimundo me reconoce. Por un instante, nuestras miradas se topan. Es la misma de esa noche en la piscina. Baeza se hace el desentendido. Baeza se saca su casaca y me da la espalda. El mozo se acerca a ellos. Alcanzo a escuchar a la mujer pedir, en un acento foráneo, un vaso de agua tibia.

Martín me pregunta si lo conozco.

—Hace años —le explico—. Antes de que tú nacieras.

—¿Era un amigo tuyo?

Lo que le respondo es la pura y santa verdad, aunque no toda. Le digo que alguna vez, hace mucho tiempo, fue compañero de curso y que tanto su tía como su madre lo conocieron. No le cuento más. Pago a la salida. Nuestro pedido se queda en la mesa, enfriándose.

SANTIAGO

Está nevando. Esta noche está cayendo nieve sobre los estados de Virginia y Maryland y sobre el pequeño pero enrarecido distrito de Columbia. Mañana es el Día de Acción de Gracias. Thanksgiving. No hay nadie en el Fondo, el edificio está vacío. Todos han partido a ver a su familia. Yo no tengo familia ni nada que agradecer. O quizá sí: llevo doce años aquí, en este mismo puesto. ¿Debo dar las gracias? Doce años es mucho tiempo. Demasiado. Si no me estoy arrancando, ¿entonces qué? Quedarse pegado, apretando pausa, también es una manera de escapar. Éste no es mi país, quizás alguna vez lo fue, quizás éste sea el país de mi hijo, pero intuyo que ya no es el mío.

Una vez, en una fiesta, borracho, le dije a un tipo al que despreciaba que Chile me había quedado chico. En vez de insultarlo directamente, insulté a su país; que también es el mío. En todos estos años en que he vivido fuera, rozándome con lo mejor y lo peor de los apátridas, he llegado a dos certezas: nadie se va de su país porque sí (la gente no se va, huye, escapa, corre), y cuando alguien se instala a hablar mal de su país de origen, es porque se odia a sí mismo y, muchas veces, ni siquiera lo sabe.

Doce años, sí. Más ese año de intercambio en ese pueblito John Cougar Mellencamp de Indiana. ¿El mejor año de mi vida? Puede ser; al menos, 1981, mi año favorito, fue el año que más forniqué, lo que no es exactamente lo mismo, pero tampoco está mal. Además, era joven. Cuando uno es joven, ve las cosas de otro modo. En rigor, uno no ve nada. Uno siente mucho y hace mucho pero no ve ni piensa. Las gringas me encontraban exótico, latino, cool. ¿Habré sido alguna vez cool? Yo era el Foreign Exchange Student, el juguete nuevo. Era mejor que estar en Tercero Medio en el Santiago ochentero.

Just a young latinamerican kid living as hard as he can.

Puta, cómo pasa el tiempo. Adónde se va. Por qué deja tan poco.

Alguna vez pensé que todo eso, eso de estar en todas las fiestas, me haría una mejor persona. La teoría era clara y fácil de llevar a la práctica: mientras más minas uno se conquistaba, mientras más tomabas y más jalabas, mientras más discos escuchabas y más flaco eras, mejor. Llegabas a la meta primero. La victoria se medía por la cantidad de tipos que te envidiaban y querían ser como tú. Pero uno no gana. A lo más, empata.

Lo otro que es falso, una mentira despiadada, es que aquello placentero que uno le tocó vivir te protegerá para el futuro. Falso. La vida no es una cuenta de ahorro. Nada dura para siempre. Los recuerdos están sobrevalorados.

Sigue nevando y yo todavía frente a mi escritorio.

Ayer hice algo impensable: renuncié al Fondo, cancelé mi contrato de arriendo o *lease*. Llamé al Goodwill y doné todo. Tampoco tenía tanto. Esta noche dormiré en un hotel. En un hotel frente a la Casa Blanca. Mañana parto, dejo todo este mundo que nunca fue mío. Mi hermana Constanza se casa en unos días e iré. Acepté su invitación. Luke Skywalker me escribió para decirme que si yo no iba a la reunión de curso, él tampoco asistiría. «No soy capaz, huevón. Me da miedo toparme con ella».

En Santiago, además, está soleado. La primavera ya se ha transformado en verano.

Llegaré de sorpresa, pero el que está sorprendido soy yo.

Está nevando esta noche en la capital del Imperio, sobre las casas de los burócratas y de los diplomáticos y de los funcionarios internacionales. Está nevando esta noche en Washington y yo, por fin, parto.

Miro la pantalla plana frente a mi asiento. El air show.
El avión ya ha salido del espacio americano. Volamos sobre el
Caribe que es tan azul y cuyos países, tan hospitalarios, nunca
son capaces de devolver los préstamos internacionales.

Apagan la señal de abrocharse los cinturones.

Me levanto y camino hacia el fondo, hacia los baños.
El avión va prácticamente vacío, excepto por un compacto y
heterogéneo grupo de unos cincuenta hombres solos, de me-
diana edad, que son... que parecen, pues, cazadores. Algunos
leen unos folletos que dicen *Hunting in South America*. Muchos visten con trajes de camuflaje. En la cocina hay uno, rechoncho, con una gorra y un chaleco como de fotógrafo de
guerra.

Howdy, le digo. Siempre me gustó ese saludo. Lo re-
cogí en Indiana.

Howdy, me dice el tipo antes de sonreírme y mos-
trarme sus dientes, perfectos e inmensos, pero del mismo color arcilloso de su pelo.

Flying down to Chile?

Nope. We change plane there. We all are going down
to Cordoba.

Pronuncia Córdoba como Kor-Dou-BA, acento al final. Su tonada es redneck, sureña, y sus ojos, me fijo, tienen
más edad que su descascarada piel.

Córdoba, Argentina?

Yeah, Argentina is really cheap now.

Sí sé. Me tocó la devaluación de cerca. Reuniones y
reuniones hasta las tres de la mañana y para qué. Una vez, en
Buenos Aires, mi auto fue atacado por una turba que nos trató

de usureros. Mis jefes quedaron escandalizados. Yo consideré que los piqueteros tenían razón, pero me quedé callado.

You hunt too?, me pregunta.

No, no. I'm just going home. I'm going back.

To Argentina?

No, to Chile.

Me cuenta que Córdoba es la capital mundial de la caza de palomas. Dove-hunting. Yo pensé que era la capital mundial del alfajor. Me entero que hay veinte millones de pájaros surcando los cielos de los alrededores y que, en un mal día, un cazador puede disparar unos mil quinientos tiros. Cerca de las sierras, me cuenta, hay unas estancias dedicadas totalmente a atender al depredador extranjero.

Los rasgos faciales del tipo delatan una vida no sólo sufrida, sino limítrofe. En Estados Unidos, más que en ninguna otra parte del mundo, uno se topa en las calles, y en tiendas como Wal-Mart y PayLess, con esas caras que delatan un severo grado de demencia funcional. Uno sólo las ve en Estados Unidos. Son tipos que han padecido más abuso o soledad de lo tolerable. Pobreza se ve en todas partes, en algunas partes más que otras, pero esas caras americanas son las caras que más temo: esas mandíbulas desencajadas de tanto hablar solo, esos ojos desorbitados de tanto ver televisión.

Estudié dos años administración de empresas en la Chile. Luego me salí y estudié inglés, en un instituto. Luego me fui a vivir a la Patagonia. Fui guía. Conocí mucha gente, entre ellas mi mujer. Con ella nos fuimos a Yale. Ella, digamos. Yo la acompañé. Pasé cuatro años en New Haven con la Antonia hasta que todo se fue a la mierda. Ella quería un doctorado pero yo... yo no sabía lo que quería. Sé que es machista, pero es más fácil para una mujer cumplir el rol de esposa que un hombre. Sobre todo si uno es inseguro. Y si uno siente que ella, además de ser más ordenada y trabajadora, también es más culta y más inteligente. Hay que ser muy, muy hombre para resistir eso, y yo no lo era. Nunca en mi vida me había sentido tonto y en Yale me sentí estúpido. Poca cosa. Inferior. No es algo que un veinteañero procese bien. Que ella y todos sus amigos estudiaran y yo fuera al supermercado o hiciera labores varias (como cuidar a Baltasar) no fue fácil. De noche, quería salir a tomar, a escuchar bandas. Uno puede querer y reírse y hacer el amor los domingos por la mañana e ir a todos los restoranes étnicos, tomar todos los malditos trenes a Nueva York, todo eso es maravilloso, sí, increíble, pero cuando te infecta el virus del resentimiento, y de la paranoia, todo eso no te sirve de nada. De nada. Cuando dos personas no saben lo que quieren, funcionan mejor que cuando una sí lo sabe. Ella tenía metas, se imaginaba a sí misma al final del camino. Jonathan Bradley, su dorado compañero de curso, al parecer, también. ¿Quién dijo que los opuestos se atraen? Sí, se atraen, pero nada más; no se comprenden. Yo quería fumarme un pito después de la comida y ella deseaba leer *The New Yorker*. La Antonia, al final, se tituló con honores y yo terminé, no sé cómo, viviendo en Cleveland por seis meses. Hasta que me regresé a Santiago. Al rato, y gracias a contactos por el lado de mi madre, que es la que tiene los contactos, salió lo del banco.

Some guys have all the luck, some guys have all the pain.

Cómo llegué a odiar a todos esos niñitos y niñitas ricos que vagan por *America*, que atosigan los pasillos de los organismos internacionales, que infectan los ascensores con sus perfumes de Carolina Herrera y Óscar de la Renta. Antonia, al lado de ellos, parecía una chica de clase media ascendente. Nada peor que la gente rica de los países pobres, la gente más sola y desconectada y triste del planeta. Basura latina internacional, atemorizados de sus países de origen. Cierro los ojos y veo esa plaga: con sus camisas de seda o con sus tacos aguja, sus collares y anteojos de sol raros, obsesionados con la última serie de TV de moda, al tanto de todo y de nada, que recuerdan a la abuela, con sus postres y sus tradiciones preglobalización mientras sorben sus putos *Cosmopolitan* y they fucking gossip y cotillean en su perfecto inglés al tiempo que planean escaparse a San Pedro Sula o Baranquilla o Maracaibo o Cochabamba para los próximos holidays.

Sé de lo que hablo. Me casé con una de ellas. Post Antonia. Gisela Sánchez Torrealba estudiaba en Georgetown y vivía —era dueña— en una casa que daba al frente de la escalera que descendía a la calle M. La escalera de *El Exorcista*. Nos conocimos en *su* Embajada. Cuando uno es dueño de la mitad de Guatemala, cuando uno aterriza en su propia pista aérea, volver a tu país es fácil. Claro que ellos nunca se quedan por mucho tiempo. Al rato, se sienten ajenos. Y es mejor sentirse raro, ajeno, foráneo, en un país que no es el tuyo.

Bajo un gran árbol la veo. Es apenas una extra en una enorme foto de vida social de una revista fashion. La revista, me fijo, se llama *SCL*.

Como el aeropuerto.

Como yo.

Santiago Camus Letelier. Y no, nada que ver. No tengo nada que ver con *esos* Letelier. En Washington, no es fácil ser chileno y tener ese apellido. Sheridan Circle, además, está al frente de nuestra Embajada. Por suerte, en USA, uno tiende a usar un solo apellido. Nadie puede compensar su primer apellido apelando que su madre tiene uno mejor. Uno es lo que es, no más.

Vuelvo a mirar la foto: parece montada, coreografiada. La sección se titula *Vida Social*. Aún existe la vida social, capto. ¿Por qué esa gente mira, con esas copas en sus manos, el lente distorsionador? ¿Por qué posan? ¿Para que los vean? ¿Para que sintamos envidia porque no estuvimos ahí, con ellos?

Yo hubiera querido estar. Estar en esa fiesta al aire libre. Estar en ese evento con ella. ¿Pero qué hace ahí? ¿Por qué mira hacia el lado? ¿Por qué está sola, distante, distraída, distinta?

Esto, la verdad, me supera, no tengo repertorio, marco ocupado. He esperado muchas cosas de este viaje, pero no me esperaba reencontrarme con ella. Menos a esta altura (y a estas alturas), a plena velocidad de crucero, volando al Sur sobre la inmensa noche ecuatorial.

Vuelvo a mirar su cara. Vuelvo a ver a Lorenza Garcés.

Lorenza Garcés: ¿qué hacías en esa fiesta? ¿Por qué no miraste el lente? O quizá no quisiste posar. Quizá no quisiste aparecer.

Lorenza, *long time, no see.* Tanto, tanto tiempo.

Lorenza Garcés, un nombre fuerte para una chica suave. ¿Una chica? Una mujer. Sin duda ahora es una mujer. Y yo sigo siendo lo mismo: un chico (un tipo) buscando un lugar en el mundo. Todos han encontrado su lugar y yo perdí el mío por salir a buscarlo.

Consejo uno: no es necesario recorrer el mundo para encontrar tu lugar.

Consejo dos: no hay que conocer el mundo para tener mundo.

Consejo tres: ¿de qué te sirve tener mundo si no tienes un lugar?

«Eres un asegurado», me dijo, una vez, mi hermano Jonás en el mirador del World Trade Center. Estaba de visita. Su primera vez en USA, cuando aún otorgaban visas y no te humillaban en el aeropuerto.

Why are you here? Why did you come? What do you want? When will you leave?

Nos encontramos en Nueva York. Paseamos por todas partes. Yo le pagué todo. Me acuerdo que vimos la obra musical *Tommy*, de The Who, que nos pareció peor que la película que teníamos en video en Santiago. Entramos a una galería que exponía cuadros de Claudio Bravo y nos parecieron demasiado caros y mi hermano dijo que prefería tener fotos, que eso no era arte. Me explicó que el Museo Guggenheim, de Franklin Lloyd Wright, era anterior a los Dos Caracoles de Lyon con Providencia. En un pequeño bar cerca de NYU vimos a Lisa Loeb, una cantante de anteojos que se parecía a una chica que siempre me quiso pero nunca me amó. Me había tomado tres rones y nos habíamos fumado un pito que le compramos a un tipo hediondo en Washington Square Park. Lisa Loeb se puso a cantar y me acordé de cómo quise pedirle matrimonio a esa chica que siempre leía y cómo ambos evitamos tocar el tema hasta que no hubo más tema que tocar. Fue, desde luego, mi culpa, pero eso no mejora las cosas.

Tantas cosas que uno no hace por miedo y cuando dejas de tener miedo, ya no tienes cosas que hacer.

«Estás aquí por la plata», me dijo mi hermano mirando hacia la otra torre del World Trade Center. «No se puede estar en cualquier parte por la plata. Por amor, por sexo, por drogas, por poder, no sé, porque te persiguen y te van a meter preso y torturar; por todo eso te puedes ir, pero no porque tienes un buen trabajo».

«No me hables de mis sentimientos, ¿quieres?».

«Tú no tienes sentimientos. Nunca has regresado. Nunca has regresado, huevón. Nueve años. Nueve años. Dame una razón, pero *una* razón que me la crea, por la que vives acá. ¿Ah? ¿Por qué?».

«Viajo mucho. El puto FMI me envía a todas partes. No ha sido a propósito».

«Todo es a propósito».

«No es que me escapé; ni me perdí. Escribo, llamo, los he invitado. Recorrí todas las Carolinas con mi mamá. Llegamos hasta Savannah. Incluso fuimos a ese cementerio del bien y del mal».

«¿Tomaste fotos para probarlo?».

«Al viejo lo paseé por todo Washington. Conocí todos los monumentos. Almorzamos centollas en Annapolis».

«Sos un santo, Santiago. Un santo».

«No, pero... son puntos a mi favor».

«Andá a joder, boludo».

«No hables como argentino, ¿quieres?».

«Andá a joder».

Santiago se ubica a 543 metros sobre el nivel del mar, en la llamada Zona Central del país. El barrio alto de la ciudad, en efecto, está más alto *(muchos creen que se llama así porque ahí viven los ricos, lo que es cierto, pero la verdad es que, a partir de la Plaza Italia, la ciudad comienza a empinarse)*. Santiago del Nuevo Extremo está a 2.051 kms al sur de Arica, la ciudad más nortina del país, en la frontera con el Perú, y a 3.141 km al norte de Punta Arenas, que es la ciudad más austral del mundo *(en rigor, no es más que un pueblo grande)*. El Océano Pacífico está a escasos cien km al poniente, mientras que los majestuosos Andes son prácticamente parte de la ciudad y se ven desde cualquier barrio *(esto sucede como tres días al año, luego de unas de esas tormentas que lo inundan todo; ese día, la ciudad es quizá la más bella del mundo, pero lo cierto es que el resto de año uno cree que vive dentro de una sopa de lentejas; la contaminación no te deja ver el San Cristóbal, acaso te va a dejar ver la puta cordillera)*.

El clima de Santiago es moderado y la media es de unos 14,5 grados celsius. La máxima, en verano, alcanza, a veces, los 32 grados, aunque la oscilación térmica fluctúa en unos 20 grados. La mínima, en invierno, llega, en los días más fríos, a un par de grados bajo cero, con una máxima invernal de unos 8 grados *(te hielas todo el día)*. La precipitación anual es de unos 350 mm. *(aunque yo creo que es más; el clima ha cambiado mucho en todas partes)*.

El idioma oficial del país es el español *(el acento, eso sí, es asqueroso y da un poco de «vergüenza ajena»; es decir, parece insólito que gente que se cree civilizada posea un acento tan patético; somos, sin duda, los que peor hablamos el castellano en el mundo; según una colombiana muy guapa, con la que tuve algo, somos los «australianos del idioma español», pues charqueamos el idioma de Cervantes de la misma manera que los canguros y los koalas se mandan a guardar a Shakespeare).*

El horario del país, y de la ciudad de Santiago, es:

En invierno: -4 horas GMT.

En verano: -3 horas GMT.

(Una señora que veraneaba en Nantuket, madre de una abogada amiga mía, quedó sorprendida al enterarse que, durante la mitad del año, compartíamos el mismo huso horario que la Costa Este; ella pensó que estábamos «mucho más atrasados»).

El aeropuerto internacional Comodoro Arturo Merino Benítez (SCL) (alias *Pudahuel)* se encuentra a unos 17 km al poniente del centro de la ciudad. Existe un servicio de bus (aprox. US$1,30), además de taxis oficiales (aprox. US$16). El código de país de Chile es el 56. El código de área de Santiago es 2. Para llamar a celulares, dentro de la ciudad, desde un teléfono fijo, es necesario anteponer el 09. Para llamar a celulares desde el exterior se digita 56-9 y el número. Para marcar desde Chile al exterior es necesario marcar una clave de tres dígitos, dependiendo del carrier que se utilizará (*hay muchos y siempre están ofreciendo buenas promociones. El servicio comunicacional en Chile es excepcional, lo malo es que la gente sólo habla estupideces y uno se entera de cosas de las que no quería enterarse*). En el área céntrica se encuentran locales con servicios de Internet, aunque no existen en tal cantidad como en otros países latinoamericanos.

El cerro Santa Lucía, en pleno centro, es un monumento histórico. Este pequeño cerro, hoy convertido en un exuberante parque (*y un antro sexual, una suerte de motel al aire libre),* tiene la altura de un edificio de unos 18 pisos y se alza en plena Alameda. Bautizado como Huelén, por los indios de la zona, fue a los pies de esta formación rocosa que el conquistador Pedro de Valdivia fundó la ciudad el 12 de febrero de 1541 *(exactamente 424 años antes que yo).*

Debido a su asombrosa *(¿?)* ubicación geográfica, Santiago es una de las pocas capitales del mundo en que las canchas de esquí (a sólo 50 km montaña arriba) y la playa (a 100 km) están tan cerca. Uno puede hacer ambas cosas en un mismo día (*¿En qué época? Nunca he conocido alguien que haya ido a esquiar en la mañana y se haya ido a bañar al mar en la tarde; además, nuestras playas son horrosamente heladas y violentas; no tenemos ni una playa decente tipo Brasil o Cancún*). Cerca de la ciudad, además, están los mundialmente célebres viñedos donde se producen los deliciosos vinos chilenos (*no están mal, es cierto, pero la verdadera razón de que los vinos chilenos sean famosos es porque son baratos:* not bad for the price).

La población de Chile alcanza unos quince millones de habitantes, de los cuales unos cinco millones y medio de personas se consideran santiaguinos (*quizá son más, pero lo cierto es que somos hartos; cuando yo pienso en Santiago, pienso en los barrios que conozco y domino, no es que eche de menos San Miguel, la tierra de Los Prisioneros o Peñalolén; no creo que esto demuestre que sea cuico o huevón o insensitivo, y podría apostar que alguien oriundo de Cerro Navia o de Quinta Normal o de la Avenida Matta o, no sé, de La Florida, no siente para nada como propias las comunas de Vitacura, Maipú, San Bernardo o, Dios no lo quiera, La Dehesa; puta, yo nunca he ido a Chicureo, donde ahora viven muchos de mis ex compañeros de curso; incluso La Reina, para mí, es un mundo desconocido excepto por la disco Casamilá, a la que era un asiduo (¿existirá?); se me ocurre que cuando alguien, sea de donde sea, piensa en Santiago, piensa en el barrio en el que vive, en el barrio en que se crió, en el sector de su colegio o universidad,* más *el centro y, desde un tiempo a esta parte, su mall más cercano; eso para mí, entonces, es Santiago; Santiago, para mí, es Providencia y el sector de El Golf, y Vitacura, más partes de Ñuñoa; nada más y nada menos; aquellos que dicen que toda la ciudad es su ciudad, que aman y atesoran comunas donde nunca han ido, que dejen de mentir y se vayan al carajo; sé que sería más romántico recordar las pichangas en esas callecitas cerca del Cementerio General, cómo comprábamos pan donde doña Audelia en la calle Santos Dumont y cómo nos colábamos con mis amigos al Hipódromo Chile, pero lo cierto es que eso nunca sucedió; una pena, quizás; pero así es).*

El servicio de Metro es bueno y pasa por los principales sitios turísticos.

VIDA SOCIAL

Esto de toparme con la cara (con la cara, con los labios, con esos ojos, con el pelo, con el alma) de Lorenza Garcés lo tomo como un signo, una señal clarísima. Evidente. Obvia. Como en una película romántica.

¿Por qué no se hacen comedias románticas en América Latina? ¿Por qué todo es drama, melodrama, teleserie? ¿O comedia, pura y vulgar, criolla y fácil?

Esto de ver a Lorenza, después de tanto tiempo, es un *designio* del destino. Esto no es casual. ¿De qué otra manera entenderlo?

Vuelvo a la revista, intento leer un artículo sobre un rockero cool que odia los sellos discográficos y no desea vender, pero regreso a la agitada sección de *Vida Social,* a la foto, a Lorenza.

La foto fue tomada, sin duda, en el Parque Forestal. Se ve el museo. Es una fiesta donde hay mucha gente. En la foto, levemente movida (como se estila ahora), un grupo de chicas con pinta de actrices de TV abierta sonríen animadas. Detrás del inmenso árbol, al margen del tecno del DJ-de-turno, mis ojos hacen un zoom hasta detenerse en un detalle.

Al margen de la foto, entre los arbustos, iluminada por un foco, está Lorenza Garcés, paseando un perro (que no se ve), mirando —distraída— algo que está fuera de cuadro.

Rajo la hoja de la revista y me la guardo.

Lorenza Garcés.

No puedo creer que he vuelto a pensar en Lorenza Garcés.

Hace unos años, unos tres, estando en Perú por trabajo, me arranqué en un avión a Tacna y de ahí me tomé un
taxi a Arica. Estuve dos días en Arica. Solo. Leí los diarios,
compré las revistas. Caminé por las playas. Entré a Falabella.
Compré un Mejoral en una Farmacia Ahumada. Dormí mucho en Chile. Es mucho más fácil dormir en su sitio. Me dormía viendo televisión. Escuchaba los comentarios de Pedro
Carcuro, de Julio Martínez, de Italo Passalacqua. Seguían ahí,
vivos, hablando lo mismo que siempre. Fue curioso porque
cuando estaba a punto de insultarlos, de reclamar por el en-
cierro provinciano, por qué las cosas no cambian, de pronto
sentí que se me quebraba la voz y la vista se me nublaba.

INT. Casa de Vitacura. Casa pareada, casa Ley Pe-
reira, DFL-2. NOCHE.

>   MADRE
> ¿Y dónde vas a dormir,
> Santi? ¿En un hotel?

>   SCL
> No, acá. ¿Puedo?

>   MADRE
> Claro, es tu casa.

>   SCL
> Ya no.

>   MADRE
> Sí lo es. La casa de una
> madre es siempre la casa de
> su hijo. Te puedes quedar
> aquí hasta los ochenta.

>   SCL
> Espero que no sea necesario.

>   MADRE
> ¿Cuándo te vas?

>   SCL
> Recién llego y ya me
> echas...

>   MADRE
> Ay, Santi. No. Estamos fe-
> lices. Qué sorpresa más
> fabulosa. Es para saber no
> más, para organizarme.

(continuará)

SCL

Dos o tres semanas. Me puedo quedar para la Navidad.
He estado soñando con una
Navidad calurosa y trans-
pirada.
Con piscina, y guindas y
helado.
No sabes lo horroroso que es
la Navidad blanca y helada.

(silencio)

MADRE

Tu pieza está tal cual como
la dejaste.
Cambié las sábanas, eso
sí.

SCL

Cómo que igual. ¿Igual,
igual?

MADRE

Sí. Y no he intruseado
nada.

SCL

Pero no me morí, mamá.
Cuando los chicos se mue-
ren, las madres dejan las
piezas sin tocar. Nunca
viste *Gente como uno*. Es
sobre una familia a la que
se le muere el hijo.

MADRE

No veo películas donde ma-
tan a los hijos. No las tolero. En todo caso, si te
hubieras muerto, hubiera
regalado tus cosas al Ho-
gar de Cristo. Pero yo
sabía que ibas a regresar.
No quería que luego te
enojaras porque no podías
encontrar tu polerón favo-

(continuará)

rito. Cuando tu hermano
Jonás ha caído enfermo,
eso sí, se ha quedado en tu
pieza. Espero que no te parezca mal. Se hace el in-
dependiente, pero cuando
cae con resfrío se toma un
taxi y se instala acá. Sabe que lo vamos a cuidar
bien, el regalón.

SCL
¿Por qué no usó la suya?

MADRE
La pieza de Jonás la desar-
mamos. Él dice que se va a
quedar en ese edificio raro.
Ahora es mi pieza. Yo duer-
mo ahí ahora.

SCL
¿Cómo?

PADRE
Eso, que ahora ella duerme
ahí.

SCL
¿Desde cuándo?

PADRE
Para mi cumpleaños va a
hacer un año. Ése fue mi
auto-regalo para los 65
años. Dejar de dormir con
esta vieja.

(PADRE se ríe y abraza a MADRE)

SCL
¿Y por qué?

PADRE
¿Cómo que por qué? Porque
quería ver tele hasta tarde,

(continuará)

leer hasta las cuatro de la mañana, que no me destaparan, que no se quejara cuando me tiro mis pedos.

MADRE
¡Ay, gordo, no seas ordinario!

PADRE
Como si nadie más se tirara pedos, acaso.

SCL
¿Por qué no me contaron?

PADRE
¿Y por qué te íbamos a contar? Tantas cosas que tú nunca nos has contado.

SCL
Porque suena como importante, ¿no?

MADRE
Para nada, Santiago. No porque te has separado dos veces significa que nosotros lo vamos a hacer, amor. Dormimos en piezas separadas no más. Eso es todo.

PADRE
Y cuando alguno de los dos anda cariñoso, se va a la otra pieza...

SCL
Papá, detente, no quiero enterarme.

MADRE
Santiago, te dejé un pijama de tu papá para que te pongas por si no tienes.

(continuará)

SCL

Gracias, mamá, pero no uso.

MADRE

Eso sí que no. Seré tu mamá, pero no te voy a ver con tus cosas colgando; así que te vas a poner algo.

SCL

No se me había cruzado por la mente pasearme desnudo por la cocina.

MADRE

¿Y si tiembla? Deja, al menos, el pijama a la vista. Nunca se sabe.

SCL

Ok, mamá, gracias.

MADRE

Es rico tenerte de vuelta, Santi. Nunca debiste haberte ido.

PADRE

Todo el mundo tiene que irse, mujer. Lo importante es que ha regresado. Y te apuesto que no se va a ir así como así.

SCL

Veamos. Gracias por todo, mamá.

MADRE

Para eso estoy. Buenas noches, amor.

SCL

Buenas noches.

Mi tío Tomás dice que Chile ya no es igual. Esto no ha sido una transición sino una *transaca*, afirma molesto. Al final, Pinochet ganó y sigue a cargo.

Mi padre sostiene que este país es sólo para gente fuerte.

Como la vejez, le responde mi hermana Paula, que se separó por segunda vez.

Antes el país era más solidario, insiste mi tío.

Quizá, le dice Jonás, mi hermano estudiante de Arquitectura, pero ahora es más tolerante. Es mejor ser un tolerante egoísta que un solidario intolerante.

Me fijo que Jonás ahora tiene los brazos tatuados. Y los ojos rojos y vidriosos.

Mi madre me sirve más ensalada de habas y les dice a todos que deberíamos pensar positivo.

Mateo, un primo, que trabaja en una trasnacional, me dice que pruebe el vino, que es de una viña aspiracional.

¿Cómo?

De una viña emergente, corrige. Son viñas nuevas. Es la gran moda, Santiago. Tienes que probar este Shyrah.

Mi hermana Amelia, que se va a casar virgen, pregunta si alguien desea ir con ella al *Home Depot*.

Home Store, le corrige, mi madre. Ahora se llama *Home Store*.

Julián, mi primo futbolista, me pasa a recoger. Avanzamos por la Vitacura profunda, hacia el final de la avenida, llena de neones y pubs y letreros que me recuerdan los suburbios de Oklahoma City.

Esto es la zorra, huevón, me dice. Lo vamos a pasar bacán.

Vamos a un cumpleaños de un tal Toby Zárate, que ahora es de la Católica. Hay mucha rubia-platinada que, me informan, son casi-famosas y salen en las portadas de los tabloides-basura. Mi primo es de los pocos futbolistas rubios, lo que lo coloca en un sitio privilegiado. Su tía, y mi madre, guardan los recortes de prensa. Julián ha sido portada de *Caras* y *Cosas*, dos revistas que odian el fútbol. Él me dice que su nivel de fama no tiene nada que ver con la fama de esas minas.

Si me las culeara, entonces, la fama de ellas subiría, pero lo penca es que la mía descendería ene, me explica. Por eso me agarro minas que nadie conoce. Así no me huevean los paparazzi.

El local se llama Pancho's (o Juancho's) y de las paredes color zapallo cuelgan fotos de James Dean y Marilyn Monroe. Me sirven un anticucho. Más allá, un grupo de nerds *dot-com* celebran algo.

Deseas algo, me dice una chica con dreadlocks y unos ojillos celebratoriamente verdes.

Dame un Absolut Cranberry, le digo, recordando a Silvana, la colombiana del barrio de Foggy Bottom.

¿Qué?

Un Absolut con jugo de arándano.

¿Qué?

Eh.... Absolut tónica, le digo.

No tenemos Absolut.

Mi primo me dice que me ubique. Para qué pedís huevadas raras, me dice, serio. Estamos en Chile. Atina. Pide pisco, huevón. El pisco ahora la lleva. Piscología pura. Me ofrecieron hacer el comercial pero tuve que hacer el de la palta Hass. Los deportistas, se supone, no tomamos alcohol.

Igual es lindo el comercial de la palta, le dice la chica, que está atenta a la conversación. Yo ahora como mucho más palta. Te juro que juraba que tenía ene colesterol cuando nada que ver.

Viste, me dice mi primo, orgulloso.

Dame una piscola, entonces, le digo, recordando mis viejos tiempos.

¿Normal o light?

¿El pisco?

La cola.

Normal, no más.

Mi primo sonríe y me dice: así me gusta, Santiago. Que intentes adaptarte. Aunque esta huevada, huevón, ha cambiado más que la cresta.

¿Para mejor o para peor?

Para mejor, primito. Para mejor.

Toby Zárate hace su entrada triunfal. Toby tiene el pelo con visos rubios. Lo sigue todo el equipo de la Católica. Las rubias gritan.

Tomo mi piscola. Sabe igual que hace veinte años. Es un buen sabor, pienso.

Welcome to Santiago, Santiago. Se te echaba de menos.

Salud.

Salud.

Me junto a almorzar con Lucas Walker, alias *Luke Skywalker*. Lucas Walker se llamó así antes que George Lucas tuviera la idea de inventar a su mítico personaje. Lucas Walker es menos rubio que Mark Hamill, claro que en esa época Lucas Walker parecía más rubio de lo que era porque parecía brillar por dentro. Lucas Walker, por ese entonces, iba por delante de todos y nosotros nos sentíamos honrados de seguirlo. Ahora, en cambio, parece estar con los voltajes bajos. El otro día, en VH-1, en un reportaje a los setenta, vi una entrevista que le hicieron a Mark Hamill; me pareció que estaba muy decadente y avejentado. Luke, a pesar de su falta de luminosidad, se mantiene aterradoramente joven. Es como si su cuerpo asumiera que, mentalmente, sigue teniendo veinte.

Lucas Walker nació doce años antes que se estrenara *La guerra de las galaxias*. Antes de ese día histórico, todos le decían Lucas. O Pato Lucas. Pero el año 1978, la suerte de Lucas Walker cambió: la pubertad lo encontró listo y dispuesto para convertirse en Dios. Hay nombres que vienen con un extra, con un pasado o con un destino. Hay apodos que te destrozan y se cuelgan de ti como esa nube negra que no se despegaba sobre la cabeza de Mala Suerte. Si todos te dicen Luke Skywalker, entonces más vale que te comportes como un héroe.

Me tincaba, me dice Walker, luego de observar la resbalosa alcuza con aceite que nos colocaron en la mesa. Es de maravilla.

Lucas vierte un poco del pálido aceite sobre un plato y, con los dedos, lo toca.

Fíjate: no tiene cuerpo y es áspero, acota. Un aceite

fino no puede tener la consistencia de la bencina blanca. Ni menos un sabor metálico.

Estamos en una parrillada popular llamada Eladio. Es el tipo de local donde la gente cree que comer mucho es mejor que comer bueno. El sitio es inmenso y el ruido ambiente es tal que la espantosa música que emana de los parlantes ni siquiera se escucha.

Tú elegiste el local, le digo.

Sí, porque es barato. Ando corto.

Luke no deja de mirar el aceite y luego lo huele.

¿Qué hueles?

Nada.

Un aceite no puede no tener aroma. Mi aceite huele a una mañana de verano.

¿Y cómo huele una mañana de verano?

Depende con quién terminaste la noche antes, me dice antes de reírse.

Lucas Walker vive en Ovalle, en la Cuarta Región, pero viene a Santiago cada tanto. Tiene un departamento de dos ambientes en un inmenso edificio de la Avenida Colón. Es socio de una embotelladora de aceite de oliva orgánico. Dice que aún no le da el palo al gato, pero está seguro que se lo dará.

El aceite de oliva será el nuevo vino, sentencia, como para cambiar de tema.

Si tú lo dices...

Si. Créeme. Los buenos restoranes, los que son más diseñados y caros, ofrecen nuestro aceite. Te voy a mandar unas botellas a tu casa.

Luke Skywalker se viste como un vaquero local. Anda con botas y un sombrero de paja. Su piel está roja por el sol desértico. En el colegio, Walker fue mi mejor amigo. Luego lo dejé de ver. La amistad se reanudó una vez en Miami, diez años después. Me lo topé, de casualidad, en un outlet de Miami. Andaba con su mujer y su niño chico. Yo estaba de paso, haciendo escala rumbo a Haití y las Guyanas. Nos juntamos esa noche a tomar unos daiquiris en el Versalles de la Calle Ocho. Lo pasé a buscar a un hotel color melón en Ocean Drive, donde su mujer, una chica pecosa, me dijo que siempre había querido conocerme. Walker me contó que, a su regreso de Orlando, su mujer lo iba a dejar por un compañero de trabajo. Este era un viaje de despedida para que su hijo tuviera un buen recuerdo. Se habían prometido a sí mismos posar junto a Mickey sonriendo.

Siempre te dicen que un hijo te cambia la vida, me dice, masticando un trozo de carne. La miniparrilla caldea el ambiente. Te dicen que aquellos que tienen hijos se centran, ven la vida distinto. El mito es que los hijos te hacen crecer, te potencian, te centran. ¿Tú crees que es así?

No sé.

¿Crees que existe el instinto paternal?

No lo tengo tan claro.

Yo no creo. O sea, sí. Sí creo. Creo que con el tiempo el instinto va creciendo. Cuando captas que si tú no te metes y no te involucras en la vida de tu hijo, entonces el pobre huevón se va a convertir en alguien sospechosamente parecido a ti.

Nunca había pensado en eso.

Deberías. ¿Desde cuándo no lo ves...?

Harto tiempo... harto... Decidimos con su madre que era mejor que él tuviera otro padre, que yo me saliera de su vida. Y me salí

¿Y él ha salido de la tuya?

No.

Los hijos, si están contigo, compadre, te cambian la vida. Te la intensifican. Pero si no son parte de tu vida, y aunque lo veas los domingos, te la cagan. Todos los días despiertas como si te faltara algo, y la verdad es que sí: te falta una parte de ti mismo.

Dejo mi plato de punta picana con tomate-palta a un lado. Se me quitó el apetito. El calor de las brasas es intenso y capto que toda mi camisa está mojada.

Se fue todo a la mierda. Todo, huevón, se va a la

mierda. Si hubiera sabido que esto iba a terminar así, me hubiera preparado. ¿Tú crees que todo tiempo pasado fue mejor?

No. O sea... no. Creo que todo tiempo pasado fue *peor*.

Yo no. O sea, sí. O sea, no.

¿Sí o no?

No sé, Santiago. De verdad, no sé. De un tiempo a esta parte como que no sé nada. Raro. Antes como que sabía todo.

Walker, con el cual me he escrito por e-mail desde 1998, cuando el mail comenzó a funcionar, no quiere ir a la reunión de curso. El curso nunca se ha juntado. Nos saltamos la reunión 10 y ahora todos desean festejar el aniversario número 20.

Los odio a todos y...

¿Y qué?

¿Tú crees que irá Pilar Ahumada?

Supongo. Era parte del curso. Una parte clave, diría yo.

Sí, clave.

Yo creo que irá. Irán todos, Walker. Tocarán música de nuestra época. Bailaremos.

Nuestra época. ¿Por qué hablan de nuestra época? ¿Era nuestra? ¿Por qué nuestra época no es ahora?

Es una forma de hablar...

Hay una radio que escucho... Onda retro. Y siempre dicen: *la música de tus mejores tiempos.* Y, no sé, a veces me hace pensar... porque manejando por los caminos de tierra uno tiene muchas horas para pensar y... a veces creo que tienen razón. No creo que esto mejore. ¿Tú?

Al menos, eso creo. Eso espero. Sí.

Eres un ingenuo.

Un optimista. Prefiero caerme andando por el mundo como un optimista que encontrando todo malo.

Yo ya no espero.

La esperanza es lo último que se pierde.

Antes, quizás. Ahora es lo primero. Además, yo creo que tú y yo somos distintos. Quizá tú no tuviste un momento tan,

tan bueno. Tú no tuviste una Pilar Ahumada, Santiago. Cuando uno se topa y tropieza y tiene un lazo, una relación, un amor, con alguien como Pilar Ahumada, todo después es cuesta abajo.

Exageras, le digo, levemente emocionado por su romanticismo ingenuo. Creo que le estás poniendo. La vida no es como en las películas, Luke.

Ojalá lo fuera. Sería mejor.

Yo, en todo caso, tuve a Lorenza Garcés. ¿Te acuerdas?

Sí. ¿Qué fue de ella? ¿Por qué terminaron?

No me acuerdo. Creo que ella terminó conmigo. Tampoco duramos tanto. Pero desde que llegué, no he parado de pensar en ella.

Búscala. En todo caso, nunca hay que enamorarse de una compañera de curso. Atinaste bien.

Bueno, al menos ya no tendrás ese problema.

¿Crees que yo nunca me voy a enamorar? ¿De verdad te parezco tan patético?

No, Luke. Creo que nunca vas a volver a estar en el curso.

Uno siempre va a seguir estando en su curso. Uno nunca logra superar el curso. Tu curso es tu curso. Por eso mismo no sé si ir. No me atrevo.

Va a estar divertido. Además, vas a ser el más joven de todos.

Puta, no llegué a ser lo que ellos esperaban de mí.

Qué importa eso. Lo importante es lo que tú piensas de ti.

Pienso lo mismo: no llegué a ser lo que quería. ¿Crees que me convertí en lo que quise? Yo quería otra cosa. Raro. Te juro, hubo un instante, cuando estaba con la Pilar, en que pensé que lo iba a lograr.

Pero nadie logra eso

Sí, y lo sabes. Pocos, quizá, pero son suficientes para cagarte la vida. Uno funcionaría mucho mejor si pudiera olvidarse del pasado y dejara de sentir envidia. Puta, con eso, uno la pasaría mucho mejor.

La mejor manera de borrar el pasado es que vayas. Así la huevada se transforma en presente. Ya, yo te paso a buscar y llegamos juntos. Aún faltan dos semanas. Tienes tiempo de sobra para prepararte mentalmente.

Nunca la he vuelto a ver, Santiago. Ni de lejos.

¿Nunca?

Nunca. Cuando la llamé, dos meses después que pasó lo que pasó, ella me contestó el teléfono y lo que me dijo fue tan fuerte, tan preciso, tan duro, que cuando le colgué supe que nunca más podría volver a verla, ni menos hablar con ella. Capté que lo que hice, más que un error, fue un crimen.

¿Pero cómo lo iba a tener a esa edad?

Oye, si tenía diecisiete, tampoco era tan, tan joven. No, si el crimen no fue eso, Santiago. El crimen fue que yo me cagué de miedo, que la dejé sola, que no puse un peso, que me desaparecí y me arranqué a Mendoza.

Huevón tonto, se te olvida que tú también tenías esa edad. Eras un pobre pendejo. Tenías que actuar así. Cuando uno es pendejo, actúa como pendejo. ¿Qué más podías hacer?

Atinar. Me asustó lo que hice, y me asustó ella. La Pilar no se vino abajo y yo, en cambio, sí. La fuerza, por primera vez, no estaba conmigo. Yo era un niño y ella una mujer, aunque los dos teníamos la misma edad. Yo, en ese minuto, me di cuenta de eso, y lo peor es que ella también. La vida, a veces, te pone a prueba. Y fallé el ramo más importante.

Una vez, años atrás, caminando por La Paz, en Bolivia, a la salida de un cyber-café, miré Los Andes y me dije: el cielo está azul-paquete-de-vela. El cielo está absolutamente como uno sueña que debería estar.

Quizás era la canción que surgía de la tienda de software pirata. *I Was Made For Loving You* flotaba por sobre la muchedumbre quechua que copaba la empinada vereda.

Esta canción, le dije a Robert, un colega, me recuerda a mi país.

A mí también, me dijo. Melbourne, Australia.

Santiago, Chile, le respondí.

```
          Flashback (nítido, sin flu):
       EXT. Calles de Los Dominicos — Noche.
   Bajo por General Blanche, desde la casa-con-niveles
   de Lorenza Garcés, hacia el valle de Santiago. El
   sol recién se ha puesto, aún no está oscuro, pero
   las luces ya se han encendido, y el cielo limpio de
      verano se ve rojizo detrás de los montes que
   separan la inmensa ciudad de los otros valles, y de
   la playa, y el recuerdo —el aroma— de Lorenza está
      fresco sobre mi piel. Acelero. Toco mi flameante
   licencia de conducir. Manejo un Accord. Comienzo a
      descender. En eso suena el tema de KISS.
```

(Ok, ok, todo esto es medio ochentero, ya, pero tenía dieciocho, venía llegando de Indiana, y lucía el pelo muy, pero muy largo. Uno no elige ni el barrio, ni los padres, ni la época, nada; te toca lo que te toca, punto).

Hasta ese entonces, la única seguridad con la que yo podía contar era mi total inseguridad. Pero no ese día. Lo que capté esa tarde fue que nunca volvería a ser tan feliz, nunca estaría tan en control, nunca volvería a sentir a Santiago tan cómplice.

Tenía razón.

Esa tarde sentía que uno podía ser feliz en Santiago y que cada uno arma su propia ciudad. Esa tarde me sentí tan libre como en Indiana y, a la vez, atado, con un norte, acogido.

Quizá por eso he regresado.

He regresado al único lugar donde he sido francamente feliz.

Mi hermana Paula me cita en un lugar que de inmediato me gusta: el café Budapest, en un cruce que tiene cuatro plazas; en cada una hay nanas y niños y adolescentes con uniforme de colegio y algunos ancianos con sus enfermeras de blanco.

Mi hermana ha intentado ayudarme a buscar a Lorenza. Le parece del todo romántico. Hemos usado Internet, la guía de teléfonos, toda la red social. No hemos tenido suerte.

En eso llega mi hermana Constanza, que ya se casó. Vive cerca y se vino caminando. Su piel está bronceada por el sol de Anga dos Reis. Pide un capuccino. Los capuccinos de acá no son iguales a los de allá. Le pregunto si aquí existe un diario donde uno pueda publicar un aviso que diga algo así como:

¿DÓNDE ESTÁS?

Te vi en la fiesta del lanzamiento del vodka, en el parque. Andabas con un perro. Casi todo me recuerda a ti. Recorro Stgo y no te encuentro. ¿Dónde estás? Santiago (ahora en SCL)
09-733-2115

No creo, me dice. No creo que lo lea.

Pero alguien se lo podrá comentar. Pero aquí todo el mundo se conoce, le digo.

Santiago es grande, Santiago. Santiago es interminable, no creas que todos se conocen.

Mi otra hermana agrega: yo a veces siento que no conozco a nadie.

Mi hermana Paula se topó con la amiga de un amigo de un amigo en una farmacia. En Santiago hay más farmacias que bares y están siempre repletas, abren todo el día, las 24 horas. Son una plaga. Ese amigo es primo del tipo que era pareja del tipo que cubre la vida social para un diario. Reportea junto a la fotógrafa de la revista que vi en el avión. Ella, me dice, conoce a todo el mundo.

Nos pone en contacto digital. Quedamos en juntarnos en el Santo Remedio; en un principio, siento que todos me miran porque ando solo, pero luego capto que esa es una vieja tranca mía. Pido un Jack Daniels porque me gustó la promotora enfundada de negro que me ofreció un vasito a la entrada.

En eso llega Ivo, el cronista social, vestido como la portada de una revista de modas. Me besa en las dos mejillas y deduzco que las costumbres locales han cambiado. Ivo pide una copa de champagne demi-sec y me cuenta que esta noche está intensa porque hay dos cumpleaños, un estreno de teatro, una premiere de cine chileno y la inaguración de una muestra fotográfica de un tipo que acostumbra a fotografiar a sus parientes en pelotas. Luego me pregunta si es verdad que mi primo futbolista anda con una rubia que es modelo del programa de Don Francisco y yo le digo que no sé y que mi primo no me deja hablar de su vida privada.

En mi pueblo, yo siempre era el que lo sabía todo, me dice en el taxi. El único además que leía a Truman Capote en la plaza. Mi madre me dijo que me quemaría en el infierno por copuchento y ahora es la primera que me lee. Así es la gente: tonta pero cahuinera. Gracias a toda esta gente vacía, yo ahora tengo un dúplex y un Mini Cooper amarillo.

En un local llamado El Toro nos encontramos con Sarita, que es gorda pero no inmensa, sino más bien gordilla, que es el término para las minas que, a pesar de ser gordas, tienen onda y transforman su fealdad en marca registrada. Sarita usa lentes de marcos gruesos color rojo y huele a colonia Barzelatto. Sarita habla con acento, como la gente alternativa.

Le pregunto si es peruana-boliviana-paraguaya.

No, me dice, lo que pasa es que me crié viendo mucha serial doblada al español.

Sarita conoce a «todo el mundo». Al menos lo ha fotografiado. Ésta es una ciudad chica, me dice. Enana. Nosotros somos pocos.

¿Nosotros?

Sarita no me responde mientras le arregla la camisa a Ivo, que habla por celular con un amigo en Barcelona.

Le pregunto a Sarita si ubica a Lorenza Garcés.

No aún, me dice. ¿Debería?

Mi hermano me dice que una ciudad no se mide tomando en cuenta lo que te da, sino aquello que no te quita.

Caminamos por la Alameda. Jonás está asesorando a un equipo que está realizando un documental sobre Luciano Kulcewski, el arquitecto «más cool y gótico de América Latina». Jonás algo sabe sobre Kulcewski; su memoria de título será sobre este hombre que, durante los años treinta, intentó transformar Santiago en la ciudad que él siempre quiso habitar.

Kulcewski no aceptó que esta ciudad estaba al fin del mundo, o que era horrible, o que sólo servía para escapar de ella. Kulcewski, a diferencia de sus compañeros de generación, no soñaba con viajar a Europa o vivir lejos. Kulcewski se la jugó por Santiago, Santiago. Y eso, no sé, eso me conmueve. Me da lata que todos sepan quién es Gaudí y nadie sepa quién es Kulcewski.

Yo, lo reconozco, no sabía quién era, pero recorriendo la ciudad con mi hermano, mientras el sol se pone y la llamada hora mágica ilumina los góticos edificios de este señor, me doy cuenta de que siempre me gustaron, aunque nunca se me ocurrió preguntar quién era el autor.

Siempre me ha molestado cuando la gente ataca a Santiago, Jonás, le confieso. Como que siempre pienso que me están atacando a mí.

Cierto: te llamas Santiago.

¿Crees que es muy agradable cuando dicen «puta, odio Santiago» o «Santiago vale callampa»?

«Santiago no salva a nadie»

Exacto.

Igual debe ser genial llamarse Santiago. Es el único nombre que también es ciudad. Nadie se llama Río Pérez.

O Montevideo Acuña.

Caracas Sánchez. Oslo Vicuña. Osaka Lozada.

Como apellidos, las ciudades funcionan más: Ulises Lima. Eugenia París. Ricardo Lagos. Juan Madrid.

Jason London. Las hermanas Lisboa. Juan Carlos Valdivia. Daniel Trujillo.

Santiago Santiago. Es posible, le digo.

Mucho, ¿no? Nicolás Santiago suena mejor.

Sydney Pollack.

Cierto. Santiago y Sydney. Dos nombres. Claro que Sydney es mujer, me responde.

Sydney Pollack, el director, es hombre.

Ya, pero es un nombre unisex. Pero es más de mujer, ¿no crees? Sydney, Australia, es definitivamente una ciudad femenina. Además, tiene playa.

¿O sea, las mujeres tienen playa?

Viña tiene playa y es mujer, me dice.

Acapulco también. ¿Acaso es mujer?

Sí, y es una media mina. Lo mismo que Miami.

No sé... Rara tu teoría, Jonás. Concepción también es femenino. Concepción Balmes. Y Florencia. Ahí tienes otro. Florencia Fuenzalida.

En todo caso, poca gente se llama igual que su ciudad.

Me acuerdo de una canción de Isabel Parra. Puta, cómo odio a Isabel Parra. Era una canción tipo canto nuevo. De protesta. La escuché una noche en un local alternativo llamado Kafe Ulm, que quedaba al lado del cine Normandie.

Ese edificio es de Kulcewski.

¿Sí?

Sí.

Sincronía. El asunto es que sale Isabel Parra y se larga a cantar con su guitarra esta canción sobre Santiago. Onda «Santiago, te hundirás... reventarás, reventarás». Algo así.

Es el discurso fácil: puta la ciudad apestosa, puta el pueblo la nada, puta el lugar perdedor.

Es que la gente se cría amando París, Jonás.

Amar a París es fácil. Es fácil que una pareja termine besándose al lado del Sena. ¿Por qué la gente no termina besándose al lado del Mapocho?

Es que de París vienen los niños.

Odio París.

Yo también. Y odio Roma, Venecia, Florencia.

Florencia es un asco.

¿La conoces?

No, pero jamás iría a Florencia, le digo. Para qué.

Es todo viejo.

Está todo hecho.

Dale en tu corazón un lugar a Santiago. ¿Te acuerdas?

Me acuerdo todos los días, huevón. Es la canción que tararreo en la ducha.

No preguntes lo que la ciudad pueda hacer por ti, me dice, antes de cruzar la calle Irene Morales. Pregunta mejor qué puedes hacer por tu ciudad.

Quererla.

Puta, eso es un superprimer paso, hermanito.

Me despido de mi hermano frente a un edificio llamado La Gárgola, frente al Parque Forestal. El taxi sube por Providencia. Se me ocurre que la gran diferencia entre un pueblo chico y una ciudad es que un pueblo nunca podrá ser grande y una metrópolis, si te cierras lo suficiente, te podrá terminar pareciendo un pueblo.

Recuerdo y miro pasar los lugares por donde he transitado tantas veces.

El cerro San Cristóbal y el funicular, obra, me entero ahora, de Kulcewski.

La cordillera nevada iluminada por el sol rojizo de la tarde.

La Biblioteca Nacional.

El hotel City.

El cine Las Lilas, esa pescadería, esa florería, esa botillería, esa reparadora de zapatos...

En todos esos lugares he estado. Cada uno de esos lugares son parte de mi historia.

Ahí compré un disco, ahí encargué esa torta, ahí arreglé mi bolsón, ahí me junté con Lorenza Garcés y se puso a llover.

Lo importante no es lo que te da, recuerdo, es lo que no te quita.

Mi madre me dice dos cosas: que, puesto que me voy a quedar, debería buscarme un departamento, y que estamos sin detergente.

Parto al hipermercado.

He recorrido la ciudad entera, me he juntado con tribus y bandas, círculos cerrados y grupos aparte, y nadie parece tener contacto con Lorenza Garcés.

Quizá no exista, que se fue; quizá ya no está más. Quizás es mejor así. El pasado funciona mejor como pasado.

Entonces la veo.

A lo mejor es verdad eso que dicen: aquel que deja de buscar, encuentra. Y la encuentro. En el lugar menos indicado, pero la encuentro. Ahí está.

Está frente a mí.

La sigo, sigo su carro, distante, discreto, para que no se percate.

No se ve igual. Ya no tiene dieciocho. Anda con un buzo gris, suelto; el pelo tomado; anteojos (sin marcos gruesos). Saca cajas de leche larga-vida, colados, cereal para niños, cuchuflíes cubiertos de chocolate, alfajores, jugos de membrillo, de pera, de manzana.

Pasa por el pasillo de comida de perros, pero avanza rápido, no saca nada.

En la sección fideos se detiene en los tarros de salsa de tomate y extrae uno. En el pasillo refrigerado siento un escalofrío mientras la observo elegir de entre las docenas de yogurts aquellos que tienen trozos de papaya y cero-porciento grasa.

¿Le hablo? ¿Le digo algo? ¿Qué le digo?

Lorenza, ahora, está en el pasillo de los licores. Decido acercarme. Va hacia los vinos y saca uno; luego, coge dos cajas de vino blanco. Yo me quedo frente a los piscos. Ella se acerca y, sin pensarlo, sin dirimir, saca una botella de Capel. Yo, como si fuera un reflejo, la imito.

Me mira y sonríe. Luego se detiene y capta que me conoce. Que nos conocemos.

Tanto tiempo, me dice, suave.

Tanto tiempo.

¿Estás acá?

Claro.

Viviendo, digo. ¿O estás de paso?

Creo que me voy a quedar.

Los dos nos miramos y me siento muy nervioso, siento como la botella se desliza de mi mano por la transpiración. La dejo en el carro.

Te andaba buscando, le digo.

¿Sí?

Sí. Te vi en una foto.

¿A mí? Imposible.

Sí. En una revista, le explico. En la vida social.

No hago vida social. Ni siquiera tengo vida.

La miro y le creo.

¿Tú tienes perro?

No. Deberíamos pero, por ahora, no.

¿Y esa fiesta mandarina?

¿La fiesta *qué*?

¿El lanzamiento de un vodka? ¿Puede ser? Una fiesta que hicieron en el Parque Forestal.

A mí no me invitan a ninguna parte. Ojalá.

Lorenza mira el reloj.

Tengo que recoger a Tomás.

¿Tu...?

Hijo.

Me fijo que no tiene argolla.

¿Te puedo llamar?

Sí, claro, me dice.

Delicadamente deposita la botella sobre dos bolsas de sal marina.

Silencio. Pausa.

Así aprovecho de conocer a tu marido, le digo.

Genial, así me lo presentas.

Los dos nos reímos, yo más aliviado.

Cada tanto he pensado en ti, me dice. Raro que nos topemos en este lugar.

Tanto tiempo, le digo.

Tanto tiempo.

Te paso a buscar y vamos por ahí a alguna parte.

Puedes ir a mi casa y te preparo algo para comer.

Y me convidas un trago.

Ése lo preparas tú.

Absolutamente, le digo.

Lorenza me anota su número, se ríe tímida y se aleja.

Bueno verte, Santiago.

Bueno verte, Lorenza. Por fin.

Me quedo ahí, perplejo, frente a los whiskys. Saco mi billetera y extraigo la foto de la revista. La desdoblo con cuidado y la miro. En efecto, hay una chica al fondo de los arbustos. Pero no es ella. Se parece, eso sí. Se parece a Lorenza Garcés. A la Lorenza Garcés de mi recuerdo. A Lorenza a los diecisiete, no a la Lorenza real.

La observo a lo lejos, en la sección lácteos. Ella capta que la miro y me mira y sonríe.

Es bueno estar de vuelta, pienso. Ésta puede ser una gran ciudad.

EL FAR WEST

Ok, cuando quieras. Partamos, no más.

Vale. ¿Te molesta que grabe?

No, para nada.

Gracias. Es mejor grabar que anotar. Lo he ido aprendiendo con el tiempo. Si anoto, no te puedo mirar.

¿Y para qué me quieres mirar, huevón?

No, o sea... Es para la confianza.

Ya te tengo confianza; si no, no estarías aquí. ¿Crees que te hubiera dejado acercarte?

Eh...

Además, no te conozco, así que todo bien. Sólo desconfío de aquellos que me conocen.

Entiendo.

No creo, pero da lo mismo. En mi vida, huevón, sólo me ha cagado gente de confianza: mi viejo, amigos, minas. Profes, también. Empleados, jefes. Un desconocido, en cambio, nunca me ha cagado. *Por ahora.* Espero que no me cagues.

Puedes confiar en mí.

Confiar en un periodista. ¿No te parece un poco ingenuo?

«Toda mi vida he dependido de la bondad de los extraños».

¿Qué?

Nada. Mi polola es actriz. Hizo una obra... Da lo mismo. Así terminaba una obra muy famosa en que actuaba.

No sé. No voy al teatro. Odio el teatro. Ya ni voy al cine. Aquí no hay. Tampoco tengo tele.

No te pierdes nada.

Seguro. Aunque igual estamos pensando con mi socio

instalar Sky en las cabañas. A los veraneantes les gusta ver tele. El Festival de Viña y toda esa mierda. Aquí la señal abierta llega como el forro.

Ya basta de charlitas, mejor entrar en acción. Si logro relajarlo, tendré un gran artículo. Basta que me cuente la mitad de lo que le pasó para que tenga un medio título y una buena crónica. Voy a matar. La Paula Recart va a quedar feliz, me va a amar, capaz que hasta me contrate como su reportero estrella.

¿Te pareció muy largo el camino?

No. De hecho, pensé que era mucho peor. Me sorprendió que estaba todo pavimentado. ¿Partamos?

Partamos.

Tengo varios minicasetes y pilas. Así podemos hablar todo lo que queramos.

Lo que *quiera.* El que va a hablar aquí soy yo, no tú.

O sea, sí, claro, Pablo; pero se supone que vamos a *conversar...*

Tú vas a preguntar, que no es lo mismo. Y yo, si quiero, te voy a responder.

Sí.

Entonces esto no será una conversación, compadre. El que tiene el poder aquí soy yo. ¿Y gracias a quién? A ti. A ti y a tu morbosa curiosidad reporteril. Si decido no hablar, te quedas sin pan ni pedazo.

No me queda tan claro.

Entonces quedemos hasta aquí. Un gusto haberte conocido.

No se trata de eso...

Entonces te puedes regresar a Santiago sin tus casetes saturados con mi voz. Lo que tú quieres, lo que necesitas, son los detalles. ¿O no?

O sea...

Sin los detalles, compadrito, cagaste pistola. Tu jefecita dejará de ser tan dulce y te va a volar la raja. ¿Te parece mal lo que te digo?

No. Es tu visión de las cosas. Te la respeto. Yo sólo quiero ayudarte...

Te quieres ayudar a ti, huevón. No te vengas a hacer el inocente. Un periodista *no* puede ser bueno, aunque trate. Siempre terminará hiriendo a otro.

Pero yo con esta historia quiero ayudar a los demás. Igual creo que tu caso...

Por algo me vienes persiguiendo hace dos meses. Mi historia te toca y te llega.

Sí, claro. No lo niego. Es una buena historia. No siempre uno se topa con buenas historias.

Así me gusta: sé sincero. Muestra tus colmillos, Félix.

Felipe. Felipe Rivas.

Te gusta la sangre, la hueles, y sabes que yo apesto a ella. No tienes nada de qué avergonzarte, Felipe Rivas.

Puede ser. Lo admito.

Lo que tú quieres es un buen artículo. Y creo que lo vas a tener. Así que nada... veamos qué pasa.

Tiene razón: sin él, no puedo conseguir la historia. Por lo general, el entrevistado es el que está nervioso, el que tiene miedo. ¿Por qué ahora soy yo el que se siente interrogado?

Ah, y tampoco tengo todo el día, Félix.

Felipe.

Es lo que quería decir. Surfeo por las tardes, Felipe. Acá abajo. Es para mantener mi sanidad. Cuando surfeas, te equilibras. ¿Lo sabías?

No.

¿Sabes nadar?

Sí, pero casi nunca nado.

Deberías.

Ahora que estoy de free-lance voy a tener más tiempo.

Puta, sin tiempo, ¿de qué te sirve todo lo demás? Y es

el tiempo el que se te escapa, no la plata, no la gente, no las cosas. Eso, huevón, lo aprendí en Hawai. ¿Has ido?

No.

El mar está gris. Cubierto. No se ve el horizonte. Siento frío pero, al parecer, Pablo está acostumbrado. Incluso parece estar sudando. A lo mejor son los nervios. Su pelo —largo— está mojado alrededor de sus orejas. De que está eludiendo el tema, lo está. Se me está yendo por la tangente. Pero tampoco puedo obligarlo ni lanzarme, de una, con la artillería pesada. Quizá sea mejor seguirle la corriente. Entrar de a poco. Dejar que opine y opine antes de encerrarlo en su propio cuento.

¿Siempre amanece nublado acá?
Si no despeja a la una, no despeja.
Tenemos tiempo, entonces.
Supongo que sí. ¿Una cerveza?
No.
¿No?
Bueno.
María, dos chelas, por favor. No, una no más. Yo quiero una michelada. ¿Quieres una?
No,
¿Quieres un crépe?
No, estoy bien. Gracias.

Si escribo esto en tercera persona, debería anotar detalles. El lugar, las cabañas, su ropa. Su polera alguna vez tuvo mangas; alguna vez fue color azul. Dice Puerto Escondido. Nota mental: debo averiguar dónde queda. Creo que está en México. ¿Estará en Baja? A los surfistas les gusta Baja. Lo leí en una Revista del Domingo. ¿O fue en otra parte? Debería preguntarle dónde queda.

Puerto Escondido está en México, ¿no?
Sí.
¿Baja California?

No. La costa del Pacífico. Oaxaca. México es la zorra. Pero Puerto Escondido es...

El cielo...

No, no para tanto. Igual hay gente. Y en el cielo no puede haber gente. Pero Escondido al menos está escondido. Siempre hace calor, no como aquí. Si eres surfista, es la cagada. Puta, es bacán. Igual yo estaba más en Xipolite porque ahí puedes pasar en pelotas.

Ah, es una playa nudista.

Supongo, sí. Claro. Vos eres medio cartucho, ¿no?

No.

Ah. Igual tienes cara como de nerd.

Puta, gracias. ¿Tú eres nudista, Pablo?

La preguntita. Veo que partimos. Los periodistas son periodistas. Hagan lo que hagan.

Perdona. Tics del oficio.

Dos micheladas trajo María. No voy a reclamar. La cerveza viene con hielo molido y se ve oscura. Mmm. Es picante. Y tiene salsa inglesa o algo así. No diré que no me gusta. Tengo que ganarme a este huevón. Tiene que hablar. La Paula me va a crucificar si no regreso con...

Ok, Felipe, ¿quieres que parta por el comienzo? ¿O por esa noche?

Partamos al final. A veces es mejor sacar eso para fuera para poder ordenar el cuento. ¿Qué fue lo que pasó esa noche? La noche del...

3 de octubre. El mismo año que bombardearon las Torres Gemelas. Un poquito tiempo después,

¿Qué pasó ese 3 de octubre?

Mira, ese miércoles en la noche, porque fue un miércoles, día de semana, un día normal, yo estaba en el cumpleaños de una amiga de mi polola de ese entonces. Era un cumpleaños familiar, con los papás de la festejada. El típico cumpleaños fome de día de semana de mina que no tiene pololo y que dice querer más a su familia de lo que la quiere;

lo que pasa es que no tiene con quién más juntarse. Pero la mina era la mejor amiga de la Cristina, mi polola, así que fui. Y comencé a tomar piscolas de puro aburrido porque, de verdad, me cargan las piscolas, prefiero el ron, el cuba libre; pero los dueños de casa, unos viejos medio fachos, no tenían nada más. La cosa es que nos pusimos a conversar sobre la situación de mis hermanos. No sé cómo surgió el tema, pero como la gente no era gente que yo conociera, tampoco me explayé tanto ni hablé pestes contra mi viejo como para que alguien pensara «este gallo va a cometer una locura en cualquier momento». Pero sí terminé hablando harto sobre arriendos y departamentos. De pronto a la vieja, a la dueña de casa, le cae la teja y me dice, casi horrorizada, «no entiendo, joven: usted es el apoderado de sus hermanos. ¿Y sus padres?».

No podía creer que tuvieras tanta responsabilidad.

Claro. Eso siempre ha sorprendido a la gente. Pero cuando le dije que mi padre era un hijo de puta y que mi madre estaba muerta, la vieja casi se cae de espalda. Se puso blanca. Inmediatamente cambió de tema y se puso a pelar a la Vivi Kreutzberger, porque a la gente en los cumpleaños no les gusta tocar temas peludos.

¿Y qué pasó después?

Fui a dejar a la Cristina a su casa. Vivía en Hernando de Magallanes con Bilbao. Por ahí. Ella andaba como tonta y no quiso que pasara. Nunca quería porque vivía con sus padres. Además, según ella, estaba indispuesta. Algo que, personalmente, me da lo mismo. Pero la Cristina se bajó del auto y nada. Ni un beso. Así que partí. La idea de ir a la casa de mi viejo me vino un poco más tarde. Cuando comenzó a sonar *Ausencias* del grupo Nadie. ¿Conoces esa canción?

De los ochenta.

Sí. Chilena. Del grupo Nadie.

«A Nadie».

Sí, así les decían, pero eran buenos. O sea, yo creo que eran buenos. Tuvieron, al menos, una canción.

Con una canción —dicen— basta.

Totalmente de acuerdo: con una canción basta para que te recuerden. Sin duda. La cosa es que surge esta canción de la nada, después de un tema, no sé, creo que de OMD. Y no sé, *Ausencias* como que me conecta con algo... con el pasado, con un pasado bueno, cuando era más pendejo, pero también con un pasado como las huevas, porque la verdad es que nunca la pasé peor que cuando se suponía que debía estar pasándolo la raja. ¿Me cachai?

Totalmente.

Pero lo que me mata de la canción... lo que me mata es el coro. Quizás es un poco adolescente. Como de adolescente que lee filosofía y no entiende nada pero igual se siente profundo.

«Lo que no te mata, te hace más fuerte».

Lo que igual es verdad.

Sí.

No porque no hay/siquiera una razón/un pájaro volador/un poco de comprensión/Ten un poco de compasión.

Me acuerdo de ese tema, sí.

Y nada... como que de repente me vi onda llorando, pero sin querer, y eso que no había tomado tanto. Mientras me secaba, capté que iba manejando por Las Condes arriba, casi en piloto automático. Como que el auto comenzó a dirigirse a la casa de mi padre. Como en esa película... *Christine.* Quizás el auto sabía que tenía que ir donde él, que yo tenía que enfrentar mi destino para así poder liberarme. No sé. Tampoco sé cómo llegamos a todo esto. Perdón, ¿dónde iba? Perdí el hilo.

Cuando te despediste de tu polola se te ocurrió ir a ver a tu viejo.

Eso. Como que la canción me gatilló algo. O me dio fuerzas. Si la Cristina, que tenía algo de mamá, hubiera sospechado siquiera que yo podía tener intenciones de ir esa misma noche adonde mi viejo, no me habría dejado. Ella sabía que yo había ido antes y era de la opinión que era mejor cortar la relación de raíz y de una vez por todas. Una vez me dijo que ya no valía la pena que me juntara con mi padre.

¿Por qué?

Porque siempre terminaba mal, con gritos. Y, al final, el que terminaba peor, enganchado, era yo. Esa noche, en todo caso, fui a conversar con él de nuestra situación. Mi plan no era pelearme, aunque sí desahogarme. Tanta mierda en mi cabeza ya no me dejaba dormir. Fui a enfrentarlo; algo que nunca había hecho en toda mi vida. Porque discutir por huevadas no es lo mismo que enfrentarse y hablar claro. En ese sentido, fue una noche distinta. Pero, puta, no sabía que sería *tan* distinta. Mi padre puede ser un hijo de puta, siempre lo ha sido, pero otra cosa es que sea...

Un asesino.

Exacto. Aunque no me mató.

Pero quiso...

Sí, se le pasó la mano.

Bastante.

Bastante, sí. Además, me atacó por la espalda.

Ah. No sabía eso.

Por la espalda, como los traidores.

¿Sin aviso?

Sin aviso.

Quizás eso fue lo que más te descolocó. No tanto que te disparara, sino que haya sido por la espalda.

Te aseguro que si me hubiera baleado de frente, me hubiera dolido igual.

Hablo más bien de los aspectos simbólicos.

Da lo mismo que te balee Edipo o Ulises o no sé quién chucha. Cuando tu viejo te balea, tus traumas se acaban y uno sólo está preocupado de no desangrarse. ¿Te puedo hacer una pregunta?

Claro.

Tú has ido a terapia, ¿cierto? Dime. ¿Has ido?

Sí. ¿Por qué? ¿Se me nota?

Demasiado.

Ah.

¿Por qué fuiste?
Por huevadas.
¿Pero por qué?
Creo que son temas personales.
Por qué, te dije
Puta, por rollos con mi viejo.
Veo. ¿Te baleó?
No.
¿Lo intentó?
No.
¿Entonces por qué te llevaron?
Porque, aun de adolescente, me meaba en la cama.
¿A qué edad?
Puta, a los doce.
¿Pero por qué? ¿Te pegaba? ¿Te culeaba? ¿Qué?
No, nada tan terminal. Nadie me pescaba. Con el tiempo, supongo que da lo mismo. Creo. Uno lo supera. Pero cuando lo estás viviendo, cuando crees que todo es tu culpa o que has hecho algo malo, puta, la huevada te rebana los sesos. Te bajan las defensas, pierdes tu columna vertebral y te vas a la mierda.
¿Malas juntas?
Digamos que llegué a la adolescencia sin estar preparado. Repetí curso. No salía de mi pieza. No hablaba. Las minas no me pescaban, me odiaba, me encontraba feo, todo me daba miedo. No paraba de dudar de todo.
Dudar es lo peor. Cuando te largas a dudar, después no puedes parar. Dudar es el jale de los pensamientos.
No era capaz de terminar nada. Nada. No tenía amigos. Pero onda ninguno. Pasaba volado, y borracho. Traté de matarme con las pastillas de mi vieja, pero se me hizo. Y eso... al final, igual uno vive. Se salva raspando, pero se salva. Sales al otro lado.
Lo típico.
Sí. ¿Contento? No creo que sea tan distinto al resto. Mi vida no da ni para novela ni para artículo. ¿Podemos seguir?
Pero igual tienes tu pasado.

No tanto como el tuyo, pero tengo pasado. Yo creo que todos tienen un pasado.

Sí, pero no todos tienen un futuro. Puedes usar esa frase como destacado.

No todos. ¿Tú crees que tienes uno?

Digamos que tengo un presente. Con eso, por ahora, me basta. No hay que pedirle mucho a la vida. ¿Otra cerveza?

Yo estoy bien.

Yo me tomaré otra. Además, como que me cansé, Felipe. Estoy raja.

Pero si recién partimos.

Sí sé, pero... ¿Sabes? No sé si quiera seguir... Igual todo es como muy... no sé. Es difícil. Espero que entiendas...

Tiene que seguir. Recien comenzó a abrirse. No puede parar ahora. No puede. No abandoné el diario La Segunda *para luego fracasar. La única manera en que pueda armarme un nombre es con un artículo que pegue, que llame la atención. Sin polémica no hay ruido, y si no hay ruido, nadie escuchará tu nombre. Pero esto es más que polémica. Es un golpe. Un golpe directo al corazón. La revista* Paula *sólo publica cosas de nivel. Un testimonio que, de seguro, podrá...*

¿Otra cosa?

¿Qué?

¿Si deseas tomar otra cosa? Hay jugos...

No, gracias.

¿En qué estabas?

No... Estaba pensando, no más.

¿En qué?

En lo que tengo que hacer cuando vuelva a Santiago.

Huevón, relájate. Si te voy a hablar. ¿En eso pensabas?

No.

No mientas.

Sí.

Lo haré. *Don't worry.* Pero necesito otra cerveza. Y un pisco. María... venga, por fa. Eh... ¿Te molesta que me fume un...?

¿Pito?

Sí. ¿Quieres?

Eh... creo que no.

¿No?

No. O sea... si tú quieres... pero creo que lo mejor para ti...

¿Lo mejor para mí? No me huevees. Ya tuve un padre y mira lo que me pasó. Ah. María, me trae otra michelada y un corto de pisco. ¿Tú?

Una Coca-Cola no más. Con eso estoy bien.

Eso, María. Gracias.

Si quieres, Pablo, podemos partir por el comienzo.

Te dije que estaba cansado.

Cansa menos cuando uno cuenta las cosas en orden. Es más largo pero dejas de pensar. Te fluye no más.

¿Eso te lo enseñó tu sicólogo?

Pero igual creo que es una buena idea.

¿Qué?

Que partamos —que partas— por el comienzo...

¿Qué comienzo?

Tu comienzo. Mira, Pablo, si no quieres llevar esto a cabo, de verdad que te entiendo, pero por favor...

¿Que cuándo nací y todo eso?

Sí.

Es una historia larga, ojo.

No importa, son las mejores. Además, no hay apuro. Tengo tiempo.

Pablo enciende el pito y lo aspira. Miro las banderas de piratas flamear. El humo invade todo el espacio sombreado del chiringuito. Claro que no hay nadie. Sólo María, que está más allá, en la cocina; se me ocurre que ya conoce esta historia. Algo me dice que se la sabe de memoria.

Supongo que todo empieza mucho antes de esa noche. Mucho antes incluso que muriera mi mamá. Supongo que todo comienza con ellos.

Sí. Todo parte así.

Bien: ellos se casaron en 1971, en plena UP. Creo que faltaron muchas cosas en la boda, que igual fue chica, y fue en el campo, en el campo de un tío mío, que queda en Boco, al lado de Quillota. Mi mamá se llamaba Mariana Cruz Tagle, y tenía 17 años; y mi papá, Francisco «Pancho» Santander Ossandón, que recién había cumplido los veinte.

¿Los veinte?

Sí, eran un par de pendejos. Demasiado chicos. Quizá por eso nos tuvieron; lo hicieron sin pensar. Si la hubieran pensado, yo creo que al menos mi viejo no me tiene. Pero, como te dije, eran chicos. Mi viejo, seguro que pasaba con la penca parada y no creo que pensaba que cada vez que se comía a mi vieja podía surgir un hijo, y menos una serie de responsabilidades. Para nada. De hecho, se casaron apurados. Fui yo, digamos, la razón de su unión. Se casaron de tres meses. Al rato, aparecí yo. De verdad creo que no sabían lo que hacían.

¿Crees eso?

Quiero creer eso. Porque no creo que uno planee ser un mal padre ni que uno quiera cagarse a sus hijos. Lo que pasa es muy simple: uno espera que, a medida que crezcan, te vas a ir calmando. Juras que el tiempo te hará mejor persona y, de paso, mejor padre; pero, claro, nunca sucede.

¿No?

Por desgracia, no. Ah, gracias, María. Lo anota en la cuenta.

Gracias.

Mmmm. Está rico. Está empezando a hacer calor.

Sí.

¿En qué estábamos?

En tu nacimiento.

Entonces nací yo. Pablo Alejandro Santander Cruz. ¿Quieres mi número de carnet?

No. ¿Qué año fue?

El 71. ¿Tú?

El 72.

Yo nací el 18 de septiembre de 1971. Justo para Fiestas Patrias. Puta, desde que tengo barba o antes que he pasado mis cumpleaños tumbado en el suelo barroso de una fonda escuchando cómo bailan cueca arriba mío. ¿Qué más?

Eh... tu infancia. ¿Cómo fue?

Como las huevas. ¿Qué más?

Puedes explayarte...

Puta que hueveas; mira, desde que tengo memoria veo a mi viejo pegándole a mi vieja, o castigándonos a nosotros. Los sociólogos, sacos de huevas, alegan que los monos japoneses de la tele son demasiado violentos, pero, puta, son menos violentos, te cagan menos la siquis, que tu viejo, hediondo a Flaño, armando el medio escándalo porque sí. ¿Estás de acuerdo?

Sí.

Desde los tres años que me agarra a correazos. Y le pegaba combos a mi vieja. Una vez hice un cumpleaños. Invité a todo mi curso. Mi viejo empezó a discutir con mi vieja, tomó la torta y la tiró contra la pared, y luego le pegó tanto a mi mamá que ella sangraba arriba de la mesa. Todos los pendejos lloraban, traumados.

¿Hasta cuándo duró el matrimonio...?

Mis papás se separaron definitivamente en 1985, cuando yo tenía 14 años. En 1980 ya se habían separado por primera vez y estuvieron dos años así, distantes. Pero después se volvieron a juntar como por cinco años, período en el cual nació la Tere. Sé que todo esto es medio enredado, pero, puta, la vida no es ni como en las películas ni como en los cuentos. Es un puro caos, no más.

De más.

Y tampoco uno aprende algo al final. Yo, al menos, no.

¿No?

No sé. No creo. Cuando mis viejos se volvieron a separar, después de este segundo intento, mi mamá se fue de la casa. Se fue con lo puesto. Ahí sí que no entendí nada. Ellos, desde luego, no aprendieron su lección. Me acuerdo que el día que mi vieja se iba me preguntó qué opinaba y yo le dije: «Primero te vas tú, después me voy yo, después se va la Connie; es la única manera que tenemos de escapar». Un par de meses después me arranqué. Me costó mucho porque de alguna manera —supongo que por ser el mayor— yo era el hijo predilecto de mi viejo. El favorito. Quien te quiere, te aporrea. A la Connie le costó harto también. El Martín y la Tere se quedaron con él porque eran chicos.

Son cuatro hermanos, entonces.

Somos cuatro hermanos Santander Cruz: yo soy el mayor; después viene la Connie, que es mamá del Miguel Ángel; después está el Martín, que estudia Ingeniería en computación en la Portales, y la Tere, que está en Tercero Medio. Viviendo con él corríamos auspiciados en la parte económica, pero sólo si vivíamos con él. Ésa era la condición. La Connie no estaba dispuesta a venderse y terminó en un liceo con el apoyo de mi vieja; después se dedicó a viajar. Quería estar lo más lejos posible. Vivió harto tiempo en San Pedro de Atacama. Se recorrió toda Sudamérica mochileando. Ahora estudia Teatro en Colombia; está en su tercer año. Mi papá, a todo esto, se volvió a casar hace como doce años. Y el año antepasado Martín se fue de la casa. La Juana, la segunda mujer de mi papá, trataba muy mal a la Tere, le pegaba; por eso el Martín siempre tuvo muchos problemas con ella. Estaba bueno el pito. Te lo perdiste.

Volvamos ahora un poco atrás. Rebobinemos.

Vale.

Cuéntame algo de tu adolescencia. ¿Qué onda?

Me acuerdo de cuando vivíamos en una casita de la calle Arizona, en la villa El Dorado. Había muchos niños en el barrio, porque eso era: un barrio hecho y derecho. Yo pasaba en la calle. Tenía, no sé, unos doce años. Me acuerdo que era capaz de escuchar a varias cuadras de distancia el auto de mi papá: un Fiat 132. Ahí me entraba el pánico. No quería que me castigara, pero me castigaba igual aunque no me hubiera mandado ningún condoro. Bastaba que escuchara el ruido del motor para que me largara a vomitar.

¿Y más de grande...?

Igual no más. Pero todo es más piola, más para callado. Es más fácil tener miedo de chico que de grande porque no tiene nada de malo tener miedo cuando eres chico. ¿Me cachai? Es lo que corresponde. De grande, puta, ahí la huevada se complica porque el miedo lo tienes que esconder. Pero no se te va. Se transforma en otras huevadas, pero no se te va.

¿En ira quizás?

Cortemos la huevada sicológica, ¿ya?

Vale.

Estuve en todos los colegios. En todos. Tanto que, al final, no estuve en ninguno. Pasaba metido en los Delta jugando. Me gasté una fortuna en fichas. Cuarto Medio lo terminé haciendo exámenes libres. Lo mío era flojera. Flojo, muy flojo el culeado. Lo asumo.

¿Eras muy conflictivo?

Muy pocas veces en mi vida he peleado. Fui más cobarde que pato malo. Yo no era el cabrón del curso ni el que andaba peleando. Para nada. Como que le tenía miedo a la agresión. Cuando veía a mi viejo enajenado con nosotros o con mi mamá, lo que sentía era pánico, no rabia. Pero, por otro lado... es raro, pero, a veces, mi viejo...

Tu viejo qué...

No era tan mala persona. En serio, no era tan malo. O sea, sí. Puta que sí. Pero la verdad es que también tengo buenos recuerdos de él cuando yo era pendejo. ¿Qué quieres que le haga? Como que me compraba todo lo que quería. Me hacía cómplice de sus huevadas. Ése era su truco. Estando con mi viejo, lo teníamos todo: socios de un estadio para que jugáramos tenis, subidas a la nieve, veraneos en la playa, viajes a Florianápolis. Me acuerdo que incentivé a mi viejo para que se comprara una camioneta y fuéramos a dunear. Me compró una moto a mí, le compró una al Martín, y andábamos en moto. El año 87 fui campeón nacional de motocross, categoría 125 centímetros cúbicos. Me regalaron Milo para todo un año. Salí en todos los diarios. Fui a competir a Mendoza y Córdoba y a Uruguay. Y a un campeonato panamericano en San Antonio, Texas. Tengo una foto frente al Álamo. Mi viejo me acompañó y luego fuimos juntos en un auto a conocer la NASA en Houston. Yo tenía una KTM y con ella aprendí mecánica. Si llegué a ser campeón fue gracias al auspicio de mi viejo. Y porque mi familia todavía estaba unida.

¿Nunca pensaste estudiar en la universidad?

No. Si uno cacha para lo que sirve, entonces no sirve para nada. De verdad. Te vas directo por el cagadero. Así que ni lo intenté.

¿Qué hiciste?

A instancias de mi abuelo materno, que tiene muchos contactos, mi mamá me mandó obligado a hacer el servicio militar en Punta Arenas. El 92. Mi mamá estaba con problemas económicos y yo andaba jipeando con mochila por aquí y allá, así que entre los dos hicieron la movida para que me fuera a hacer el servicio al Sur.

¿Cuánto tiempo estuviste por allá?

Como año y medio. Y en la Fuerza Aérea. Después me volví a Santiago y ahí estuve como un año, pero no lo pude resistir. Así que me vine para acá a Pichilemu. Todavía no construía las cabañas pero ya teníamos los terrenos. Me prestaron plata y me hice cargo del hotel Chile-España que, en esa época, estaba para el pico. Y nada: lo arreglé, le di onda y lo transformé en un refugio power para surfistas. Salimos en la guía *Lonely Planet*. Hasta me citan. *Ask for Pablo: you can count on him.*

Ahí enganchaste con el surf.

No, mucho antes. Yo creo que surfeaba en el útero. Mis abuelos siempre han tenido casa acá. Y varios terrenos, además de un campo cerca de Litueche. Yo tengo una conexión con esta zona. Supongo que esta playa es *mi* lugar. Por eso siempre vuelvo para acá. Es el único sitio donde me siento seguro. Aquí conocí a la mamá de mi hijo y, sin pensarlo mucho, me casé. De una. Nos fuimos a vivir un año a las sierras de Bellavista. Después otro año en Santiago, donde nació el Lautaro, que hoy tiene siete años. Pero me apesté y nos volvimos para acá, para que el chico se criara en la arena y bajo el sol.

¿Tienes un hijo? No lo sabía.

Sí. Como padre, me declaro responsable dentro de lo que he podido ser. Mientras estuve con él nunca le faltó nada y su cercanía me resultaba sumamente motivadora. Nunca estuve muy de acuerdo con que se fuera al Sur. La mamá es de Chillán. Pero se fueron y perdí todo contacto. Hubo una pelea por teléfono y ella ahora ya no vive ahí. Ahora está, creo, en Argentina. En la Patagonia. Creo que en Puerto Madryn, pero no me consta. Quizás están en Río Gallegos. No sé. Con ella nos separamos por problemas estrictamente de pareja. Tampoco creo que terminamos por mi familia. De hecho, la cosa se puso grave *después* que ella partió.

O sea, no tienes contacto con ellos. Ni con él.

No. Pero no porque no quiera. Son cosas que pasan. Por ejemplo, no todas mis pololas —o sea, he tenido dos después de que mi mujer se fue— supieron que tenía un hijo. Igual no tengo cara de ser papá, así que no se dan cuenta. A la madre de mi hijo la he apoyado cada vez que he tenido la posibilidad.

No lo ayudas, entonces.

No es que no quiera, no puedo. Te dije que no sé dónde están; tampoco me llaman.

Pero no crees que podrías intentar localizarlos y...

Ya; pero es mi vida. El artículo no es sobre cómo soy como padre.

Perdona.

Ya. Igual es complicado. No sé para qué te lo conté. Se me salió. Tal vez por todo lo que me ha tocado vivir, yo ya le tomé un poco de recelo a las relaciones pasionales. Pasa. Prefiero las relaciones más livianas. O simplemente no tener.

Tampoco hacen tanta falta. No es tan difícil conseguir sexo. Y si te concentras, ves que tampoco es tan, tan importante o necesario. Por suerte, uno nació con manos. Mi actual polola, porque, increíblemente, ahora tengo a alguien, y eso que no andaba ni mirando, igual me estabiliza. Llevo cuatro meses, pero pase lo que pase, sé que no quiero casarme ni convivir ni deseo volver a tener hijos. Ya me casé una vez, por el civil y por la Iglesia, y sé que nunca más lo voy a hacer. De hecho sigo casado, porque no hemos anulado el matrimonio con la mamá del Lautaro. Pero mi idea es nunca volver a casarme ni tener más hijos.

Es comprensible.

Supongo. Pero no coloques nada de eso, ¿ya? Bórralo. No lo incluyas ni en broma. ¿Me entiendes?

Queda en *off*.

¿Off qué?

***Off the record*. Fuera del casete. Es como si nunca hubiéramos tocado el tema.**

Mejor. Cero Lautaro, Felipe. Cero.

***Off* es *off*. Te doy mi palabra.**

Ya.

Si quieres te puedo enviar una copia de todo esto.

No creo que sea necesario.

Vale. ¿Quieres seguir?

Sí. Sigamos.

¿Cómo era tu mamá?

Mi mamá se parecía a la María Olga Fernández. ¿No sé si te acuerdas de ella?

Algo.

Era de la tele. Después desapareció. Creo que se fue del país. A Miami. Incluso animó Viña. Ella fue la que le entregó la Gaviota a Fernando Ubiergo.

Por *El tiempo en las bastillas*. No me acuerdo de su cara pero me acuerdo de la canción. Éramos como muy chicos.

Una vez vi un programa de Antonio Vodanovic y me

fijé. También tengo una *Cosas* en que es portada. Ella era linda. Súper bonita. Además, tenía clase. Era fina. Se notaba a la legua por como caminaba. Caminaba como modelo. Mi mamá era de una familia grande: siete hermanos, cinco mujeres y dos hombres. Fue vendedora de AFP. Trabajó en la AFP Summa durante muchos años y después se pasó a Provida. Sufría de una úlcera crónica que luego degeneró en un cáncer gástrico. Yo creo que mi padre la mató.

¿Cómo?

Mi padre la hizo sufrir demasiado y ella, claro, no estaba preparada. Nadie está preparado para sufrir tanto. Y menos cuando aquel que te hace sufrir es alguien que te quiere. Eso es lo peor. Eso te mata. Cuando le diagnostican el cáncer, lo único que nos pidió fue que, por ningún motivo, nos acercáramos a mi papá. Me decía; «No te vayas a vivir con él, no le metan juicio, nada; no se metan con él».

¿Qué edad tenía cuando supo de su enfermedad?

Cuarenta. La misma edad en que murió. Todo fue súper rápido. Al tiro. Quizá fue para mejor. No sé si yo hubiera podido soportar una enfermedad así por años. Llegó un momento en que vomitaba la fruta que había comido dos días antes. Lo peor es que le salía un olor a podrido, y a ella eso le daba vergüenza. Ella decía que era su maldita úlcera, pero una úlcera no es tan severa. Fue a la clínica, le hicieron la biopsia y, claro, la úlcera era cáncer y estaba muy avanzado.

¿Cómo reaccionaste?

No quiero hablar de eso.

Entiendo. Y qué pasó...

Duró apenas seis meses. Le pillaron el cáncer muy avanzado, la operaron casi sobre la marcha, se hizo el tratamiento y no funcionó. Mi vieja andaba con el catéter; ya no podía comer nada. En un momento dado entendió que no había mucho más que hacer, salvo desconectarse. Los doctores le dijeron que si lo hacía no iba a aguantar una semana. Duró dos meses. Igual ella quedó viva en mí.

¿Cómo así?

Me siento depositario de su energía. Hasta el día de hoy, cuando tengo dudas, ella me entrega todas las respuestas. Ella me ayuda a distinguir entre lo bueno y lo malo.

¿Y tú, qué edad tenías?

Yo ya estaba grande. O más o menos. Tenía 23, pero igual sentí que era chico.

...

...

¿Qué más le pregunto? ¿O lo dejo respirar? Quizá debería parar. Su voz, el tono de su voz... no habrá manera de reproducir su tono de voz. Su voz lo dice todo. Es como si su voz guardara todo lo que ha vivido. Y puta que le han tocado cosas. Y pensar que alguna vez pensé que mi vida ha sido espantosa. Que mi vida era peor que las de los demás.

Volvamos a tu padre. Háblame más de tu padre.

Un tipo complicado...

Al parecer...

Mi papá siempre fue agresivo, violento, superexplosivo y orgulloso. Mi mamá era todo lo contrario. Siempre le perdonó todo; de hecho, mi viejo se mandó hartas cagadas con mis abuelos maternos. Mi abuelo pudo meterlo preso muchas veces, pero mi mamá no lo dejaba. Por nosotros. Yo creo que a mi viejo lo que le dolió fue el hecho de sentir que alguien cercano se le saliera de su control. Mi madre dejó de quererlo. Eso es la clave de todo. Y lo dejó de querer porque no le daba espacio. Era my celoso. La celaba todo el día.

¿Tomaba mucho?

Sus problemas no eran ni de drogas ni de copete; era una huevada de personalidad. Una personalidad fallida. Después, con el tiempo, sin duda que comenzó a hacerle a todo. A todo. Y ni siquiera convidaba el hijo de puta. Pero su verdadero problema era su tendido eléctrico. Simplemente hacía cortocircuito. Mi vieja le dijo hartas veces que fuera a terapia y todo eso, pero él la mandaba a la chucha. Después vino lo de la separación y ahí empezó la cagada en serio. Era lógico que se separaran. Mi papá no sólo le sacaba la cresta, sino que la humillaba *heavy*. El amor se convirtió en odio. No sólo a mi vieja, sino a nosotros. Mal que mal nos fuimos con ella, lo dejamos solo. Por eso no nos pasaba ni uno. Mi viejo es reorgulloso y, por lo mismo, medio tonto. El habernos pasado plata hubiera sido como traicionar sus principios. Pobre huevón; en el fondo me da pena.

¿Te da pena?

Un poco. Sí. Me da harta pena.

...

...

Y tú crees que...

¿Te confieso algo?

Claro.

Yo creo que nunca he amado a una mujer como él amó a mi vieja. Nunca. Tampoco creo que lo haga. Igual eso me da rabia. Y pica. Pero también es cierto que, por eso mismo, no creo que me pase lo que le pasó. Él se vino abajo como una casa de adobe durante un terremoto. Cuando ella se fue de la casa, cagó. Los hombres cagamos así.

Eso es verdad. Cagamos rápido.

Él necesita odiar. Siempre decía: el amor, como el odio, necesitan cultivarse; si no, uno se olvida la razón del porqué odia. Era el tipo de hombre que, para poder sentirse hombre, necesitaba tener a alguien en su contra.

Un enemigo.

Sí. Por eso mi papá era tan pro Pinochet, yo cacho. En el fondo era un dictador despiadado y, no sé, como que se identificaba con el viejo culeado. Lo encontraba simpático, divertido. El carácter, eso sí, lo heredó de su propio padre. Él es el mayor de seis hermanos y fue el único que se quedó viviendo con mi abuelo paterno, Facundo Santander, cuando éste se separó de mi abuela. Mi abuelo, como buen hombre de su época, le era compulsivamente infiel a mi abuela. Creo que iba todos los viernes a un prostíbulo y luego tuvo una amante oficial. Incluso le tenía un departamento por el centro. Con mi abuela no se pescaban. Dormían en piezas separadas. Según mi madre, mi abuela estaba feliz que su marido tuviera tanta actividad externa porque así no la molestaba. El acuerdo funcionó por años, todo bien. Hasta que mi abuela se metió, y no por amor, sino por carne no más, con el hombre —el hombrecito, como le decían— que iba todas las semanas a hacer el jardín y a limpiar los vidrios. El tipo tenía unos diez años menos que mi abuela que, por ese entonces, no sé, ya tenía unos cincuenta.

Parece un cuento de José Donoso.

Fue una huevada *heavy* para mi abuelo. Los encontró in fraganti y no la pudo perdonar. Expulsó a mi abuela de la casa. Y mi abuela cagó porque ni siquiera amaba al tipo. El hombre le daba cariño, no más, pero no sabía ni leer. Además estaba casado y tenía una pila de hijos. No es que tuviera planes de fugarse con él. Casualmente, a las pocas semanas, el Braulio, o sea, el jardinero, murió acuchillado. Se supone que fue una riña de borrachos en un bar de mala muerte del matadero. Pero, por lo que me cuentan, yo creo que mi abuelo tuvo algo que ver. Esto, claro, asustó aún más a mi abuela. La muerte del Braulio fue como una prueba para que ella entendiera que con Facundo Santander no se juega. Mi abuelo se fue en picada contra ella y el resto de sus hijos. A todos excepto a mi padre, que fue el único en quedarse con él. Mi padre tenía nueve años. Mi abuelo era abogado, pero era el abogado de los chicos malos; le pagaban súper bien y tenía harta plata y contactos; tanto en el submundo como en los mejores círculos, por lo que siempre hizo lo que quiso. Una vez salí con una abogada y cuando supo quién era mi abuelo, su cara se volvió de piedra. «Qué asco», me dijo, y luego me pidió perdón. Yo le dije que sí, que tenía razón; el viejo era un asco, pero más asqueroso era que su sangre circulara por mis venas

Pero uno no elige sus parientes.

Sí sé, pero, de todo modos, te marcan. Ser hijo o nieto de gente mala no te hace malo pero sí te llena de culpa y de sombras. Y hagas lo que hagas, ellos siguen ahí. Por suerte, huevón, mis apellidos no son famosos. O sea, no todos saben quién es mi padre. Siempre me he imaginado qué significa ser hijo de alguien que todo el mundo odie o desprecie. ¿Cómo se vive si tu apellido es, no sé, Townley?

¿Qué fue de tu abuela?

Terminó viviendo con su hermana en una parcelita de Olmué. Nunca volvió a Santiago. Murió un día en misa. Rezando. Mi padre tenía como catorce y no lo dejaron ir al funeral ni nada.

¿Y tu padre a qué se dedica? Porque tiene buena situación, ¿no?

Cuando mi abuelo Santander murió el 89, de cáncer al esófago, por tanto fumar, dejó una enorme cantidad de bienes. Mi papá, que en ese tiempo ya estaba separado definitivamente de mi mamá, quedó como el responsable de todo ese medio patrimonio. Mi viejo quedó totalmente equipado y eso le significó pelearse con mis tíos.

¿Y qué estudió? ¿Estudió algo?

Después del colegio estudió mecánica, pero no terminó. Fue vendedor de 3M durante, no sé, unos cinco años. Después hizo un curso para ser jefe de ventas, se cambió de empresa, y con todo el capital que le llegó puso su propia empresa. Importa todo tipo de tarjetas de bancomático, de crédito, de grandes tiendas, de controles electrónicos de accesos, códigos de barra, máquinas para grabar tarjetas, circuitos cerrados de televisión.

¿Le va bien?

Muy bien. Como te dije, mi papá quedó con mucha plata. Y la plata ayuda a generar más plata. Se compró una casa a toda raja.

¿Nunca volviste a estar cerca de él?

Sí. Siempre. A cada rato.

¿Cómo?

Es que mi padre es un tipo muy fluctuante. Sube y baja, va y viene. Es como una montaña rusa. Te odia y te putea y al día siguiente es encantador y divertido y hasta amoroso. Después del bajón del carrete es capaz de ponerse a llorar. Es culposo y se arrepiente. Le dan sus depresiones, nos pregunta que cómo lo ha hecho, si es buen padre o mal padre, y empieza así, a llenarnos de cariño y nos obligaba a perdonarlo.

Un poco agotador.

Desgastante porque nunca sabes a qué atenerte. Nunca. Hace como tres años, por ejemplo, yo estaba aquí, en Pichilemu, viviendo con unos surfistas gringos muy locos, y mi viejo me vino a buscar. No fue en mala, todo lo contrario. De hecho, como que me costó reconocerlo. Cuando apareció yo me cagué de miedo, pero al final terminamos tomándonos unas cervezas en la playa y hablando de la vida. Me convenció de que volviera a la casa con él, que quería reunir a la familia y la cacha de la espada. Me ofreció trabajar en una de sus empresas: una cadena de fotocopiadoras y servicios de impresión. En un principio todo iba bien, pero después, claro, empezó a quedar la cagada por, no sé, ¿quinta vez?

Un círculo vicioso.

Sí. Un día se me ocurrió pararle los carros. Me sacó la chucha; es muy *heavy* que tu papá te dé una pateadura cuando ya no eres un pendejo. Me echó de la pega y nos botó de la casa. Porque también echó al Martín. Quedamos literalmente en la calle. Después nos acogió la familia de mi vieja, mis tíos, quienes metieron abogados para obligar a mi viejo a que nos pagara una pensión. Pero él decía que prefería gastarse su plata en la cárcel que pasarnos un peso.

Y eso fue lo que te gatilló a enfrentarlo.

Sí. Fue una noche como una de las tantas. Porque, de verdad, hemos peleado tantas veces. Yo ya estaba aburrido de estar a cargo, de que todas las preocupaciones cayeran sobre mí. Quería hablar con él de una vez por todas sobre la situación de mis dos hermanos menores. Por su falta de preocupación, Martín llevaba cinco meses sin pagar la universidad. Y la Tere estaba yendo a un colegio gratuito, pero último, con puros alumnos problemas y donde hasta los profesores van con la caña.

Espera, no entiendo. ¿Tus hermanos chicos vivían contigo o con él?

Martín estaba conmigo. La Tere estaba con mi padre, aunque pasaba harto tiempo en mi departamento. Yo trabajaba en una compra-venta de autos de un primo de mi mamá. Y arrendaba un departamento en la Avenida Colón. Como mi viejo era chantajista, se estaba cagando a Martín. No le pasaba un peso y dejó de pagarle la universidad. Yo tenía que hacerme cargo de él y no tenía dinero. O sea, no me alcanzaba. Además, puta, era mi hermano, no mi hijo.

¿Tu hermana chica estaba bien?

No. Pero vivía en este medio palacete. Construyó esta enorme casa con una pieza con baño para cada uno: para seducirnos a que volviéramos con él. A pesar que éramos adultos. Tenía esta fantasía de que los cuatro viviéramos con él como una familia feliz. La casa tenía varios niveles y una sala con una mesa de pool. La piscina era temperada. Y tenía una cascada. Es rica la casa, pero lo mejor es la vista. Qué vista. Cuando estaba muy despejado, o después de un día de lluvia, veías hasta los aviones despegar. De noche, puta, hasta daban ganas de vivir en Santiago. Una vez me tocó cuidarla durante un verano, durante una tregua; lo mejor era despertar en medio de la noche e ir a la cocina a tomar algo y ver el espectáculo de las luces. Nadar de noche, en el verano, en esa piscina, mirando la ciudad iluminada, como que uno se sentía en paz, protegido. Pero era una quimera. Esa casa no era un oasis, sino una fortaleza. Ahí, mi papá se refugiaba y planeaba su ataque. Desde ahí era capaz de repeler a sus enemigos y, sobre todo, a los pobres. Mi viejo le tenía pánico a los pobres. Le tiene, digo. No creo que haya cambiado tanto. Juraba que algún día se tomarían su casa. Por eso no entendía que viviera aquí donde nadie tiene ni uno.

¿En qué barrio está la casa?

En Quinchamalí. ¿Cachai dónde es?

Creo. ¿Es por Los Dominicos?

No. Es casi camino a Farellones. Subiendo por Las

Condes, antes de la Plaza San Enrique, justo antes de la bifur-
cación hacia Farellones.

¿Donde está la YPF?

Correcto. Todo el barrio que está ahí, a la derecha, digamos, hacia el Sur, es Quinchamalí.

**Es un barrio con reja. O sea, tiene guardias a la en-
trada. Una barrera.**

Una de las entradas tiene, pero a la noche. Pero sí, es
un barrio protegido. Hay buenas casas. Y el pavimento no
tiene trizas. El pavimento es tan blanco que uno podría comer
ahí. Mi casa —la casa de mi viejo, digo— está como a la entrada. Tienes que subir por una calle medio empinada hasta
que el terreno se aplana. Ahí estaba la casa. Ahí está, digo. ¿A
vos de chico alguna vez te llevaron a una huevada muy mula
llamada el Far West?

Claro que sí. Estaba por allá arriba.

Quedaba en Quinchamalí... Ahí estaba.

**Tienes razón: era antes de la subida a Farellones.
Puta, me acuerdo poco. Era una cosa del Oeste, ¿no?**

Estaba lleno de vaqueros que caminaban por las calles
polvorientas. Hacían shows. El lugar era muy cuma porque
esto no es Hollywood. O sea, ¿cuándo han hecho aquí una película de vaqueros?

Ni siquiera uno de esos spaghetti westerns.

Lo loco es que fue un invento de Allende. O sea, se
inauguró como el año 1970, al comienzo de la Unidad Popular, cuando todo lo yanqui era considerado sospechoso.
Creo que se terminó como en 1976 o en el 77. Yo igual era
chico, pero tengo fotos. Yo, con sombrero y pistolones, en
la plena calle principal, frente al *saloon,* al lado de mi viejo
que tiene dos pistolones. Tengo otra en que me abraza una
mina con unas medias tetas que hacía el rol de puta. Según
mi viejo, de noche, el Far West era para grandes y quedaba
abierto durante el toque de queda; servían alcohol y las mujeres escotadas del bar ahora eran putas, estaban ahí trabajando duro.

El Far West. Uf, hace tiempo que no pensaba en el Far West. ¿O sí? Una vez, hace años, la Ana Josefa me envió a Los Ángeles a un junket, a un lanzamiento para la prensa internacional de Duro de matar 3. *Yo nunca había ido a Los Ángeles. Yo nunca había ido a los Estados Unidos. Me alojaron en un hotel llamado Beverly Wilshire y me tocó entrevistar a Bruce Willis y Samuel Jackson, y a Jeremy Irons, que me dijo que quería mucho a Isabel Allende y que el haber podido interpretar a Esteban Trueba era, sin duda, uno de los hitos de su carrera. Yo, para quedar bien, le dije que también era un fan y que en Chile todos la amaban. El último día nos llevaron a un sitio llamado Knott's Berry Farm, que era como el Far West pero en versión Primer Mundo. Era todo del Oeste, con locomotora y diligencias y una montaña rusa… Y ahí me acordé del Far West chileno. De lo precario y polvoriento que había sido nuestro Far West.*

The Far West Town, ése era su nombre real. Los indios no eran mapuches, sino argentinos. Tenían mejor cuerpo y eran más altos que los chilenos y se veían mejor en taparrabos. Según mi viejo, además, no tenían cara de indio y que por eso los contrataban.

No te creo.

Eso me lo dijo mi madre, que odiaba el Far West. Le parecía patético. Y fome porque, en realidad, no había mucho que hacer. No es que hubiera atracciones y juegos como en Fantasilandia. Pero a mi viejo le gustaba. Lo que pasa es que el dueño era amigo suyo. Un tipo del colegio que era de ese grupo contra Allende.

Patria y Libertad.

Eso. Creo que en el mismo Far West entrenaban con balas reales. Nadie se daba cuenta. Era el sitio ideal para planear sus atentados y secuestros terroristas. Nosotros íbamos a cada rato a ver los duelos con pistolas. A fogueo, supongo. Me acuerdo de un tipo que se lanzaba de un tercer piso y caía arriba de un montón de paja. Después la cosa quebró y lotearon y de a poco comenzaron a hacer casas. Quinchamalí era el Far

West. Ahí estaba la casa. Justo donde antes se alzaba The First Pioneer Bank.

Ésa era la casa, entonces.

Sí. La casa a la que llegué esa noche. Llegué hecho un energúmeno a la casa. Puta, igual yo cacho que daba miedo. Harto. Llevaba una botella vacía de cerveza y con ella salté la reja, una media reja, y empecé a pegarle al auto de mi papá para que sonara la alarma. Era un Audi nuevo, pero no pasó nada. Entonces apareció en la puerta del antejardín y yo me lancé encima. Ni siquiera lo pensé, sólo salté. Nunca antes le había pegado a mi viejo y ahí capté que hacía años que quería sacarle la chucha.

Querías vengarte.

Sí, pero al mismo tiempo como que reaccioné. Me asusté y lo solté. Es rara la sensación, como que por un lado sentía que la había cagado y por otro no. Me paré y me fui, asustado.

¿Dirías que eres un tipo violento?

Agresivo yo no soy, violento tampoco, pero soy letal en el sentido de que no soy un tipo que cierra los ojos ante las cosas: tengo reacciones rápidas e instintivas. Hace un tiempo atrás, en una discotheque de acá, durante febrero, cuando se llena de huasos brutos pasados a pisco, yo estaba con un amigo y éste se empezó a agarrar con uno de estos huasos tatuados. Yo los empujé a los dos para separarlos y cuando el tipo se me viene encima lo agarro del pescuezo y él me empieza a pegar en las bolas. Entonces ahí, instintivamente, le entierro un dedo en la garganta. Al tipo se le empezaron a inflar los ojos y me soltó al tiro, entonces yo lo solté a él. Ni la pensé. De más lo pude matar. Pero agresivo, bueno para pelear o bueno para los combos a la salida del colegio, no, nunca he sido así. Ahora sé que la cagué esa noche. No voy a mentirte. O sea, estuvo mal no esperar que me abrieran. Hasta entiendo que hubiera llamado a los pacos, pero...

Pero qué... Qué pasó a continuación.

Me di cuenta de mi embarrada. Estaba tiritón. Sólo

quería irme. Estaba, de verdad, en otra. Por eso no me percaté cuando mi viejo se paró y entró a la casa. Alcancé a caminar unos tres metros hacia la reja cuando sentí el primer balazo. No habían pasado más de tres o cuatro segundos. Estoy seguro que entró corriendo a la casa, agarró su Magnum 38 y salió detrás de mí a buscarme, decidido a pegarme un buen tiro. Cuando sonó el primer disparo yo estaba mirando hacia la calle. Me di vuelta y ahí siento el segundo: el que me entró en diagonal por el estómago, por acá. Menos mal, porque a la hora que me toca un hueso no salgo de ahí ni gateando. Todo fue muy rápido. No creo que mi viejo se haya percatado de si el primero me había llegado o no antes de disparar el segundo. Tengo la impresión que si me hubiera quedado quieto me habría pegado un tercero y así hasta matarme. Él dijo que no me había reconocido, que pensó que era un ladrón, pero no le creo.

Yo tampoco.

Esa noche él estaba lúcido. Estaba durmiendo, estaba en pijama, Además conoce mi forma de hablar, de caminar. O sea, soy su hijo. Uno debería reconocer a su hijo aunque esté oscuro.

Sabía perfectamente quién eras.

Sí.

¿Te dolió? O sea, pudiste levantarte. ¿O te ayudó...?

Mira: quien te diga que los balazos no duelen te está mintiendo. Es como si te hicieran mierda por dentro. Un balazo es como un combo fuerte con un cuchillo en un punto localizado. Sentí que me salía algo por la espalda, me miré la guata y vi que me salía humo por el hueco donde había entrado la bala. Ahí le rogué que me abriera la puerta. Justo ahí siento que alguien desde adentro abre la reja con el citófono. Fue la Juana, su mujer. Salí caminando; lo único que pensaba era que estaba todo mojado. Como si me hubiera hecho diarrea. Pero era sangre y estaba caliente y pegajosa.

¿No tenías celular?

No. O sea, sí pero estaba apagado y, no sé, primero

pensé en escapar lejos. Así que me subí al auto, que estaba estacionado al frente con las llaves puestas, y me fui de ahí sin rumbo. Toqué la radio sin querer y, no sé, parece que cambié la banda AM y recuerdo que dos tipos estaban hablando de ovnis. Llegué a la Avenida Las Condes, no había nadie, cero tráfico; empiezo a bajar y de repente sufro un pequeño desmayo que me hace subirme al bandejón central de la calle. Como el auto es chico, un Suzuki Maruti, queda atascado en el bandejón con las ruedas en el aire, sin tracción. Le meto reversa y me doy cuenta de que ya no se puede mover. Nunca perdí totalmente la conciencia en ese trayecto. Me decía: «Sigue, Pablito, sigue, no te desmayes». En el auto tenía unas mentas y me las comí. Pensé que necesitaba azúcar. Al no poder seguir, atino a bajarme y ahí recién me percato que estoy mal, pero mal mal, y que se me está apagando la tele. La bala me había roto el intestino en siete partes y tenía una hemorragia interna. Ahí perdí la memoria, pero no la conciencia. No me acuerdo cuándo llegó el carabinero, no me acuerdo del furgón, pero parece que me levanté, me subí al radiopatrulla que estaba hediondo a desinfectante y le conversé al carabinero que me preguntaba qué había pasado y yo le decía: «Pregúntale a mi papá, pregúntale a mi papá». Cuando llegamos a la comisaría le di la dirección de mi viejo. Luego agarraron mi celular y llamaron a mi abuela materna, porque tenía a mi abuela en la A; o sea, era el primer número que encontraron.

¿No te llevaron a la clínica?

Ahí llegó la ambulancia, me subieron y yo ya estaba crítico. Recuerdo que la ambulancia iba rajada y que con los saltos la herida me dolía mucho; eso me despertó un poco de nuevo. Lo único que quería en ese momento era que llegáramos al hospital Salvador y me anestesiaran. Entramos derecho a pabellón y yo ya estaba en shock: vomité, vomité y vomité y empecé a preguntar por el anestesista. A estas alturas ya me costaba respirar: empezaba a ahogarme con la hemorragia interna. Cuando vi que el anestesista había llegado, ahí tiré la esponja y me fui cortado. Ya no me quedaba energía ni me interesaba tenerla.

¿Perdiste mucha sangre?

Me pusieron tres litros de sangre. Tenía dos litros y medio derramados adentro. La bala me traspasó el estómago, me pasó a llevar el hígado y me rompió el intestino en siete partes. Por lo que sé, entré a pabellón como a las tres y media y salí a las siete de la mañana. La hemorragia paró, según el doctor, recién cuando terminaron de coserme el intestino. Desperté como a las doce del día siguiente y empecé a estabilizarme. Estuve una tarde en la UTI, la tarde del jueves. Después la recuperación empezó a ser más rápida; incluso, me entrevistaron algunos de tus amigos periodistas que llegaron al hospital a cachar qué onda. Poco a poco, la cosa se fue calmando. Me llevaron a la casa de mi abuela y nada.. comencé a cicatrizar. Y ahora tengo la media cicatriz de recuerdo.

Uf. Vaya. No me la imaginaba tan grande.

La veo y me la toco todos los días. Hagas lo que hagas, te acuerdas.

No lo olvidas.

No. Aunque lo intente. Tampoco sé si quiero.

Claro.

Vaya. No me la imaginaba tan grande. Seguro que todos los días se la toca. En la ducha, al dormir. Se la mira, la ve en el espejo empañado del baño. Haga lo que haga, se acuerda. No lo olvida. Aunque lo intente. Puta, uno cree que siempre va a recordar todo lo malo, que uno va a odiar para siempre, que no podrás perdonar, pero olvidas. Perdonas. Sin querer, sin planearlo, olvidas. Cómo. En qué momento. Pero esto no. No hay caso. Él nunca podrá olvidarlo. Cómo. Hay cicatrices y cicatrices, y esto es un tajo. Una zanja que divide el antes y el después. Y puta, todo, todo lo que me ha pasado es nada. Nada. De qué me quejo. De qué chuchas me quejo. Al lado de este huevón, no me ha pasado nada. Nada.

¿Y qué pasó con tu padre?

Lo metieron en cana casi en el acto. Al menos pagó la cuenta del hospital, aunque estoy seguro que lo hizo por consejo de su abogado para atenuar la condena. Es parte de su plan de defensa ante el juez,

¿Y en qué está ahora?

Mi viejo está preso, ha pedido la libertad pero, por suerte, no se la han concedido. Todo el tema legal lo han visto mis tíos por parte de mi mamá. Se han portado súper bien, nos ayudan con la comida, con el arriendo de la casa donde ellos están en Santiago. Yo trato de ir harto para estar con ellos. Igual tengo que estar acá por las cabañas.

Tú ahora eres, digamos, el padre de tu familia.

Estoy a cargo, sí. Los voy a sacar adelante. Y creo que vamos a ganar el caso. Mi abogada se ha puesto la camiseta por nosotros y se lo toma como algo personal. La victoria para mí en todo esto sería conseguir tranquilidad para mi familia, en el sentido de que mis hermanos menores puedan estudiar, o que tengan un lugar donde vivir. No se trata de conseguir plata para comprarnos autos o poder viajar, pero sí que podamos vivir sin la sombra de mi papá detrás de nosotros restringiendo todos nuestros movimientos Para eso hemos interpuesto una querella criminal por parricidio frustrado y no *intento* de parricidio. Aparte de la causa civil por la pensión de mis hermanos. La condena es de entre diez y cuarenta años. El riesgo es alto, porque si mi viejo llega a salir de la cárcel es para preocuparnos. Pero si no pongo la querella criminal va a ser muy fácil que salga en libertad. Entonces, si la ley se cumple —y nos estamos encargando de eso— él va a seguir preso. Por eso, supongo, tú estás aquí y yo estoy contando todo esto.

Así es. Y te lo agradezco.

¿Crees que esto servirá de algo, Felipe?

Sí.

¿Sí? No sé. ¿Qué más?

Nada más. Creo que llegamos al final.

Yo también creo lo mismo.

Sí.

Viste, al final, yo también me salvé. ¿O creías que me moría?

No.

¿Estamos entonces?

Sí. No tengo más preguntas.

Menos mal.

Eh... Te parece si mañana o pasado venga el fotógrafo. ¿Puedes?

Sí.

Sería ideal que mostraras la cicatriz. No sé, una foto en traje de baño frente a un fondo neutro. O quizá con el mar de fondo.

Vale.

Y tambien me gustaría que dieras la cara.

¿Cómo que dar la cara? Ése no fue el trato.

No, si lo sé.

Entonces no hay más que coordinar.

Por eso dije que me gustaría. Sería lo ideal. Sin la foto, sin tu cara, Pablo, con tu torso y la cicatriz a la vista, creo que el artículo no tendría la misma fuerza.

No sé. Si doy la cara, doy mi nombre. Y, obvio, algunos me van a reconocer y dirán: «Mira, es el hijo del Pancho Santander». Eso podría emputecer aún más a mi viejo.

¿Te preocupa que tu papá intente rematarte?

No. Esas cosas suceden en las películas, y esto es la realidad.

Entonces...

Entonces no. Ya tengo suficientes problemas.

Igual piénsalo. Te lo pido por favor.

Quizá. Déjame pensarlo.

De verdad creo que esto puede ayudar a otras familias. A otros hijos. La gente cree que esto sólo sucede en ambientes muy marginales.

Cuando tu productora me llamó y me contó que, por fin, me habían ubicado y me contó que llevaban como no sé cuántos meses buscándome y tenían todos los recortes de los diarios... no sé... Debí colgarles de inmediato, pero no lo hice. Supongo que fue por algo.

Creo que esto va a ayudar a cambiar las cosas.

Ojalá.

Estamos entonces. Gracias por tu tiempo.

No, gracias a ti. ¿Te regresas ahora mismo?

Sí, tengo que transcribir todo esto.

Puta, que te va a quedar largo.

Voy a tener que buscar una forma para organizarlo porque no me van a dar tantas páginas. Siempre falta espacio.

Y tiempo, huevón. Acuérdate de eso.

Sí, me voy a acordar. Me voy acordar de todo esto.

Vale.

Nos vemos, entonces.

Nos vemos.

Eh... esto ha sido muy importante... de verdad. Para mí, digo.

Lo sé.

Suerte.

Suerte.

Hijos

Somos una pareja joven, sin hijos. Lo de joven es relativo. Ninguno de los dos ha cumplido los treinta, es cierto, pero llevamos siete años juntos y no hemos sentido comezón alguna. Diría que somos más *ambient* que *transient*. Carla no baila. Nunca lo ha hecho. No nos hace falta. La pasamos muy bien. Nos reímos sin cesar. Completamos nuestras frases, sabemos lo que estamos pensando. Ninguno de los dos maneja. Nos gusta trotar a orillas del mar y pedir que nos lleven comida a casa. No gastamos en moda ni en cosas de moda.

Nos gusta surfear la red tomados de la mano. Tenemos un computador al lado del otro. Recientemente, nos pasamos a banda ancha. Contamos con varios Apple. Los coleccionamos. Es donde más gastamos, pero nos parece más una inversión que un despilfarro. Nos gusta renovarlos cada tres años. Es, quizás, un vicio, aunque apostar por el futuro no nos parece algo frívolo. Carla tiene iMac color uva, yo acabo de comprarme un G3 portátil. Siempre hemos sido fanáticamente anti-PC. Creemos en la hermandad Mac. A veces le envío e-mails cariñosos y le escribo el tipo de cosas que no me atrevo a decirle en persona. A ella le gusta tomar fotos digitales a cosas en las que nadie se fija: vitrinas, letreros, carteleras de cine. Cuando no podemos estar juntos, chateamos vía Messenger.

No ganamos mal. Si sumamos nuestros respectivos sueldos, juntamos un monto respetable. El departamento de Recreo es nuestro. No somos oriundos de la zona, pero ambos sentimos que Viña del Mar es nuestra casa. No nos interesa viajar y evitamos Santiago como si fuera una ciudad azotada por la plaga. A veces, contratamos un taxi y vamos hasta los Baños de Corazón, donde trabaja Cristóbal, un primo de Carla, que es ciego y, quizá por eso mismo, es un masajista de primera. Nos gusta sumergirnos en las aguas termales y mirar a las parejas mayores. El ritmo de las termas es tranquilo y nos hace bien, tanto para el cuerpo como para el alma.

Respecto al tema de la descendencia: no es que *no* podamos procrear, simplemente *no* queremos. Quizá más adelante, durante el próximo milenio. Eso es lo que le decimos a los curiosos que no entienden (o son incapaces de comprender) que no queremos desvelar nuestras noches o endeudarnos con criaturas que, una década y media más tarde, pensarán de nosotros lo mismo que nosotros pensamos de nuestros progenitores.

Mis padres nunca se separaron, pero tampoco se quisieron. Siguen juntos, aburridos, atacándose cada vez que tienen la oportunidad. Es algo triste y, a la vez, exasperante. No nos gusta viajar hasta Linares para estar con ellos, pues la mala energía que emanan nos contamina y nos deja en un estado irritable.

Carla, a su vez, es hija de padres separados y, sobre todo, inmaduros. No tenemos contacto con ninguno de los dos. Pensamos que no están a la altura. Optaron por seguir el camino de sus deseos y relegaron a un segundo lugar sus responsabilidades como padres. Nos parece muy bien querer ser feliz, acaso es lo único que importa, pero también creemos que la felicidad sólo puede ser perseguida por aquellos que son solteros o no tienen descendencia. La felicidad no se puede alcanzar a costa de los hijos. Si uno es padre, uno deja de ser un ente independiente. No puede comportarse como un adolescente. Los padres deben sacrificarse por sus criaturas.

Nosotros, de más está decirlo, no estamos dispuestos. Preferimos ser egoístas asumidos y no dañar otras vidas.

Hace un año y tanto ocurrió algo que, de alguna manera, nos reforzó la creencia que los hijos no siempre traen estabilidad a una casa. Mauricio, un amigo nuestro de la época de la universidad, terminó casándose con su novia, una chica intercambiable a la que admiraba más que quería. Nada nuevo ahí. Se instalaron en una casa con jardín en Villa Alemana. A los diez meses tuvieron un niño, al que bautizaron con el horroroso nombre de Benito. Cuando Mauricio nos solicitó ser padrinos, Carla se negó. No recurrió a tácticas diplomáticas. Por eso la quiero. Por como habla, por como piensa.

—Disculpa —le dijo—, pero no acostumbramos a apadrinar a nadie. Tú sabes lo que pienso: no hay nada más irresponsable que llenarse de responsabilidades.

Seis meses después, la nana que contrató Mauricio se tropezó sobre el piso encerado y el niñito, que estaba en sus brazos, chocó contra la pared de ladrillo antes de rebotar en un sofá y caer arriba de una mesa de cristal que estalló en mil pedazos. Benito no se mató y sus cortes fueron mínimos, aunque quedó inconsciente un par de horas. Al parecer, no hubo daños encefálicos. Un milagro, sostuvo Mauricio, que es agnóstico. Su cónyuge, la Sole, fue inyectada con sedantes varios.

Acompañamos a Mauricio esa noche. Le preparamos comida. Mauricio nos habló de su amor incondicional por Benito. Quedamos impactados por la fuerza de su pasión. Estábamos ante un padre ejemplar. Hasta que nos dijo lo que ninguno de los dos quisimos volver a escuchar. Nos dijo ese tipo de cosas que a veces se piensa pero pocas veces se comparte, ni siquiera con las personas más íntimas. Mauricio, esa noche, no se estaba midiendo; estaba hablando con la verdad. Por eso mismo, quedamos doblemente asqueados.

—El lazo que he establecido con mi hijo no se compara con lo que siento por Soledad. Un amor no tiene nada que ver con el otro. Tu mujer, a la larga, es una extraña. No tiene tu sangre. Es un ser ajeno. Cuando el niño estaba con los doctores, y no reaccionaba, me acuerdo que pensé que prefería que muriera la Soledad a que muriera Benito.

Esa misma noche, Carla me insinuó la posibilidad de quizá traer un perro a casa. Algo pequeño, civilizado. Un chihuahua, por ejemplo. O uno de esos hush puppies.

—Un ser que nos una, pero que no nos separe —me susurró en medio de la oscuridad.

A la mañana siguiente, mientras caminábamos por el muelle Vergara, nos dimos cuenta que tampoco necesitábamos un animal. Nada de mascotas, nada de intrusos.

—Sólo tú y yo.

—Sólo los dos. ¿Para qué más?

Eso fue hace un año. Sí, un poco más de un año.

A Carla y a mí nos gusta estudiar. Cursamos un MBA en la Universidad Adolfo Ibáñez. Luego de graduarnos, decidimos asistir, en forma sistemática, a cursos de formación integral para no perder el hábito. Hace poco participamos en uno sobre clonación y cibernética. Gozamos con otro, dictado en la Federico Santa María, llamado «Parábolas de la postrimería: hibridez y caos en América Latina».

Este semestre nos inscribimos en un curso vespertino titulado «Plano secuencia: cine-documental y cine como documento». Lo ofrece la Universidad Católica de Valparaíso. El profesor que lo dicta es un señor llamado don Bartolomé Paternostro Villalba. Debe tener unos setenta años y es muy bajo. Minúsculo. Casi enano. Es proporcionado y todo, sólo que es bajo. Bajito.

El señor Paternostro Villalba estudió Medicina y ejerció, por años, acaso décadas, como pediatra. De hecho, sus manos son como las de un niño. Lo suyo, sin embargo, es el cine. Dirigió y produjo, a pulso, cinco documentales, filmados durante los cincuenta y los sesenta. Por lo que averiguamos, son legendarios en toda Europa. Tuvimos el privilegio de ver los cinco en clase. Quedamos especialmente admirados con *Pelusas*, el retrato de dos chicos vagos que recorren los cerros del puerto.

El doctor está casado con una señora también muy baja. Redonda como una pelota, casi. Uno los ve caminar por los pasillos de la vieja universidad y, de lejos, cree que son niños disfrazados. Aquellos que no los conocen se apartan de ellos con cara de espanto.

La señora del doctor se llama Celinda del Valle y fue una célebre actriz de radioteatros. Su tono de voz es bajo, áspero, inquietante. Celinda es mayor que don Bartolomé, bordea fácilmente los ochenta. Se sienta en la primera fila de la clase y toma apuntes de cada una de las palabras que emite su marido. Celinda luce una piel muy clara y, entre su decrepitud, sus diminutos ojos verdes alegran el frágil conjunto. Pero es su pelo, negro azabache, sin una cana, el que distrae y apabulla.

Desde que los conocemos, no podemos conversar de otra cosa. A veces nos pasamos horas especulando sobre sus vidas y sus respectivos pasados. Es como si los Paternostro se hubieran apoderado de nuestro inconsciente.

Una noche, después de clases, nos fuimos caminando y, no recuerdo bien cómo, terminamos cenando con ellos en un restorán llamado Hamburgo. La cena dio paso a una suerte de rito. Así, cada jueves, después de clases, los cuatro nos vamos a cenar. Nos turnamos en el pago.

De más está decir que Carla y yo disfrutamos muchísimo de la compañía de esta singular pareja. Nos divierten y sorprenden. Aprendemos tanto de los dos. Es primera vez que confiamos en gente mayor que nosotros. Supongo que nos proyectamos en ellos. Puede ser, no lo vamos a negar. A diferencia de la mayoría de los matrimonios de avanzada edad, en ellos no hay indicio de fatiga. Tampoco de resentimiento. No tienen hijos, por cierto. Están juntos porque nada los ata excepto el deseo de potenciarse.

Un par de semanas atrás, el doctor nos mostró una vejada copia en 16 mm de *El acorazado Potemkin*. Si bien el curso no incluía cine ruso, Paternostro Villalba usó la obra de

Eisenstein para ilustrarnos dos ideas que, para él, son claves: el montaje como instrumento revolucionario y el cine como manifiesto. La famosa escena de las escaleras de Odessa me recordó la secuencia en la estación de tren de Chicago de *Los Intocables* con Kevin Costner. Se lo hice saber. Paternostro no sabía de qué le hablaba. Tampoco conocía, ni de referencia, el trabajo de Brian De Palma.

Esa noche, los cuatro nos fuimos caminando por la estrecha calle Esmeralda. A poco andar, me quedó claro que no contaban con un video-grabador. Tampoco tenían televisor. Ni hablar de un computador. Es más: hacía años que no veían un filme en un cine comercial.

De inmediato sentimos que se abría una posibilidad de crecimiento para nosotros. Les explicamos lo que era la red, en qué consistían los chat rooms, el Real Audio.

—Ahora uno puede enviar cartas sin papel, sin estampillas, sin ir al correo. Basta apretar un botón y ya llegó a su punto de destino.

Nos miraron como si fuéramos de otro planeta. A la clase siguiente, les imprimimos información que bajamos del Internet Movie Data Base acerca de sus propios documentales. Los diminutos ancianos se quedaron con la boca abierta.

Carla fue la que me sugirió regalarles el PowerBook 520c que teníamos fondeado en un closet.

—Les puede cambiar la vida —me comentó fascinada.

Ese martes nos acercamos a los Paternostro y les comunicamos nuestra oferta. Celinda la rechazó sin titubear. Nos dijo que no podían aceptar un regalo tan oneroso. Les explicamos que no era tan caro como ellos pensaban, que ya no eran artefactos de lujo, sino de consumo. El doctor arguyó que ya estaban muy viejos para aprender cosas nuevas. Les dije que debían enfrentar el nuevo siglo conectados al futuro.

—Es la mejor manera que existe, además, para volver al pasado —les dijo Carla.

Seguimos insistiendo, a riesgo de parecer majaderos.

—Podrán leer diarios extranjeros, buscar trivia, llenarse de información. No saben el gozo que eso da.

Luego de intrincadas deliberaciones y varios desvíos, por el plan de la ciudad, terminamos frente a la Plaza Victoria con ellos claudicando frente a la modernidad.

—Está bien, ganaron.

Nos citaron para un día sábado en su casa del cerro Cordillera.

—Vengan a tomar té.

Antes de despedirnos guardamos el mapa que nos dibujaron en un trozo de servilleta. Esa noche dormimos especialmente bien y, quizá por eso, despertamos dos horas tarde. Ninguno de los dos escuchó el despertador.

2

La casa no es una casa, sino un departamento escondido detrás de unos frondosos pimientos al final de un estrecho callejón que huele a amoníaco. El departamento forma parte de un pequeño y rechoncho edificio con aspecto de astillero. Toco varias veces el timbre.

No hay respuesta.

El viento marino golpea las planchas de zinc de las casas vecinas. El cerro se mece. El mar, allá abajo, se ve alzado y levemente amarillo.

Una reja de fierro forjado me impide ingresar. La empujo y cede. Estaba abierta.

Ingreso: mis pasos retumban con eco de sintetizador. La humedad acumulada dentro es espesa. El sol acá no llega. Subo una escalera ciega, tipo caracol. En el tercer piso me enfrento a una puerta metálica. A un costado, un letrero dice:

Dr. Paternostro Villalba, Pediatra. Horario de consulta: 16 a 19 horas.

La golpeo.

Nada.

Esucho un ruido, como si alguien estuviera patinando sobre el hielo durante un toque de queda.

Golpeo de nuevo.

De inmediato, me abre la minúscula Celina, con su pelo inflado de laca.

—Los estábamos esperando —me dice antes de fijarse que ando solo.

El doctor está al fondo, frente a una ventana que no ha sido limpiada en años. Viste, como siempre, de terno y corbata. Aunque hoy, en este contexto, su traje se ve caduco, anacrónico.

—Cuidado con Perséfona —me advierte.

—¿Cómo?

—Cuidado, no la vayas a pisar.

En el suelo, sobre una esponjosa alfombra persa, yace un gato, negro como el pelo de Celinda. Es un gato gordo, hinchado. Una gata, para ser preciso. La luz es débil y no distingo mucho, pero al lado del animal hay una mancha.

—La pobre está un poco indispuesta —me subraya Paternostro.

Basta que me diga eso para que sienta que mi pie cobra vida propia. Tengo que controlarme para no pisar a la bestia.

—¿Te gustan los gatos?

Miro al doctor y, antes de intentar escoger una mentira, le respondo con los ojos.

—Prefieres los perros —me responde.

—La verdad es que sí.

—Grave error. Los perros, como los niños, terminan abandonando la casa. Los gatos siempre vuelven.

No sé qué responderle. Le sonrío incómodo, tenso.

—Siéntate acá, con nosotros, en esta mesa —me ordena Celinda—. Íbamos a tomarnos un anís. ¿O quizá prefieres una taza de té?

—No, no, no. Un anís me parece bien.

El doctor se aleja a la cocina. Celinda me observa y, luego de un rato, me dice:

—¿Y tu mujer, muchacho? ¿Por qué no vino contigo? Ustedes siempre están juntos. Parecen siameses.

—Está indispuesta.

—¿Indispuesta?

—Sí. Desde ayer. No se ha sentido bien —le respondo—. Pero les envía saludos.

Celinda abre una cigarrera y elige un delgadísimo cigarrillo oscuro. Antes de encenderlo me pregunta:

—¿Le dolía la cabeza?

—Se sentía débil, con jaqueca, sí. Malestar estomacal.

—¿Náuseas?

—Algo. Es que ayer almorzamos una comida china que ya tenía unos días.

—¿No llamaste a un doctor?

—No, no es para tanto. Le tocó una semana dura en el banco. Yo creo que necesita descanso, eso es todo.

—Pero a ti la comida china no te sentó mal. Y a ella sí. Curioso. ¿No estará embarazada?

—No lo creo.

Celinda me mira directo a los ojos. Su mirada me parece desafiante, intrusiva.

—¿No lo crees o no lo sabes?

—No lo creo. Imposible.

—¿Cómo que imposible? ¿Te puedo hacer una pregunta?

—Sí, claro.

—¿Tú y Carla tienen relaciones cada tanto?

—Sí.

—¿A menudo?

—Sí. Muy a menudo.

—Ah.

Celinda aspira su cigarrillo y lanza el humo entre la lámpara de lágrimas que cuelga desde el techo.

—¿Entonces por qué imposible?

—Porque nos cuidamos.

—He visto muchas cosas en esta vida, amor. A veces la gente más cuidadosa es la más aguerrida. No hay mujer que no quiera comprobar si es mujer. Aunque sea para luego cambiar de parecer. Nosotros, en cambio, siempre supimos que no...

Don Bartolomé ingresa, sin aviso, a la sala.

—¿Siempre supimos qué?

—Que lo tuyo era el cine.

En la bandeja que trajo de la cocina hay una botella de Anís del Mono, tres vasos, una hielera y un sifón con soda.

En un pocillo hay dos docenas de huevitos de codorniz con su cáscara cubierta de lunares. Celinda sirve los tragos como una profesional.

—Veo que llegaste sin el aparato —me dice Paternostro—. Te arrepentiste.

—El computador está en el maletín, doctor.

—Cómo. Pensamos que traerías una armatoste. Despejamos todo el escritorio.

—Ahora existen unos que son aún más delgados. Desde luego los hay más livianos.

—Quién lo hubiera dicho.

Bebemos el anís. Celinda descascara los huevos. Les saca la yema antes de salpicarlos con sal. Luego se los da al doctor. No sé por qué no me ofrece. Tampoco me atrevo a sacar. No me apetecen, la verdad. Menos con anís.

—Estoy pensando terminar un documental inédito, muchacho. A lo mejor te interesaría ayudarme. Tengo un par de latas con imágenes de María Luisa Bombal.

—Esa vieja borracha.

—Cállate, mujer. Déjame terminar. No tiene sonido. Y no creo que sean más de veinte minutos. Es ella caminando por Viña del Mar. Leyendo sus libros. Ese tipo de cosas. ¿Tú crees que con la tecnología moderna podría...?

Golpean la puerta.

Todos callamos.

—Debe ser el veterinario —indica Celinda—. Espero que no te moleste.

—Para nada.

—No estará más de cinco minutos —me consuela don Bartolomé antes de levantarse de su silla.

Lo miro atravesar la inmensa sala. Celinda lo sigue. Ambos caminan iguales, me fijo.

Un chorro de luz se filtra al abrir la puerta. Ilumina al gato. Los tres se quedan bajo el umbral, conversando en silencio.

El veterinario es un tipo color arena, de rasgos eslavos, con un corte de pelo naval. Parece un estudiante. El contraste con la edad de los Paternostro es evidente y hasta obsceno. Lo mismo la altura. Mide cuarenta centímetros más que los dos, calculo.

Celinda cierra la puerta; la penumbra se apodera una vez más de la casa. El veterinario se acerca a la gata, la revisa con el tacto. Le hace un gesto a Paternostro para que la levante. No es una maniobra fácil. El animal parece pesar una tonelada. Desaparecen por una puerta de la que no me había percatado antes.

El maletín del veterinario queda abandonado en el suelo.

Me levanto y, sin saber qué hacer, desenfundo el computador. Lo coloco sobre el escritorio que despejaron. Celinda aparece y recoge el maletín. Veo su reflejo en un espejo.

—Te iba a proponer justamente eso: que empezaras. El doctor quiere revisar a Perséfona. Ya no está tan joven. Tiene casi mi edad.

Luego me susurra:

—Creo que tendremos que ponerla a dieta.

—Necesito un enchufe telefónico.

—Tenemos un solo teléfono. El que está ahí. Espero que no nos dejes sin línea, niño.

—Un rato, no más. Mientras naveguemos.

Celinda me mira con cara de no entender.

—Después nos dejas comunicados, mira. Nada de cosas raras.

—Nada de cosas raras —repito.

Espero a que Celinda desaparezca nuevamente hacia la pieza en donde están Perséfona, el veterinario y el doctor Paternostro. Desenchufo el teléfono. Me fijo de que es de los teléfonos antiguos que se conectan con un enchufe con cuatro patas. No hay forma de conectar el módem. Quizá podría llamar a la compañía. Solicitar un cambio de sistema.

Enchufo el teléfono y, al segundo, éste suena.

Salto como si me hubieran electrocutado. Me protejo detrás de una silla. El teléfono prácticamente se sacude con cada ring.

Me acerco dispuesto a contestarlo. Deja de sonar.
Silencio.

Entonces veo al veterinario. Luce una cotona blanca y guantes transparentes. Tiene una jeringa metálica en la mano. Me contempla, luego rehúye mi mirada y desaparece.

El silencio es quebrado por los gritos. Rebotan en los vidrios. Camino unos pasos, hacia la pieza. Los gritos van y vienen, como una marea. Alcanzo a ver la figura del doctor Paternostro Villalba tendido en una cama; abraza al animal.

Mi zapato pisa algo viscoso, transparente. Miro la alfombra: una poza gelatinosa, placentesca, yace en el lugar del gato. De Perséfona.

El veterinario aparece con una palangana de plástico y un montón de paños de cocina. Debe tratarse de un parto, pienso.

El doctor me mira el calzado.

—¿Usted es...?

—Amigo... Alumno del profesor, más bien. ¿Sucede algo?

—El animal está muy mal.

Don Bartolomé vuelve a gritar. Es un llanto mezclado con palabras que no puedo desentrañar. Tampoco hace mucha falta. Es como si entendiera. Como si lo entendiera todo.

—Voy a tener que sacrificarla ahora mismo —me dice en forma seca.

Ninguna palabra llega a mi boca.

—No hay operación posible. Se trata de una hemorragia devastadora. Está muy mal, sumida en un dolor que no le permite ni siquiera quejarse.

—¿Pero ahora? ¿En este instante? No podría...

—Creo que es mejor que se retire. Yo me hago cargo. No se preocupe. Yo les digo que usted se despidió de mí.

—¿Hay algo que yo pueda...?

—Creo que preferirían estar solos. Entiéndalos, no se lo esperaban. La gente sola se encariña mucho con los animales.

El doctor desaparece. Comienzo a guardar el computador dentro del maletín. Me fijo en el vaso con licor. Lo trago de un golpe. Entonces la veo. Veo a Celinda. Está a un costado.

—No te vayas. Quédate conmigo.

Celinda me estira la mano. Miro la puerta y se la tomo. Es ínfima, fragilísima. Siento la piel blanda, las venas. Noto su palpitación. Celinda camina hacia un sofá. No puedo hacer otra cosa que seguirla. Ella se sienta. Yo la imito. Me suelta la mano y se tapa la cara con las dos.

Desde la pieza se escucha:

—¡No, no, no aún...! ¡Cinco minutos más!

Nada de lo que he vivido hasta este momento me ha preparado para este instante. ¿Cómo llegué aquí? ¿Qué estoy viviendo? ¿De qué se trata todo esto?

Intento no saber. Pero algo sé. Sé que no me puedo escapar.

Celinda se sube a mi falda y se me acurruca como una niña. Es tan pequeña y liviana. Se queda ahí, destrozada, sin vida, agonizando. Le toco el pelo, se lo acaricio.

El doctor sale de la pieza. Nos ve. Se acerca.

Miro mi mano: está negra, tiznada con tintura.

—Ya está en el cielo. Ya no va a sufrir más.

Celinda se incorpora. El doctor la ayuda a levantarse. Su maquillaje está corrido.

—Don Bartolomé la necesita.

Celinda no me mira. Camina tambaleando hacia la pieza. Desaparece. Me quedo en el sofá, intentando recuperar aquello que acabo de perder. Apenas, a mi pesar, sin fuerzas, me levanto y llego a la puerta. Salgo. Camino por el pasillo, bajo la escalera. Me topo con la reja de fierro. La empujo. No abre. No cede.

Al otro lado, me fijo, está lloviendo. Es de noche. Se ve poco.

PERDIDO

En un país de desaparecidos, desaparecer es fácil. El esfuerzo se concentra en los muertos. Los vivos, entonces, podemos esfumarnos rápido, así. No se dan ni cuenta, ni siquiera te buscan. Si te he visto no me acuerdo. La gente de por allá, además, tiene mala memoria. No se acuerdan. O no quieren acordarse.

Una vez, una profe me dijo que estaba perdido. Le dije: para perderse, primero te tienes que encontrar.

Luego pensé: ¿y si es al revés?

Llevo quince años borrado. Abandoné todo y me abandoné. Tenía una prueba y no la di. Mi novia estaba de cumpleaños, pero no aparecí. Me subí a un bus que iba a Los Vilos. No lo tenía planeado. Sólo pasó. Pasó lo que tenía que pasar. Ya no había marcha atrás.

Al principio, me sentí culpable, luego; perseguido. ¿Me andarán buscando? ¿Me encontrarán? ¿Y si me topo con alguien?

Nunca me topé con nadie.

El mundo, dicen, es un pañuelo. No es cierto. La gente que dice eso no conoce el mundo. El mundo es ancho y, sobre todo, ajeno. Puedes vagar y vagar y a nadie le importa.

Ahora soy un adulto. Algo así. Ahora tengo pelo en la espalda y a veces el cierre no me cierra. He estado en muchas partes, he hecho cosas que jamás pensé hacer. Pero uno sobrevive. Uno se acostumbra. Nada es tan terrible. Nada.

He estado en muchas partes. ¿Han estado alguna vez en Tumbes? ¿En el puerto de Buenaventura? ¿En San Pedro Sula? ¿Han estado alguna vez en Memphis, Tennessee?

Seguí, como un cachorro, a una cajera de un K-Mart hasta de El Centro, California, un pueblo que huele a fertilizante. El comienzo de la relación fue mejor que el fin. Después trabajé en los casinos de Laughlin, Nevada, frente al río Colorado. Viví con una mujer llamada Francis y un tipo llamado Frank en una casa al otro lado, en Bullhead City, pero nunca nos veíamos. Nos dejábamos notas. Los dos tenían mala ortografía.

Una vez, en una cafetería de Tulsa, Oklahoma, una mujer me dijo que le recordaba a su hijo que nunca regresó. ¿Por qué crees que se fue? Le dije que no sabía, pero quizá sí.

O quizá no.

Terminé, sin querer, enseñando inglés a niños hispanos en Galveston. La bandera de Chile es casi igual a la de Texas. Una de las niñas murió en mis brazos. Se cayó del columpio. La empujé demasiado alto y voló. Voló como dos minutos por el húmedo cielo del Golfo. Yo no quise herirla y, sin embargo, lo hice. ¿Qué puedes hacer al respecto?

¿Qué puedes hacer?

¿Han estado en Mérida, Yucatán? En verano hace 48 grados y, los domingos, cierran el centro de la ciudad, para que la gente baile. A veces me consigo una muchacha y bailo.

El año pasado decidí googlearme. Quizá me estaban buscando. No me encontré. Sólo encontré un tipo que se llama igual que yo que vive en Barquisimeto, Venezuela, y tiene un laboratorio dental. El tipo que se llama igual que yo tiene tres hijos y cree en Dios.

A veces sueño que vivo en Barquisimeto, que tengo tres hijos, que creo en Dios. A veces sueño que me encuentran.

MÁS ESTRELLAS

QUE EN EL CIELO

Es de noche y la luz que nos rodea fluctúa entre un púrpura Agfa y un índigo Fuji. Hay algo irreal en el cielo, casi como si todo fuera una puesta en escena y la noche fuera americana. De alguna manera lo es. Americana, digo. Día por noche. *Day for night.* Filmar de día para que parezca noche. Pero se nota, siempre se nota. Eso es lo malo de los trucos, de mentir. La luna no proyecta sombras así, el mar nunca refleja tanta luz. O quizás. Esta noche es una prueba. La luna está llena, amarilla Kodak, con acné y pus, y yo veo sombras. Mis sombras. Las veo por todas partes. Me siguen para todos lados.

Durante la ceremonia llovió, pero ahora el cielo está despejado y tiene más estrellas que las que brillan en la tierra. Por toda la ciudad hay focos que iluminan el firmamento. Es como el logo de la Twentieth Century Fox. Idéntico. Calcado. Un inmenso valle cae y se abre más abajo de esta colina. Todo huele a jacarandás, magnolias y jazmín, creo, algo intenso, tropical y exótico, como bailar con una chica sudada que estuvo estrujando mangos.

Miro a través del inmenso cristal: el tráfico está detenido, pero pulsa y respira, hasta se multiplica.

Elei, Los Angeles, California.

Welcome.

Para español, marque 2.

Estamos en un Denny's con pretensiones estéticas. Edward Hopper meets David Hockney con un twist de Tim Burton para darle sabor. Los dos estamos apoyados en esta barra, sentados sobre unos barstools de cromo. Denny's es un family coffee shop, vestigio de la época en que aún había familias. Las fotos de los platos que ofrecen están impresas en unos menús de plástico pegoteados con el sirope de los panqueques. Mucha whipped cream, patatas fritas, racimos de perejil, vasos de hielo con agua.

En los Denny's no sirven alcohol sino café. Café a la american-white-trash. Jugo de paraguas decaf. Nada de Starbucks, skim milk capuccinos, espresso con fucking panna. Nada de sofisticación europeizante, please. Denny's es Denny's, no importa que sea el Denny's de la demasiado-in, todo-pasando, mira-quién-chucha-está-ahí Sunset Strip. Aquí ofrecen desayuno Gran Slam las 24 horas del day. Denny´s, además, es el único antro barato en toda la colina. Talk is cheap, love is not. Lo tengo más que claro.

—Can I have a refill? —le pide Gregory a la mesera, una chica morena-canela, crespa, caderuda, excesiva, con un uniforme verde que le queda apretado. La chica limpia el trizado mesón de formica color margarina diet mientras silba algo que suena muy Gloria Estefan.

El inglés de Gregorio, alias *Gregory*, AKA Greg de la Calle, es muy british school, colegio privado, corbata a rayas. Gregory lo ha perfeccionado estancándose en la saturada «Nueba Yol». El inglés de Gregory of the Street es muy PBS, canal cultural, Charlie Rose, la belleza de pensar. Su español, en cambio, ha caído al nivel de Univisión. Yo soy más «yo quiero Taco Bell». Cute accent, pero acento al fin y al cabo.

—¿Quieres más café, brode?

—No —le digo—. Paso.

Acá en el Norte siempre me preguntan: where are you from, man? ¿De dónde eres? Buena pregunta: ¿de dónde soy? Nunca preguntan ¿qué haces? Nada, realmente. Nada que me guste.

Rosie Pérez rellena los azucareros. Parece no escuchar. Miro sus zapatos. Son como de enfermera. Planos. Crema. Michael Caine en *Vestida para matar*. Exactos. ¿Qué le pasó a De Palma? ¿En qué momento pisó el palito? ¿En qué momento lo pisé yo? Putas, cómo quise a ese hombre, cómo eyaculaba con sus planos-secuencias. Cuando llegué a los States hablaba como Tony Montana, me acuerdo. *Scarface*. Pacino. «Who do I trust? Me!». Not anymore, carnal. Si me preguntan cuál es mi película favorita de Brian De Palma respondería, sin pensarlo, sin pestañear, *Blow out: Estallido mortal*. Cine Las Condes, 22 horas, mi cumpleaños, Viviana Oporto a mi lado. Pero eso fue a long time ago, en un país lejano called home.

Mi casa no es tu casa.

—Can I get another refill? —insiste el latero de Gregory.

—Las veces que tú quieras, honey —le responde Penélope Cruz—. All you can drink. ¿Quieres un poco de half and half?

—Thanks —le responde molesto, seco, duro-de-matar.

Coloco el tocino debajo de los dos huevos y, con un trozo de tostada, intento armar una cara que sonría, pero el mono me queda triste, dubitativo, colesteroso.

—¿Cómo supo, macho?

—¿Cómo supo qué?

—En New York siempre me preguntan si soy francés, italiano. A lo más español. ¿Te parezco hispano? ¿Tú crees que estos rasgos son de latino?

—Banana Republic.

—Cuidado. No olvides con quién estás hablando. No porque cambié de país, cambié de estatus.

—Uno es lo que uno es —le digo sin creérmelo.

Luego pienso: uno es lo que termina siendo.

—Banana Republic —repite Gregory—. ¿Te crees muy divertido? *You think you're funny?*

—Antes era más. Este país me quitó el humor.

—Just for the record: me visto ahí, no vengo de una.

—Relax, buddy. Calma.

Sorbo un poco del café. Está tibio, muerto. Miro los inmensos letreros de Sunset. KROQ, Classic Rock. Absolut Hollywood. Salma Hayek usa Revlon.

—No soy un immigrante cualquiera. No estoy aquí por hambre.

—¿Estás seguro?

Las limusinas en fila forman una suerte de tren que atocha todo Sunset. Sunset Boulevard. The Sunset Strip. Veo los restoranes hinchados de celebridades, los clubes, los focos de la televisión. Veo, más allá, fuera de foco, la disquería Tower, el hotel Chateau, el Whisky-a-Go-Go. Fuera de cuadro, en la playa-mediterránea de estacionamiento, hay un Jaguar convertible key-lime-pie, un Bentley acero, mi destartalado Mustang cubierto con el polvo *on-the-road* del viaje y tres limusinas eternas con los vidrios polarizados.

Son las cuatro de la mañana y hay limusinas en todas partes.

Ingresa un panameño a vender la edición extra del *Hollywood Reporter*. Ya sé quiénes ganaron, le digo al Rubén Blades. Estuve ahí. Detrás del escenario, brode, tomando fotos. Cerca, you know, pero no lo suficiente.

Mi frac lo arrendé en Rent-a-Tux, un local armenio de Los Feliz. The Happys. Barrio viejo supuestamente cool y hip y fucking design. Lo devolveré más tarde, cuando amanezca y maneje de vuelta a Atlanta. Dos días de camino. Hay mucho continente entre California y Georgia. De pronto, me dan ganas de desviarme a Mississippi, Louisiana. Volver a esos parajes, a esas casas en las que una vez dormí. Toda esa gente, todos esos rotarios, ¿estarán vivos? Gregory, por suerte, se quedará acá. Por un tiempo. Quiere darle una oportunidad a la ciudad puesto que Nueva York, hasta ahora, no le ha brindado ninguna. Él no piensa eso, pero ésa es, al menos, su decisión. La decisión de Gregorio.

El frac no me sienta como le sentó esta noche a Lázaro Santander. Lázaro Santander fue compañero nuestro en la escuela. Amigo-conocido-enemigo. Lázaro perdió el Oscar al mejor documental corto. Lázaro tuvo que pagarse el pasaje desde Santiago. La Academia le consiguió un solo asiento, en platea alta, por lo que tuvo que ir alone. Tampoco tenía con quién ir. Aun así, es el primero de nosotros en lograr algo semejante. El primero y, lo más probable, el único.

Gregory compró su frac en una liquidación en Manhattan. Es, me informa, de un diseñador muy trendy. Gregory dice que es una inversión, que el tuxedo lo podrá usar más adelante cuando le toque asistir a galas y festivales. Gregory me dice que uno no puede intentar vivir un tiempo en Los Angeles y no tener frac.

—Me siento disfrazado —le confieso.

—Es porque no te lo crees, Frigerio. No te quieres lo suficiente.

—No me quiero lo suficiente. Interesante. Estás mirando mucho a Oprah, veo.

—¿Puedo seguir? Te estoy tratando de ayudar, de darte un consejo y...

—Sigue.

—Sientes que no mereces andar de frac por la vida.

—De frac por la vida. Buena frase.

—Tú, brode, le temes al éxito. You got loser spelled out all over your face.

—I'm a loser, baby, así que por qué no me matas.

—Así es, Alex. Y ésa, perdona si te duele, es la gran diferencia entre vos y Lázaro Oscar-nominated Santander.

—¿Y entre tú y él? ¿Se puede saber?

Gregory bebe un poco de agua. Una gota cae sobre su tela negra y se queda ahí, como una chinita transparente.

—Se nota que nunca antes usó un frac.

—¿Tú sí?

—Mentalmente. Desde chico.

—Si algún día te ganaras el Oscar, macho, ¿qué dirías?

—¿Cómo?

El pelo de Gregory está peinado hacia atrás. Sus entradas entran mucho más allá de lo que él se da cuenta.

—¿En qué pensabas?

—En ellas —y las señalo.

Al otro lado de la barra hay dos chicas menudas, muy *animé*, *japanimation*, Shonen-Knife, con carteritas de plástico y cámaras digitales. Nos miran. Cuchichean como calcetineras. Al lado, sentadas, succionando malteadas, descansan tres gringas, menores de edad, PG-13, material Aaron Spelling, 90210. Nos miran fijo. No están nada de mal. Nada de mal.

—Yo no nombraría Chile —sentencia Gregory—. Ni cagando.

¿Yo qué diría? ¿A quién le agradecería? ¿Me pondría a llorar?

«Quisiera rendir tributo a todos los grandes cinematógrafos hispanos que han iluminado las historias de Hollywood con otro filtro. Este Oscar también es de Néstor Almendros, Gabriel Figueroa, Juan Ruiz-Anchía, Reynaldo Villalobos, John Alonzo, Rodrigo Prieto y Emmanuel Lubezki».

Las Sailor Moon, me fijo, comienzan a fotografiarnos.

—Deben creer que somos famosos, macho. Hice bien en peinarme con gel.

Una de las Beverly Hills le susurra algo a la otra y luego me muestra su lengua teñida de azul.

—Si me ganara uno, macho —insiste Gregory—, me subiría a mi limo y una de estas chicas sashimi, que estaría como loca, mojada, me bajaría el cierre y comenzaría a chuparme tanto el cabezón como mi primer Oscar. ¿Qué tal, macho? Linda idea, ¿no?

—Linda idea. Eres todo un romántico.

El corto de Lázaro es sobre Víctor Jara. Capturó en digital (ampliado a 35 mm) a todos los que lo conocieron. Se centró en un tipo marginal que nació la misma semana que asesinaron a Jara. La familia del tipo lo bautizó Víctor Jara Carrasco. Santander se contactó con Eduardo «Venas Sangrantes» Galeano y éste le hizo la narración en off. Pocas películas-políticamente-correctas-extranjeras han sido nominadas en esa categoría. Eso es indesmentible. Lázaro Santander se anotó un gol de media cancha.

El documental corto que ganó fue de un kosovo-americano de Berkeley. Lázaro participó en una mesa redonda en la sede de la Academia a la que asistió poca gente. Nosotros fuimos. Luego almorzamos con él en un bistró de la playa de Santa Mónica. Lázaro nos puso al día rápido: se juntó con productores, hizo mucho network, intercambió e-mails. Lázaro tiene serias posibilidades de que le financien un guión. Gregory insiste en llamarlo *Querida, secuestré a los niños,* pero se le hizo, se quedó callado, no se atrevió. La historia es de dos chicos, hijos de un militar, que descubren, de adolescentes, que sus padres fueron activistas asesinados durante la Operación Condor, alias *Guerra Sucia.*

—Mírale las gomas a la gringuita, macho. Vas a tener que serle infiel a tu cubana. Esto viene duro. Durísimo.

Gregory estudió cine en la Escuela de Cine de la calle Macul conmigo y el resto del grupo. Junto a Lázaro y al Teo filmamos *Matiné, vermouth y noche,* un corto que participó en La Habana y en uno de los primeros festivales de Valdivia. Gregory y Lázaro completaron uno *gore* que llegó a Avoriaz. Gregory luego se fue a NYU a seguir estudiando cine. Tuvo seminarios intensivos con Spike Lee y Milos Forman y hasta se fue de copas con Oliver Stone. Ahora vive en Brooklyn, Williamsburg. Es corresponsal para un par de publicaciones sudamericanas on-line. Trabaja en Kim's, un videoclub alternativo. Asiste a cursos. Escribe guiones malos en *Final Draft* que luego nadie lee. Acepta los envíos de su familia que aparecen en su cuenta Citibank.

Yo me fui a Miami, el verdadero Miami, cero South Beach, cero glamour tropical. Partí donde Don Francisco, nuestro héroe nacional, nuestro producto de exportación no tradicional. Conseguí, a través de una mina amiga de mi hermana, una pega relativamente fácil: productor de segmentos. En un mes gané más que todos mis compañeros en Chile. Pero nada es gratis. Cuando uno se vende, paga. Soporté dos años. Luego me ofrecieron editar notas para CNN en Español. Dije que no. Pero luego dije que sí.

Uno se acostumbra a una cierta vida. Uno comienza a temerle a la pobreza de la clase media que no siempre tiene lo que alcanza. Yo quería gadgets, cámaras digitales, los nuevos DVD's. Me fui a Atlanta. Ahí estoy, bien, no me quejo.

Sí me quejo pero para callado.

A veces, tarde en la noche, chateo con chilenos que no conozco. Leo *La Tercera* on-line, escucho a Iván Valenzuela en la Cooperativa vía Real Audio, sigo la telenovela por escrito. Me gusta estar al día, sentir que nunca salí, que soy uno de ellos.

Lázaro se quedó en Chile. Hizo más cortos, documentales, puteó con la publicidad. Filmó *Víctor Dos*. Fue nominado a un Oscar.

Por los parlantes de Denny's suena música disco.

—*That's the way, a-ha, a-ha, I like it...*

—Esta noche es como disco —le comento a Gregory antes de sorber mi agua con demasiado hielo.

El agua ahora tiene gin. El gin de la botella azul que se robó de una de las tantas fiestas a las que no pudimos entrar. Lázaro nos dijo que iba a tratar de ponernos en la lista de la fiesta de Miramax en Spago's. No fue así. Gregory luego intentó colarnos a la de *Vanity Fair*. Fuimos expulsados por un guardia del hotel Mondrian. Drew Barrymore nos quedó mirando, atónita, apenada.

—Sí, macho, muy boogie nights, muy last dance.

—¿Se puede tomar gin acá?

—It's Oscar night. Todo se puede, todo se debe.

Jennifer López nos recoge los platos.

—¿Desean algo más?

Su mirada delata sueño, pero también algo de coquetería. A lo mejor es mi imaginación.

—Some more coffee will be nice —le dice Gregory, irónico.

Un anciano se sienta junto a nosotros. Le tiembla la mano. Huele a quesillo. Es muy blanco, transparente. Usa botas de vaquero.

—Yo deseo un jugo de arándano —le digo a la mujer.

—¿De qué?

—Cranberry.

El anciano saca un libro de historietas pornográficas. Antes que alcance a ordenar algo, Cristina Aguilera le sirve un café y un bol con avena. Por los parlantes ahora suena Tom Petty:

I don't wanna end up
In a room all alone
Don't wanna end up someone
that I don't even know.

—Gran frase —comento.

—¿Qué?

—Nada.

Tom Petty está a cargo del soundtrack de este viaje. Lo esucho aquí, lo escuchamos en París, Texas, en Tulsa y en Kansas City, en el Seven Eleven de Winslow, Arizona; lo escuchamos cruzando el Monument Valley de John Ford. Tom Petty en todas partes.

—*I'm tired of screwin' up, tired of going down* —recito al son de la música.

—No tienes voz, Frigerio.

—Pero tengo razón. En lugares como éstos, uno entiende mejor ciertas letras, ciertos libros.

—Puede ser.

—Estados Unidos es el único país del mundo que no produce arte. Todo lo que sale de USA son documentales. Aquí no vale la pena inventar. Los Angeles no es una ciudad, es un puto set.

—Kim Basinger salía en el video, ¿no?

—*Tired of myself, tired of this town.*

—¿Ya te quieres ir de Elei?

—No —le digo—. A veces me quiero ir del país.

—¿De este país?

—Sí, huevón. No quiero terminar botado como este pobre viejo.

Ambos miramos al anciano. Restos de avena se acumulan en la manga de su camisa.

—Nosotros en cuarenta años más.

Recuerdo el final *Fat City* de John Huston. Stacey Keach le pregunta a Jeff Bridges si cree que el decrépito anciano que los atiende alguna vez fue joven. Bridges, que tiene como veinte años, le dice no.

—¿Viste *Fat City*?

—¿Qué?

—*Fat City. Ciudad dorada.* Estaba en la escuela, en video. La tenía el Carlos Flores. Jeff Bridges y Stacey Keach, al final. En el café. Juntos pero solos. No tienen nada que decirse y sin embargo ahí están, acompañándose.

—No.

—Vela. Conrad Hall, fotógrafo. Filmada en Stockton, California. Pocas veces un sitio tan feo ha sudado tanta onda.

—Te dije que no. ¿Por qué todo lo relacionas con el cine?

—Puta, porque en el cine siempre hay un final, incluso cuando son abiertos.

—Ya, chao. No sé para qué me junto contigo.

Sorbo mi café. Observo al viejo; su mirada parece no tener fin. Sus manos tiritan. No tiene a nadie en el mundo. Y yo: ¿tengo a alguien? ¿Por qué, incluso cuando estoy con Yamila, siento que estoy solo? ¿O acaso la soledad tiene más que ver con no estar en el sitio correcto que estar con la mujer correcta? Is she the one? Why doesn't it feel like it? ¿Por qué es más fácil estar solo en Chile que acompañado en Miami, en Atlanta, en fucking L.A.?

—Una vez más, te equivocas —me interrumpe el hijo de puta de Gregorio.

—Una vez más. Puede ser. ¿Y?

—Las oportunidades están acá, Alex.

Pienso en Lázaro, en las oportunidades que obtuvo quedándose, en todo lo que dejé.

—Ni intentes regresar, macho —me dice—. No por ahora. No vas a terminar como ese viejo.

—Nunca se sabe.

—Vamos a regresar, pero con plata, con fama. ¿Tú crees que me voy a quedar aquí forever? Estás más loco. De viejo, regreso. No quiero ser enterrado acá, ni cagando.

—Entonces estás cagado. No eres de acá, no eres de allá.

—Soy de acá. Soy del mundo, Frigerio. The world is mine.

—Si realmente te sintieras de acá, te daría lo mismo morirte aquí. Por eso los mexicanos son mexicanos y siguen hablando español. Todos los otros salieron odiando su país.

—Si yo fuera mexicano odiaría México. ¿Cómo no vas odiar un país que no te dejó ser lo que querías ser? Puta, si el país no es capaz de alimentarte, que se vaya a la concha de su madre. Chile es como la criptonita. Te acercas a esa mierda y pierdes todas tus fuerzas. Te destroza. Puta el país como las huevas.

—Vos nunca te has muerto de hambre.

—Culturalmente, sí,

—Yo, por desgracia, o por suerte, no sé, me quedo.

—¿Sí?

Hace unos días renové contrato con la Turner, conseguí green card. Yamila quiere que compremos una casa. Juntamos el down, el banco nos aprobó el préstamo.

—Me quedo, sí. Por ahora. Ella es de acá, qué quieres que haga. Donde manda capitán, no manda marinero.

—Ella es portorriqueña, huevón. No es de acá.

—Es de acá. Me quedo. Nos quedamos.

Las princesas Mononoke comparten un plato de waffles. Las tres ángeles de Charlie nos siguen mirando. Una de ellas nos guiña. Los dos le respondemos.

—Viene para acá, macho. Mira cómo se le mueven.

Su T-shirt dice «Lost in Place». Masca chicle. Se toca el pelo.

—Can I, like, ask you guys something?

—Sure —le dice Gregory—. What's your name?

—Kelly.

—Nice name.

—Are you guys like driving somebody famous?

Gregory no le responde. Le quita la mirada. Se funde.

Yo, no sé por qué, observo la cuchara del viejo. Tirita. Salta. Ondula.

—¿Si somos los choferes de alguien famoso?

—Yeah.

La chica insiste: ustedes manejan esas limusinas, ¿no? ¿Quién está adentro? Who's inside? ¿Brad Pitt? ¿George Clooney? ¿Es posible conocerlos? Estaríamos dispuestas a cualquier cosa, aclara. Cualquier cosa. Anything. Everything.

La otra amiga se acerca.

—No —le responde Gregory—. We are with the Chilean delegation.

—The what?

—La delegación chilena —interrumpo—. Lázaro Santander, best film in foreign language. Does it ring a bell?

—No —le responde Kelly—. Was he on TV?

—With Susan Sarandon.

—I love her —exclama Farrah.

—I'm Lázaro Santander —le dice Gregory—. I directed the movie.

—A short movie— agrego—. A short documentary.

—Wow! Nice to meet you. Hi. This here is Heather. And over there, that's Jackie.

Shakira se acerca. Nos mira. Nos rellena los cafés. No me sirve el jugo de arándano. Pienso en Chile, en lo lejos que está, en la criptonita, en la calle Seminario, en la escuela de Macul, en la inmensa e insípida Atlanta, en Yamila mirando televisión, en esos plátanos que fríe cuando está melancólica, en el aire acondicionado que suena y no deja dormir. Pienso que ser fotógrafo no es lo mismo que tomar fotos. Pienso que, a veces, sin querer, surgen historias de la nada y uno se olvida de filmarlas.

Sorbo el café: mediocre, aguado, terminal.

Un salvadoreño/hondureño bajito comienza a trapear el piso. Las japonesitas ya no están.

Pienso en el verdadero Lázaro Santander, el que se quedó en Santiago mientras nosotros partimos huyendo. ¿Dónde estará ahora? ¿Con quién habrá conversado esta noche? ¿Qué direcciones electrónicas tendrá que nosotros nunca lograremos tener?

Me levanto y camino hacia el teléfono. Lo marco.

—Hello, honey —le digo antes que ella me responda.

—Ay, mi amor. ¿Dónde tú estás?

—Cerca —le digo sin pensar y capto que, a pesar de todo, es verdad.

Afuera está comenzando a aclarar. Ya no hay más estrellas en el cielo, me fijo. Tampoco limusinas. Sólo buses, un par de taxis, esos camiones que reparten pan, que reparten leche.

Fin.

The end.

ROAD STORY

«*I didn't know who I was —I was far away from home, haunted and tired with travel, in a cheap hotel I'd never seen, hearing the hiss of steam outside, and the creak of the old wood of the hotel, and footsteps upstairs, and all the sad sounds, and I looked at the cracked high ceiling and really didn't know who I was for about fifteen strange seconds. I wasn't scared; I was just somebody else, some stranger, and my whole life was a haunted life, the life of a ghost. I was halfway across America, at the dividing line between the East of my youth and the West of my future, and maybe that's why it happened right there and then, that strange red afternoon*».

JACK KEROUAC, *On the Road*

Simón siente que todo esto es un paréntesis. Los paréntesis son como boomerangs, cree. Incluso se parecen. Entran a tu vida de improviso y seccionan tu pasado de tu presente con un golpe seco y certero. El shock te deja mal, en una especie de terreno baldío que no es de nadie y tampoco es tuyo. Quedas a la deriva, atento y aterrado, inmóvil. En vez de actuar, esperas. Esperas que el boomerang se devuelva y cierre lo que le costó tan poco abrir. En el fondo, vives esperando una señal que te sirva de excusa.

Simón siente que este tiempo muerto se está alargando más de lo conveniente. Se está acostumbrando. Eso es lo que más le asusta: *acostumbrarse*. Mira el cielo y siente que es tan grande que se tiene que agachar. Acá todo es exagerado, inmenso, y el sol te quema y te seca incluso cuando estás a la sombra. Ésta es una tierra para gente que no se asusta, piensa, que no le teme a geografías y pasiones que excedan la escala humana. Simón Rivas siente que no debería estar aquí, pero tampoco se le ocurre otro lugar mejor. Si uno va a vivir entre paréntesis, por lo menos que haya espacio, piensa.

Simón piensa que a veces piensa demasiado. Y a menudo siente que no siente nada, que todo le resbala. La gente tiende a posponer aquellos aspectos que más le cuestan. Quizás ahí estuvo su error: Simón nunca planeó nada y ahora está pagando el costo de haber vivido siempre en el presente. El problema es que su presente es igual a su pasado, y si algo no cede, el futuro no se ve muy promisorio. Simón se alegra de que nadie pueda saber lo que piensa. No sabría cómo justificarse. No sabría por dónde empezar.

Lo primero que hizo Simón cuando se acercó a la ribera sur del Gran Cañón fue vomitar. Simón no tiene claro si fue la altura, la atmósfera demasiado limpia, la emoción o el espectáculo de esa vista que se abre y se pierde. Cuando piensa en el Gran Cañón, Simón piensa en vértigo. Cuando piensa en su fallido matrimonio, también.

Simón se sube al auto que arrendó y enciende el motor. De la radio sale música tex-mex de una estación que está al otro lado de la frontera. Sin autos, en USA no eres nadie, piensa. Por suerte no está mal de plata. Eso es lo peor que te puede pasar: perderlo todo y además no tener un peso.

Desfalcar a tu empresa está mal, piensa. Eso no se hace. Pero lo hizo. Ya cancelaron su tarjeta de crédito. Deben saber dónde estás, piensa. Al menos saben que no andas en África, en Brasil o en Cuba. Cuando un tío de Simón desapareció, todos pensaban que se había fugado a Cuba. Nunca más se supo del tío Gaspar Rivas, aunque Simón cree que está vivo. Una vez lo dudó, pero ahora, manejando por el desierto americano, está seguro que Gaspar anda por ahí. Dicen que los profetas se escapan a los desiertos para huir. Para estar lejos. Para empezar de nuevo. Gaspar quiso tener una nueva oportunidad. Simón sólo quiere matar el tiempo. ¿O es el tiempo el que lo mata a uno?

Simón Rivas aún tiene los cheques viajeros. Además, extrajo mucho efectivo en ese banco en Barstow, California. Se acuerda de la temperatura que marcaba el reloj: 114 grados. Fahrenheit, claro. Más de 40. 43, 45. Después pasó por el café Bagdad, pero no se detuvo pues había un bus con ancianos alemanes turisteando en la puerta. Simón odia los turistas. Simón no está acá para coleccionar recuerdos.

Simón estafó a su empresa. Estafó a su familia. Quedó en volver y no volvió. Tres días en Seattle, dos en San José, tres en Los Angeles, Lan Chile de vuelta, cumpleaños de su hermana Claudia, rutina como siempre. Pero no volvió. Por ahora. Sabe que, eventualmente, volverá. Sí: a quién quiere engañar. No es tan valiente, tan loco, tan hippie como quisiera. Simón no es Gaspar. Su tío Gaspar partió a un congreso de acuicultura a Portland, Oregon, y nunca más regresó. Nunca más se supo de él. Para borrarse, debes borrarte. Hacer que los otros sufran. Simón es cobarde porque le da miedo sufrir y, más que nada, le da miedo hacer que otros sufran por su culpa. Simón, en ese sentido, no hubiera podido hacerle a Natalia, su mujer, lo que ella le hizo.

¿O sí?

¿Qué pasará cuando vuelva? Ya no es un niño. ¿Cuándo se deja de ser niño? ¿A los treinta y dos, tres, cuatro? Simón sabe que quizás ya cruzó la línea que divide la juventud del resto de su vida. Los treinta y cinco logran enviarte esa señal. Además está peligrosamente cerca de ser lo que es, no lo que quiso ser. ¿Volvería a partir de nuevo? No, eso no. ¿Para qué? Pero no estaría mal si el final fuera otro.

Simón calcula que no pueden expulsarlo de la casa porque no vive en su casa. Le regalaron su departamento, es cierto, pero está a su nombre. ¿Se lo podrán quitar? No. Sí lo van a expulsar de la empresa. De eso no hay duda. Ninguna. Ojalá. Tampoco lo van a meter preso. Aunque de su padre todo se puede esperar. Simón no ha cometido un crimen. ¿O sí? Pero es préstamo. Eventualmente lo devolverá. Tampoco está gastando una fortuna. Además, piensa que a lo largo de su vida se ha portado bien. Se ha *comportado*. Cuando le dio el cáncer y le sacaron su testículo, no se quebró. No se volvió loco. Ni siquiera los hizo gastar dinero en sicólogo. Sus padres no se pueden quejar. Todos sus hermanos los han hecho sufrir mucho más que él.

Esto es un paréntesis, piensa. Un paréntesis que igual le costará caro. Pero, al final, lo perdonarán. Eso espera. Excusa tiene: su mujer lo abandonó. Puede posar como víctima, puede gozar de la empatía del resto de los hombres. Ella se involucró con otro. Se acostó con otro. Con Luke Skywalker, su ex-mejor amigo, amigo de toda la familia. Todo sucedió como en la peor de las teleseries. Simón antes no veía ese tipo de novelas. Ahora sí. Ahora las entiende. Ahora ve a Tomás

Cox entrevistando a famosos que lloran y se confiesan. Ahora no se pierde a Alfredo Lamadrid hablando humanamente. Vaya cómo cambia uno cuando está sensible, abatido, abajo. En esos programas la gente cuenta sus penas. Todos tienen pena. Un animador confiesa que ha perdonado a su mujer luego que ella tuvo algo con su co-estrella. El escándalo salió en todos los diarios. ¿Se puede perdonar? ¿Cómo se hace? ¿Se olvida? ¿Se entierran los hechos? ¿De verdad uno puede olvidar?

¿Por qué pasan esas cosas?, piensa. Porque uno las deja pasar. Nunca va a tener una mejor razón para fugarse. Nunca. Por eso se fugó. Si no se porta mal ahora, si no decepciona a todos ahora, ¿cuándo? Y si no lo perdonan, si le hacen la cruz, al menos quedará libre. Libre como el tío Gaspar, que no quiso saber nunca más acerca de salmones ni de familias.

El viento sopla horizontal y avanza lento como la legión extranjera. Simón se detiene en la berma del camino. El pavimento se pierde en un espejismo que ya no lo engaña. El viento no acarrea ruido; a lo más, arena.

Simón no ha tenido contacto humano real en mucho tiempo. Incluso las bombas de bencina son *self-service,* por lo que calcula que no ha pronuciado más de quinientas palabras en tres semanas. Simón ama los mapas. Nada le provoca más satisfacción que parar en un *rest area* y sacar uno de la guantera y comenzar a estudiarlo, inventando rutas, sumando millas, apostando por sitios desconocidos.

Simón cree que los Estados Unidos han colonizado su inconsciente. Recorriendo el Oeste, Simón siente que ha estado en lugares que le resultan familiares. Simón estudió cartografía en una universidad privada que nadie conoce o respeta. Aún no se titula. Sí hizo la práctica. Simón no entiende por qué trabaja en otra cosa. Tampoco por qué trabaja con su padre.

Simón ha estado manejando en círculos, entrando y saliendo de un estado a otro, dejándose llevar por los nombres de los pueblos: Bisbee, Winona, Mora, Yuma, Coachella, Kayenta. Al cruzar Death Valley se detuvo en Zabriskie Point, el punto más bajo de América. Un pequeño letrero de madera indicaba cuántos pies estaban por debajo del nivel del mar, pero no fue capaz de calcular su equivalencia en metros.

En Twentynine Palms, California, en medio del desierto de Mojave, Simón se cortó el pelo como marine. Era el único tipo de corte que ofrecían. Todo el pueblo es una base militar. Cuando estás en Twentynine Palms crees que estás en Irak. En Irán. Por allá. Simón se mira al espejo y parece militar.

En Twentynine Palms compró un paquete de calzoncillos Fruit of the Loom y lavó, en una lavandería *open 24 hours*, sus pantalones y camisas. Simón, ahí se dio cuenta de que nunca antes había lavado su ropa. Una mujer con cicatrices en el brazo lo ayudó. Mientras lavaba leyó un par de revistas femeninas, de esas con test recetas. Algunos test los contestó pero nunca sumó el puntaje. Frente al supermercado de Twentynine Palms, Simón botó su traje Atilio Andreoli y sus chaquetas Zara. En el motel Joshua Tree decidió no bañarse más. Al menos, por un buen tiempo.

Simón desea llegar a Tucson, Arizona. *Tú-zon,* como dicen que se pronuncia. *Too-sawn.* Simón piensa detenerse un par de días ahí. Quiere alojar en el legendario hotel Congress. Quiere darse una tina en el Congress como en el disco de Josh Remsen. Cuando finalmente se bañe, será en esa tina mítica.

Simón se ha negado a encender el aire acondicionado y viaja con las ventanas abiertas. En las bombas de bencina compra Gatorade y agua mineral sin gas. Por lo general, come burritos congelados que calienta en el microondas. En el auto lleva charqui americano, que parece más de plástico que de carne. A veces, para sentirse más sano, toma V-8.

Simón se huele. Su propio hedor lo embriaga y lo mantiene despierto, alerta, vivo. También lo sorprende. Cómo un tipo con pinta de bueno puede emanar olores así. Cuando en Hertz le entregaron el auto, éste tenía cero kilómetros y olor a plástico. Ahora está impregnado a transpiración. A empanada, piensa, lo que es bueno porque le recuerda a su país natal. También le recuerda a una mujer con quien salió un par de veces. La conoció en un avión. Se sentaron juntos. Ella le habló de su olor. Cuando aterrizaron, decidieron olerse del todo. Simón tenía claro que le hacía falta una ducha. Claudia no quiso que se bañara. Ella olía a almendras y menta y chocolate amargo y rúcula. Ella, después, le dijo que él tenía más el perfil de amante que de marido. Simón le respondió que pensaba que ella sería una gran esposa. Ella lo besó y le dio las gracias.

Simón lleva diez días con la misma polera gris con cuello en V que compró en una tienda de ropa usada en el decrépito downtown de Mexicali, California. Cuando llegue a Tucson, cree, botará su polera hedionada y se comprará otra.

Tanta cosa que se dice, tanta ingnorancia disfrazada de sabiduría popular. Salud, dinero y amor. ¿Garantizan algo? ¿Cuál es más importante? ¿Con cuál te quedas tú? Y si uno tiene los tres, ¿qué pasa? ¿Exudas felicidad? Además: ¿*cómo* se mide la salud, el dinero y el amor? Si uno ama, pero no te aman, ¿vale? Si tienes más que tu vecino, pero menos de lo que necesitas, ¿qué pasa?

Simón, ahora, pasa por el pueblito de Ajo. Ajo, Arizona. ¿Por qué en Chile, cuando a alguien le va mal, se dice que le fue como el ajo? *¿Cómo estás, compadre? Puta, como el ajo.* ¿Por qué? Tocar fondo es estar como el ajo. Raro. Un ajo es un ajo. ¿Acaso el ajo no hace bien para el colesterol o algo así? *Le fue como el ajo.* Siempre dicen eso. ¿Dirán eso de él?

Sigue manejando. ¿Es mejor quedarse sordo o ciego? ¿Solo o mal acompañado? ¿Cuán mal acompañado? Se supone que un hombre debería plantar un árbol, tener un hijo y escribir un libro. ¿Por qué? ¿Quién inventó esa mierda? ¿Es para trascender? ¿Ésa es la razón? Trascender está sobrevalorado. Simón plantó un árbol cuando era scout. Lo plantó a los pies del volcán Lonquimay. No ha tenido hijos, pero le consta que es fértil. *Muy* fértil. Eso fue antes de lo que le pasó. Pero aún puede tener. No ha quedado estéril. Tener hijos te cambia, sí. Sin duda. ¿Te hace mejor? No. ¿Te garantiza tranquilidad? Más bien lo contrario. ¿Plantar un árbol te deja tranquilo? No. Que tus plantas se sequen molesta, irrita, pero cuando están verdes tampoco te llenan. ¿O sí? No. No exageremos. Las plantas *no* bastan. ¿Escribir un libro es la solución? Simón lo duda. Simón no escribe. Piensa, que no es lo mismo, piensa. Una vez intentó escribir un cuento sobre un tipo que tiene un vecino raro. Que hace ruidos. Pero no hay vecino. Es un fantasma. Lo envió a un programa donde leen cuentos en la radio. Nunca lo leyeron. También le tocó revisar el texto para un libro, edición de lujo, sobre salmones.

Simón Rivas sabe mucho de salmones. Más de lo que hubiera esperado. Simón Rivas podría hablar horas acerca de los putos salmones. Su hermano Rodolfo, el mayor, cree que los salmones salvarán a la familia. Simón cree que la hundirán.

El libro tapa dura con fotos de lujo sobre papel cuché se llamó *Salmones de Chile*. Simón quiso ser más poético y sugirió *Agua viva* pero el comité lo rechazó. El libro se editó en inglés y castellano, portugués y japonés, alemán, francés e italiano. El libro era para regalar. Para seducir a los clientes. El padre de Simón Rivas es uno de los reyes del salmón, pero no huele a pescado.

Simón nunca ve el mar ni está cerca de los salmones. La empresa se llama Dafoe-Selkirk y depende de la conservera Robinson Crusoe. Los mismos dineros, los mismos, socios. La familia tiene plata. ¿Es la plata garantía de algo? Cuando Simón Rivas captó que se iba a convertir en Simón Rivas de los Rivas de Robinson Crusoe se prometió a sí mismo visitar, cuanto antes, la isla de Juan Fernández. La verdadera isla de Robinson Crusoe. En todos los viajes le preguntaban: *That island must be so wonderful. How is it? Is it warm? Is the water clear?*

Lo otro que se prometió fue leer la novela. O, al menos, ver una de las versiones cinematográficas. No lo ha hecho. Si uno no es capaz de ser leal con uno, de cumplir sus propias promesas, ¿qué se puede esperar de los demás?

En un hotel en San José, California, en el Sillicon Valley, Simón pidió una pizza de Domino. Le pareció distinta a la de Santiago. De la máquina del final del pasillo compró una gaseosa llamada Dr. Pepper. No le gustó. Comenzó a zapear y mirar el cable. Pensó en ver porno, pero se fijó que era soft porno, así que desechó la idea. Afuera llovía. Nadie pasaba por la calle, ni menos por la vereda. Era temprano pero parecían las 4 a.m. Miró un rato un programa de cocina. Preparaban pesto. Luego cayó en una película en la que salía Jack Nicholson joven. Apretó un botón y supo que se llamaba *The passenger*. Y que era de 1975. Nada más. Se quedó mirando. Nicholson es un reportero de guerra que ya no da más. Está cansado de sí mismo. Está en el desierto africano. En un hotel encuentra a su colega muerto. Murió de un ataque al corazón. Tenían más o menos la misma edad. A Nicholson se le encienden los ojos. Se le ocurre una idea. Simón pensó lo mismo. Nicholson se apropia del pasaporte del muerto y se transforma en él. Parte. Conoce a la chica de *El último tango en París*. Pero el muerto tenía enemigos. Comienzan a perseguirlo hasta Barcelona.

Cuando terminó la película, Simón bajó al jacuzzi y se metió dentro. Llovía, pero en agua estaba caliente. Ahí decidió no regresar a Santiago de inmediato. Ahí decidió usar el dinero de la empresa para vagar. Ahí decidió comenzar a llamarse como la calle en que se crió.

Simón se dio cuenta que algo andaba mal entre Natalia y él una noche en que ella se quedó en la casa de su hermana y él terminó en el cine con un grupo de gente que no conocía muy bien. La película era una comedia nada de cómica, aunque aquellos con que estaba se rieron de buena gana. Esto le llamó la atención: eso de no ser capaz de reír. Le pareció sintomático.

Entre la gente con que fue al cine estaba Lucas Walker, alias *Luke Skywalker*. Simón consideraba a Lucas entre sus escasos amigos, aunque siempre le quedó claro que Lucas tenía más look y carisma que inteligencia y rigor. Lucas decía que sufría por su separación y todo eso, pero Simón sentía que Lucas lo pasaba bastante bien y no parecía estar sufriendo en lo más mínimo.

Luke Skywalker llegó al cine con una arquitecta recién recibida, de nombre Roser, que no paró de criticar el uso del espacio del pub donde luego se fueron a instalar. Había otra gente más, pero Simón los ha borrado de su recuerdo. Como esa pareja que anunció que iban a tener un hijo. O el abogado nerd de derecha. O la pareja que vivía en Buin y que viajaba todos los días a Santiago en tren. Es probable que también estuviera Coné Cruz porque Coné siempre está donde está Lucas. Simón envidiaba no tener un Coné. A veces pensaba que el rol en la vida de Coné era ser amigo de Lucas; Simón sentía que cumplía su rol de manera cabal.

Después que llegaron los tragos y una tabla con quesos y uva, la gente trató de sofocar el silencio con varios temas. Simón cree que él fue el que comenzó, pero no le consta. Sí sabe que la que esparció la tesis sobre la mesa fue la arquitecta.

A la larga, dijo, el mundo de uno se define a partir de círculos concéntricos. Los que están más cerca de uno son los íntimos, aquella gente que te es cercana e imprescindible. Son lazos viscerales que no se cuestionan. Después, en el segundo círculo, están los amigos. Roser, la arquitecta fashion, dijo que los amigos son aquellos con los que uno engancha, a los que les cuenta cosas, los que uno sabe que están de tu lado aunque los vea tarde, mal y nunca. En el círculo externo, en tanto, están todos los conocidos, que no es lo mismo que gente que uno conoce. Es gente con que se tiene contacto, se almuerza o ve en fiestas o en el trabajo. Es gente que te cae simpática.

Lucas Walker preguntó en qué parte se ubicaban los padres, hermanos, hijos y la pareja. Roser, la arquitecta, dijo que la familia estaba en otro nivel, aunque la pareja, al no ser sanguínea, necesariamente debía estar en el círculo íntimo. Simón recuerda que en ese instante Coné Cruz abrazó a Lucas y que todos se rieron. Lucas lo empujó lejos y luego le golpeó la espalda afectuosamente. Coné, entonces, empezó a enumerar a toda la gente que sentía cercana. Lucas, claro, era un íntimo, y a Natalia, la mujer de Simón, la consideró una amiga. A Simón lo puso en la categoría de conocido. Esto golpeó a Simón aunque, por otro lado, tenía claro que nunca sería amigo de Coné Cruz, pues le parecía un estúpido, un mero escudero de un tipo que, a su vez, tampoco era para tanto. Aun así, quedó dolido.

Lucas recibió un llamado a su celular y dijo que se tenía que ir. Luke Skywalker se despidió de todos menos de Simón, pero eso Simón lo captó después.

Coné, entonces, le preguntó a Simón por *su* lista. Simón quedó mirándolo pasmado y trató de pensar. En su mente comenzó a hacer listas y listas al mismo tiempo que intentó tabularlas. En ese momento percibió que algo terrible acababa de ocurrir. Simón sintió que había entrado en un terreno peligroso. Simón se dio cuenta que, por mucho que lo intentara, toda la gente que conocía caía en el círculo de los conocidos. Partiendo por Luke Skywalker. Pero eso no era nada.

Simón captó que Natalia, su mujer, su exquisita y divertida y pulida mujer, también caía en esa categoría. Ahí, Simón sintió que sus huesos se trizaron. Roser, la arquitecta, lo instó a nombrar su lista. Simón le dijo que no se metiera en lo que no le importaba y luego enmudeció. No habló más en toda la noche, pero tampoco tuvo fuerzas para irse antes que los demás.

Luego de una hora más de charla intrascendente, todos se levantaron para irse. Simón Rivas no contribuyó a pagar la cuenta.

Esa ida al cine sucedió hace exactamente un año, piensa, mientras maneja por el desierto. En un año, tu vida puede cambiar mucho. En un día, tu vida puede cambiar más. Después piensa que sus pensamientos parecen eslóganes.

Al salir del local, el frío precordillerano de la parte alta de Santiago lo heló. El humo que salía de su boca le bloqueó la vista. Simón llegó a su auto y se fijó que el parabrisas estaba totalmente congelado. Encendió el defrost, pero el grueso hielo no cedía. Por un instante, lo único que existía en el mundo era el ruido del ventilador.

Simón pensó en esa pareja que iba a tener un hijo. Natalia no quería tener uno. Al menos, no por ahora, decía. Quería que viajaran, pero nunca iban a ningún lado. Quizá no querían crecer, pensó. Quizá no se atrevían. Natalia lo había pasado bien de joven y quería continuar siéndolo. Simón tenía más ganas de envejecer que de crecer.

Simón conoció a Natalia doce días antes de casarse. La conoció un sábado en un cumpleaños. Cuando Coné le contó que se casaba en unos días, algo le pasó y decidió jugar con fuego. Jamás pensó que podía pasar algo. O si pasaba, pasaba pero nada más. ¿Qué más podía pasar? Él no se iba a casar con ella. Ella no iba a cancelar su matrimonio por estar con Simón.

Al día siguiente, un domingo, la pasó a ver. Su novio estaba de turno, pues era periodista. Él la invitó a almorzar. Ella quiso almorzar en la playa. Partieron. Comieron erizos y empanadas de queso con camarón. Tomaron demasiado vino blanco. Se asolearon con el sol de invierno en la Playa Amarilla. Después terminaron en un motel cerca de Reñaca.

Esa semana fue intensa. Loca. Fabulosa. Ella lo pasaba a ver después de estar con el novio oficial. El día jueves, ella le dijo a su novio que ya no se iba a casar con él. La boda se canceló. La familia se enojó con Natalia. El novio tuvo que ir al siquiatra. Natalia le dijo a Simón que, gracias a él, ella supo que no quería a su cuasi-marido. La noche en que debió casarse, los dos la pasaron bailando en un antro lleno de prostitutas del barrio chino de Valparaíso.

Un año después se casaron. Se jalaron medio gramo de cocaína cada uno antes de la ceremonia. El cura tenía estrabismo y mal tufo. Unos amigos de Natalia tocaron covers de Soda Stereo y Virus. En la boda se sirvió salmón al horno cubierto con mantequilla de jengibre. Esa noche, en el Hyatt, se jalaron otro gramo y sólo tuvieron sexo oral. En el viaje a México, los dos durmieron y casi ni se hablaron. En Cancún se hicieron amigos de una pareja de ecuatorianos millonarios y cenaron todas las noches con ellos.

Simón nunca le preguntó a Natalia si lo amaba. Él tampoco se lo dijo a ella. Esa noche, en el auto, mirando el hielo descongelarse, comenzó a llenarse de dudas. Después concluyó que no era casualidad que Natalia estuviera con su hermana y no con él. ¿O estaba con otra persona? ¿Por qué alojaba tanto donde su hermana? ¿Era normal que no se tomaran en cuenta? ¿Que nunca se hicieran cariño? A veces no tiraban en días y, después, se encerraban en la pieza y no salían. Él pensaba que era así la cosa. Natalia no era romántica y no lo admiraba. Una vez le dijo que le parecía inculto porque no sabía quién era Enrique Vila-Matas. Él sí la admiraba, pero nunca se lo dijo para no quedar en desventaja.

Simón miró el parabrisas: trozos de hielo se deslizaban hacia el capó. Entonces pensó en Luke Skywalker y en su celular. Simón cree que fue en medio de ese deshielo cuando el boomerang le golpeó la nuca y el paréntesis se abrió.

—¿Dónde estás?

—En un restorán en Gallup.

—¿Pero en qué país?

—En USA. Nuevo México, huevón.

—Nos tincaba que te habías ido para allá. Acá están todos apestados contigo, Simón. La cagaste. Tienes a todos asustados. Eres muy imbécil, te digo. Muy, pero muy huevón.

—Si me vas a insultar, te cuelgo.

—Qué has hecho, entonces.

—Recorrer, ¿y tú?

—Andaba en Pichilemu.

—¿En invierno?

—Estaba entrevistando a un huevón medio raro. Más raro incluso que tú.

—Ah.

—¿Estás con una mina?

—No.

—¿Andas solo?

—Sí. Más solo que un dedo.

—¿No te da lata?

—No, es menos malo de lo que me imaginaba. Además, me tengo que acostumbrar.

Simón habla con Felipe, su hermano menor, que todavía vive con sus padres. Simón es el del medio, lo que no facilita las cosas. Tres hombres y no arman ni uno, piensa. Felipe es periodista, como Natalia, y entrevista gente y hace reportajes y a veces hasta sale en la tele cuando va a un programa donde analizan la actualidad.

—¿Y el papá?

—Él siempre te defiende, típico. Rodolfo, eso sí, está furia. Te quiere echar. Dice que por tu culpa se estropeó un cierre con unos tipos de Los Angeles.

—*Fuck* Los Angeles. No sabes lo horroroso que es Los Angeles.

—Pero estás allá.

—Estoy en el *Oeste*. No en Los Angeles. Pero *no* puedes decirle nada a nadie, hermano. Ni a la vieja.

—Deberías volver y arreglar todo. Explicarles.

—No puedo. Vos te salvaste, yo no.

—No hables de lo que no sabes.

—Eres el primer huevón con quien hablo en dieciocho días.

—Todos aquí dicen que estás loco. Rodolfo dice que te va a pegar. Que eres un pendejo. Que va a entablar una demanda. ¿Le has estado haciendo a lo que tú sabes?

—Aquí no. Aquí perdí mis contactos. Igual me dan ganas de jalarme su gramito.

En las paredes del restorán cuelgan fotos en blanco y negro de vaqueros y forajidos. Simón nota que en su mesa ya está su chili-con-carne.

—Estuve en la Biósfera II. Está cerca de un pueblo llamado Oracle. Oráculo. La Biósfera parece un mall de fibra de vidrio transparente.

—¿Qué es?

—Un experimento. Un millonario construyó algo como el arca de Noé. Está lleno de plantas y animales y el oxígeno entra por un tubo. Incluso posee un mar. Con olas.

—Me parece que una vez vi algo en el Discovery. Deberías volver. La estás cagando. Natalia me llamó para saber si sabía de ti.

—¿Natalia?

—Tu ex mujer.

—Sé quién es. En todo caso, y eso es lo raro, no la odio. Trato, pero no puedo.

—Natalia estuvo con la mamá. Le dijo que se siente estafada.

—Yo también.

—Piensa vender el departamento.

—Que deposite lo que me corresponde en mi cuenta. Así puedo seguir viajando.

—Huyendo.

—¿Le contó que se acostó como ochocientas veces con Luke Skywalker?

—No creo. Ahora anda con...

—¿Con quién?

—Da lo mismo.

—Dime.

—Con el tipo con que se iba a casar.

—*It makes sense.*

—¿No te vuelves, entonces?

—No aún. ¿Qué apuro tengo? ¿Acaso me estoy perdiendo algo importante?

Simón mira cómo el brillo de las aspas del ventilador se refleja en el espejo. El sol se cuela por las persianas y cae arriba de su cuerpo en lonjas simétricas. La ventana da a la estación del tren y a los cerros que rodean Tucson. En la calle, los homeless y los vagos piden monedas en castellano y en inglés. Su cama es un catre de bronce. La pieza es espaciosa y la alfombra tiene dibujos de cáctus y sombreros y botas. El escritorio de madera tiene una biblia empastada en cuero rojo en uno de sus cajones. El teléfono es negro y tiene dial, como los de antes. También hay una cómoda, una tina como en la famosa canción y una vieja radio. No hay tele; sólo su imaginación, sus recuerdos y sus carencias.

Simón intenta dormir, pero tiene demasiado sueño. No puede leer nada que no sean revistas o diarios. Su capacidad de concentración es nula. Un ejemplar del *Tucson Weekly* acumula polvo sobre una silla de madera que está coja.

Simón trata de no respirar y contempla su cuerpo. A veces siente que la persona que habita ese cuerpo no tiene nada que ver con él. Ya no es el de antes. Su cuerpo ha cambiado. Simón hunde su estómago y observa sus costillas. Se fija cómo su cuello y sus brazos están bronceados y el resto no. Esta pieza es una gran pieza, piensa. Podría quedarme quieto en esta pieza. Si uno es capaz de conquistar la soledad, es capaz de conquistarlo todo. De eso es lo que uno huye, eso es lo que uno teme.

El hotel Congress es un lugar donde vale la pena quedarse. Posee dos pisos y en el primero no hay habitaciones. Es de ladrillo y está en la vieja parte del downtown. El Congress es oscuro y a veces cruje. Las paredes están pintadas con motivos indios. El hotel data de comienzos de siglo y sigue más o menos igual porque Tucson no es una ciudad de turistas, sólo de universitarios y mexicanos que se quedaron a este lado de la frontera.

Simón ha pasado una semana encerrado en el Congress. Ya se bañó en la tina y ya dejó de tener ese olor tóxico. En la peluquería del primer piso pidió que le afeitaran la barba, pero se dejó un bigote y un chivo en la pera. El corte a lo marine no calza mucho con todo ese pelo facial. Simón cree que no tiene edad para ese look, pero sabe que es ahora o nunca.

El alma del Congress es un gran lobby donde se puede leer y mirar a la gente que llega o se va. El Cup Café es el restorán donde desayuna, almuerza y come. El Club Congress es el mejor club de Tucson. Se repleta todas las noches de estudiantes. No se puede dormir hasta las 2 a.m. Por eso el Congress es barato, piensa Simón. Sólo aloja gente que no tiene apuro o le gusta el rock. Ambas cosas van juntas, cree.

En el segundo piso existe un pequeño living privado, con una gran tele vieja (sin cable) y sillones gastados. El Congress es un hotel mixto porque posee un par de piezas compartidas, con camarotes y baño común, que están asociadas a la sociedad internacional de albergues juveniles. Por eso en la sala hay una repisa con novelas que la gente deja atrás (casi todas en alemán) y folletería diversa que promociona sitios turísticos cercanos. Simón, a veces, se instala a mirar tele. Una noche, después del programa de Conan O'Brian, unos chicos neozelandeses que estaban de paso cambiaron el canal y sintonizaron el canal cultural de la universidad. Por esas cosas del destino, esas cosas que cuesta creer, la estación exhibía un programa de la BBC sobre viajes. Una pareja multiétnica recorre el mundo con mochila y cámara High-8. El país de esa noche era Chile. Mostraron Valparaíso, esas casas raras de Ritoque, Punta Arenas. Entrevistaron a hijos de desaparecidos, a gente posmo. Después apareció el cantante Pablo Herrera y, con uno de sus dulzones temas de fondo, habló del romanticismo chilensis. Imágenes del Parque Forestal y de gente atracando en las calles. El animador dijo que en Chile la gente se besa al aire libre. Es porque todos viven con sus viejos o en sus casas están sus cónyugues oficiales, piensa Simón, pero el cantante tiene otra teoría: «Si en Chile no tienes pareja, no vales. Todos tus éxitos son nada. Eres un marginado al que no le queda otra que irse». Simón se fue a su habitación, pero no pudo dormir. Así que bajó al club, donde tomó Jack Daniels con Coca-Cola y miró cómo bailaba la gente.

Simón está caliente. Lleva dos meses sin acostarse con una mujer ni masturbarse. Es un desafío extraño no hacerlo, pero por algún motivo se siente bien, aunque a veces cree que flaquea o va a estallar. Simón piensa que, cuando finalmente estalle, algo místico va a pasar. No tiene claro si desea que sea con una mujer o consigo mismo.

Simón ama esta pieza del Congress. Podría instalarse a vivir aquí. Ya conoce a la gente que deambula por el hotel. Un viejo vaquero con botas de cocodrilo, los austriacos con look Elvis Costello, la escritora del este de Europa que toma cervezas con un huevo crudo dentro y que escribe a máquina. Simón puede escuchar el tecleo desde su pieza. Son vecinos. El ruido se cuela por las paredes. La escritora luce una trenza canosa y escucha pausadas canciones de Johnny Cash que a veces lo deprimen.

Los mochileros que alojan en las piezas de los camarotes son casi siempre europeos y no están más de una noche. Cada tanto se topa con tipos solos que viajan consigo mismos. Leen las guías de viajes y anotan cosas en un cuaderno. No parecen tipos que estén huyendo, pero tampoco dan la impresión que tengan apuro por llegar a la otra etapa de su vida. Los escasos japoneses son pequeños y compran artesanía nativa. Se van a acostar temprano y se levantan al alba.

Hace dos días que vaga por los pasillos una chica de más o menos su edad. Quizás algo menor. ¿O habrá que definirla como una mujer? Usa anteojos redonditos y el pelo lo tiene corto y rojizo. No tiene mucho pecho pero sí mucho trasero. A veces esta chica ve el canal en español mientras se lima las uñas o teje. Simón la sorprendió mirando a Don Francisco. ¿Hablará castellano? Ha intentado conversar con ella, pero ella no parece interesada. Simón cree que es la chica más bonita de todo el Congress.

Simón volvió a ver a la chica que ve televisión latina dos veces. La primera fue al frente del hotel, por la calle Congress. Un tipo rubio muy alto y asombrosamente flaco le tiró una bicicleta mountain por sobre la cabeza. Ella le gritó de vuelta y empujó la bicicleta a la calle. Un auto tuvo que frenar. La chica le gritó *fuck you!* con un leve acento y luego arrastró la bicicleta dentro del lobby. El chico escandinavo se fue contra ella, pero la chica reaccionó y le pegó un combo en el estómago y después le golpeó la cara. El tipo comenzó a sangrar de la nariz.

La segunda vez que la vio fue en el Club Congress. Era noche de reggae. Simón tomó bastante Corona y mezcal. Comenzó a mirar a una chica levemente anoréxica de la universidad que siempre acudía al club. A Simón no le gusta mucho bailar, pero cuando ella lo sacó, no pudo negarse. Simón no bailaba en mucho tiempo. Y no había estado cerca de una mujer en mucho tiempo. Con Natalia dejaron de tocarse meses antes de que él se enterara de todo y regresara a la casa paterna de Roberto del Río. Simón se fijó que la chica de los anteojos bailaba sola. Lucía una apretada polera negra con una foto de Josh Remsen. Pensó en acercarse, pero la chica ahora estaba besando a un gordo con la cara cubierta de pelo color zanahoria y una sonrisa tipo folk.

Cuando el calor se hizo insoportable, Simón invitó a la chica anoréxica a tomar aire. Ella le dijo que se llamaba Nicki y que estudiaba literatura inglesa. Simón le dijo que él estudió lo mismo, pero sólo duró un año; después se cambió a cartografía. Nicki le dijo que ella no tenía sentido de la orientación, por lo que Simón le indicó el Norte. Nicki lo besó con lengua y lo rozó con su helada botella de Dos Equis. Nicki olía a humo y a CK. Tenía un aro en el ombligo. Ella intentó sacarle su argolla de matrimonio, pero estaba tan apretada que no pudo. Nicki le dijo que subieran a su pieza. Simón se puso nervioso. No le gustó que ella fuera tan insistente; él prefería tomar la inciativa. En eso pasó un Greyhound con las luces de su interior encendidas. Lo miraron pasar y estacionarse en la terminal de la esquina. Luego subieron a la pieza. No hablaron. Nicki estaba borracha y tenía diecisiete. Su vientre no tenía una gota de grasa y sus costillas estaban a la vista. Simón le tiró una moneda sobre su ombligo y rebotó. Simón le dijo que se llamaba Roberto. Nicki le dijo que nunca antes había estado con un tipo tan viejo. Nicki no quiso que la penetrara. Simón acabó en el vientre de la chica. La dejó bañada en semen. Nicki quedó impresionada.

Simón estaba soñando con Natalia, con la etapa antes de que Natalia dejara de ser una desconocida, cuando lo despertaron los disparos. Primero uno fue atajado por la pared. Después otro quebró un espejo. Los gritos comenzaron de inmediato, por los pasillos. Gente hablando en checo, en alemán. Otro disparo pasó por la ventana y los vidrios cayeron sobre un auto. Simón creyó que alguien estaba en su pieza. Aterrado, se tapó con la almohada. Los disparos siguieron, todos contra la pared que estaba detrás de su cama. Entonces comenzaron los golpes en la puerta. Simón recién ahí se dio cuenta que no era en su pieza, sino al lado.

Open up!, open up!

Simón saltó de la cama, en boxers. Abrió la puerta. El pasillo olía a pólvora y estaba lleno de gente en ropa de noche. El mexicano a cargo del hotel subió corriendo y casi lo pisa. Con una llave abrió la puerta del lado. Simón vio a la escritora europea tendida en el suelo, rodeada de sangre, con una pistola en la mano y sus sesos deslizándose sobre un afiche que decía *John Dillinger: Wanted dead or alive*. Simón sintió una mano fría en su hombro. Era la chica de los anteojos.

—Esta escena no va a ser fácil de limpiar —dijo.

Entonces la chica comenzó a llorar. Simón intentó consolarla pero la chica se alejó de él.

—Por lo general, los muertos no me dan pena. Pero a Viveca la conocí viva.

El acento le pareció familiar pero no lo suficiente.

—Espero que puedas dormir —le dijo antes de desaparecer por el pasillo. Simón la siguió pero no pudo encontrarla. La policía de Tucson comenzó a cercar el área y luego lo interrogó. Simón ahí se dio cuenta que tenía exactamente dos meses más hasta que su visa expirara.

Simón mira por la ventana y ve cómo el tren pasa por entremedio de un interminable lago salado que no tiene agua, sólo sal. Simón va a bordo del Sunset Express de Amtrack. El destino final del tren es Miami. Simón lo había tomado hace unas horas, antes de entregar su auto en un suburbio de Tucson. Hertz le cobró una multa pero a Simón no le importó.

El tren no está muy lleno. En su carro viaja una familia de indios. De *Native-Americans* que comen un pan frito en forma de tortilla. Simón cree que ya han abandonando Arizona. Mira el mapa. El tren casi ni se detiene pues no hay dónde detenerse. Simón está dudando si bajarse en San Antonio, Texas, que está a más de un día de viaje, o seguir hasta Nueva Orleans.

Simón piensa que el suicidio de anoche no fue casualidad. Cree que algo se quebró en él, pero no sabe qué. Una vez que la policía lo dejó libre, Simón se encerró en su pieza. Supo que debía arrancar de Tucson cuanto antes. No podía seguir ahí. Bajó al lobby, escuchó algunos de los chismes de las mucamas mexicanas y averiguó que el tren al Este pasaba cerca del mediodía. El hotel olía a sangre. Simón no podía respirar. Simón decidió llamar a Natalia por teléfono. Contestó un tipo. Colgó.

El tren se detiene en Deming, Nuevo México. Simón se baja un segundo al andén. No hay ventas. Ni pan de huevo ni frutas ni pasteles. Esto no es México sino *Nuevo* Méjico, piensa. Dos ancianos de celeste descienden con dificultad. Un tipo con sombrero de vaquero se sube en la clase más económica. Simón ya no tiene chivo ni bigote y el sol le clava el cráneo.

El tren parte. Simón decide caminar hasta el *viewing car,* el carro para mirar, que es todo de vidrio. Simón se instala en un sillón y estira las piernas. El desierto tiene la particularidad de anular todo pensamiento. Simón, sin querer, se duerme.

—La policía dice que se mató con la última bala que le quedaba.

Simón despierta y ve a la chica de anteojos a su lado.

—Hola, yo estaba en el Congress.

—Sí, me acuerdo de tu cara.

—Soy Adriana Tejeda. Sé que es un nombre horrible, pero qué puedo hacer. ¿Tú?

—Eh.. Roberto. Roberto del Río.

—¿Eres de Chile?

—Por lo general.

—De pequeña iba mucho a Arica. Nos llevaban a ver el mar, ya que ustedes nos lo quitaron.

—¿Eres boliviana?

—Sí, pero fui hecha en Estados Unidos.

—Made in USA.

—¿Tú?

—No. Soy turista.

—Supongo que todos lo somos. Hola.

—Hola.

—¿Te molesta que te hable?

—No.

—Qué bueno porque necesitaba hablar con alguien. Me alegra de que seas vos.

El tren avanza paralelo a la frontera, casi rozándola. Está la línea férrea, una reja, un acantilado y una miseria de río que a este lado se llama Grande y al otro Bravo. Los jeeps del Border Patrol patrullan la ribera yanqui. Al otro lado no hay reja. Hay cerros secos cubiertos de chozas. En uno de los cerros, en el más alto, hay una cruz y una leyenda:

> *La Biblia es*
> *la verdad.*
> *LÉELA.*

A lo largo de todo el río hay cientos de personas mirando cómo pasa el tren. Están esperando que oscurezca. Están esperando cruzar.

El tren ingresa a la ciudad de El Paso, pero El Paso está detrás de unas paredes y lo único que se ve es Ciudad Juárez. Los ancianos del tren se asoman por la ventana y miran aterrrorizados el espectáculo del Tercer Mundo acechando a tan pocos metros.

—Roberto, bajémonos. Esto está la cazada.

—¿Qué?

—¿Estás apurado?

—O sea, no, pero yo pensaba... Quiero ver el Álamo.

—Lo verás otro día. Podemos cruzar. Es sólo un puente. Cruzás y en dos minutos estás en México.

—El otro tren pasa en dos días más.

—¿Y? Hacemos hora. Nos quedamos por ahí. ¿Acaso no estás turisteando? Un turista debe turistear.

Simón apaga la radio porque ya no sintoniza nada.
Revisa la hora en el tablero del Geo azul índigo que arrendó
en el Budget de El Paso. La una de la mañana con doce
minutos. No tiene sueño. Adriana está atrás, durmiendo.
Ronca. Simón odia la gente que ronca. Le da vergüenza
ajena. Tanta que no se atreve a decirle que deje de hacerlo.
Natalia nunca roncó.

A Simón le cuesta creer que ya no está en Texas y que
haya regresado a Nuevo México. Lo que más lo asombra es
percatarse de que lleva tantos días con Adriana Tejada a cues-
tas. Esto no estaba en sus planes.

Simón y Adriana se bajaron del tren en forma intempestiva y dejaron sus escasas pertenencias en la custodia de la vieja estación de tren de El Paso. Caminaron cinco cuadras por una calle infecta atestada de boliches de ropa barata, hasta que llegaron al borde mismo donde finalizaban los Estados Unidos. Estaba anocheciendo y por el Río Grande bajaba una brisa que olía a fréjoles y a petróleo quemado.

Luego de pasar 25 centavos de dólar, cruzaron el puente Santa Fe. Nadie les pidió documentos; ni los miraron. Cuando llegaron al otro lado, a la Avenida Juárez, Simón sintió que estaba en otro mundo. Los olores eran otros y algo le daba miedo. Estados Unidos y, de alguna manera, su protegida vida allá en la tranquila comuna de Providencia, le parecían muy distantes. Esto, pensó, es el mundo real. Éste era su mundo, un mundo que nunca había visto.

Adriana caminaba rápido y parecía conocer la ciudad. Le dijo que se salieran del circuito para gringos y se perdieran en el barrio malo. A Simón no le gustaba esto de perder el control y ser dirigido. Tampoco confiaba en Adriana. Le parecía impredecible. Simón detesta todo lo que llega de improviso.

La ciudad no estaba llena de mendigos ni era Calcuta. No es que se viera pobre; más bien, parecía no tener riqueza a pesar que no había otra cosa que negocio tras negocio iluminando la oscuridad. Nada aquí parecía terminado, todo era precario, a punto de desmoronarse. Aquí reinaba el caos y había energía, ruido y movimiento. Demasiado movimiento y, sin duda, demasiada gente.

Los dos terminaron en un bar estrecho y derruido que tenía varios salones pintados de calypso y rojo. En uno, una tipa bailaba totalmente desnuda un tema de Yuri y se introducía una botella de Corona en su vagina mal depilada. En otro, un grupo de hombres jugaban pool. Adriana pidió tequila con limones. Exigió Cuervo Dorado, añejo.

—No ando con mucha lana. ¿Pagás vos?

El cambio les era muy favorable. Todo era regalado, la verdad. Adriana tenía bonitos dientes. Simón era un tipo que se fijaba en los dientes. A diferencia de casi todos sus amigos, lo primero en que se fijaba era en la sonrisa. El acento, en cambio, no le parecía boliviano. Aunque tampoco tenía tan claro cómo sonaba ese acento. Sí le parecía que a veces hablaba con palabras que eran de otros países, pero tampoco podía apostarlo.

—¿Y el gusano?

—El tequila no viene con gusano. Es el mezcal, Roberto.

—¿No es lo mismo?

—Mira, el tequila es un mezcal, pero un mezcal no siempre es un tequila. Mezcal es el genérico, ¿entendés?

—No.

—El tequila sólo se hace en Tequila. En el estado de Jalisco. El mezcal, en cambio, se embotella en cualquier parte.

—Como el pisco y el aguardiente.

—Aunque el pisco es peruano. Además, es mejor. Disculpa, pero fui criada odiando a los chilenos. No es nada personal.

—¿Y tú me odias?

—¿Qué decís?

—¿Si me odias?

—No quisieras que te odiara, Roberto. Odiando soy un peligro. Te conviene mucho más que te quiera. No sabes cómo soy cuando quiero.

Simón la miró fijo, demasiado fijo, con esas miradas que envían mensajes y biografías y hasta flores. De inmediato se arrepintió. No necesitaba ese tipo de cercanía. Menos con alguien que recién conocía.

—¿Entonces el gusano es por el cactus? ¿Los cactus están llenos de gusanos? ¿Es eso?

—Ni el tequila ni el mezcal se hacen de cactus, sino de agave. Ojalá azul.

—¿Y como sabes tanto?

—Tomando se aprende.

Adriana se zampó un corto de tequila y ni siquiera sus ojos denotaron el escozor del trago mientras bajaba por su garganta.

—Eres impredecible, Adriana Tejada. ¿Lo sabías?

—Y tú predecible, Roberto del Río.

Luego los dos se sonrieron y miraron cómo un tipo chaparrito le lamía la vulva a una chica con unos pechos enormes y plásticos.

—Me parece romántico.

—¿Te parece *qué*?

—Me gusta cuando un pelado me hace acabar con su lengua. Tuve un novio filipino bajito así, pero con una lengua tan, tan sedosa. No sé, que un hombre sea capaz de esperar y me atienda como corresponda allá abajo, me da confianza. No sé. Me parece romántico.

—Pero no que sea en público.

—No, claro. Pero de todos modos me conmueve.

En muy poco tiempo, los dos ya estaban borrachos. Adriana trató de contarle algo su vida.

—¿Conoces Santa Cruz?

—Santa Cruz, Chile, sí. La capital del vino.

—Santa Cruz de la Sierra, tarado.

—¿Debería?

—Sí. Las mejores mujeres de América son de ahí. Yo quizá no soy el mejor ejemplo, pero lo cierto es que las peladas de mi ciudad son impresionantes. Todos fornicaron con todos y la mezcla de razas siempre resulta en algo interesante. Lo que prueba que el deseo da más frutos que la abstención.

—Yo no te encuentro fea.

—Yo tampoco. Pero no estamos hablando de eso.

Adriana le contó a Simón sobre su padre, quien hizo un doctorado en Antropología en Berkeley. Cuando su madre, una cruceña de origen suizo, quedó embarazada, su padre, un simpatizante de Sendero Luminoso, no quiso tener una hija americana.

—No le molestaba obtener dinero de los contribuyentes californianos para que estudiara su mierda anticapitalista. Pero el carajo de viejo sabía que sus colegas que se quedaron en Bolivia lo miraban con recelo por estar inserto en medio del clítoris del imperio yanqui. Yo fui su sacrificio. Despachó a mi madre para que yo naciera allá y así me cagó con mi nacionalidad. No tengo ni tarjeta verde.

—¿Y qué hacías en Tucson?

—Una larga historia. Lorenzo estudiaba Antropología. Creí que era amor, pero era otra cosa.

—¿Qué era?

—¿Qué crees? ¿Por qué la gente se empareja con gente que no quiere?

Simón miró la mesa. La botella de Cuervo estaba vacía. Se sentía horrible, mareado, mal. Adriana se puso a lagrimear y trató de abrazarlo.

—Mejor nos vamos.

—Pidamos otra más. Aún no te cuento lo peor. He vivido muchas cosas malas.

—Quizá, pero no me voy a quedar acá. Volvamos a la civilización.

Simón ayudó a Adriana a levantarse y salieron a la calle y Simón se fijó que era de tierra. Simón no tenía idea dónde estaba y no deseaba preguntar para no revelarse como turista.

—La he pasado más mal que bien —le dijo a la salida—. Mi vida no es como quise que fuera.

Simón la miró extrañado, pues a veces él pensaba lo mismo.

—A poca gente le resulta. No estás sola.

—Pero tú sí lo estás. Se te nota.

Por fin llegaron a una calle pavimentada. Después de dar vueltas en vano, encontraron la avenida que daba al puente. En una tienda para turistas, Adriana compró otra botella de Cuervo, pero esta vez blanco. Simón lamentó haberse bajado del tren.

—Deja de tomar.

—Sí, mami.

En una esquina, frente a una taquería que emanaba aceite y chile, Adriana se bajó los pantalones, se encuclilló y comenzó a mear a la vista de unos tipos con bigotes que vestían iguales. Simón decidió abandonarla y comenzó a caminar con el paso apresurado rumbo a El Paso. Adriana corrió dos cuadras y casi le pega. Era fuerte.

—Uno no abandona a los amigos cuando están mal.

—Sí, pero tú no eres mi amiga ni estás mal.

Simón tomó otro trago y siguió caminando. Adriana lo siguió como un perro. Cruzaron el puente y cuando llegaron al otro lado tuvieron que pasar frente al oficial de inmigración. Adriana lo abrazó y comenzó a acariciarle el vientre bajo su polera. El oficial los miró. Adriana le guiñó el ojo y, en perfecto inglés, le dijo «what a town». El tipo le respondió «you got that right» y los hizo pasar. No les pidió pasaportes ni documentos.

—Menos mal. Porque estoy ilegal. Mi visa venció hace rato.

Simón sintió que arribaba a una ciudad fantasma. Reinaba el silencio y los ecos. Ningún auto recorría sus estrechas calles. Los únicos peatones en toda la ciudad eran ellos.

La estación de tren de El Paso estaba cerrada, por lo que no pudieron retirar sus bolsos. Simón llamó al número de una compañía de taxis que estaba pegado al lado del teléfono público. Adriana, en tanto, se acurrucó en las escalas y siguió durmiendo, abrazando su botella de Cuervo.

El apellido del taxista era Ramírez, pero luego de varias tentativas por parte de Simón entendió que el tipo del pelo casposo prefería trabajar en inglés. Simón le pidió que los llevara a un hotel ni muy caro ni muy malo. Ramírez miró a Adriana con sospecha y le preguntó a Simón si estaba limpia. Simón se lo aseguró y forzó a Adriana dentro del taxi. Luego se subió él. Adriana apoyó su cabeza sobre su entrepierna. Simón sintió su calor y, sin tenerlo muy claro, comenzó a acariciarle el pelo.

Ramírez los llevó al hotel Gardner. Se demoraron cuatro minutos. Recorrieron las desoladas calles de la ciudad. Simón miró los tristes edificios art-decó que parecían haber sido clausurados algunas décadas atrás. Una manada de perros arrabaleros dormían en la plaza principal. El Gardner se alzaba al otro lado de la línea ferroviaria y de un paso bajo nivel. Ramírez le dijo que igual debían pagarle diez dólares por el viaje.

El Gardner tenía algo del Congress; quizá fueron construidos en la misma época. Ambos también eran albergues y olían a cuero y a ladrillo húmedo. Le informaron que el hotel estaba copado de europeos. Simón prefería no dormir con Adriana, pero no había otra posibilidad. Indeciso, Simón aceptó la única pieza disponible. Adriana, con los ojos borrosos, lo miró mientras pagaba, pero no hizo ademán de colaborar con el pago.

—¿No tienen bolsos? —preguntó el recepcionista, un chico cuya piel mostraba las huellas aún frescas de un acné arrollador.

Simón y Adriana subieron la larga escala en silencio. La pieza 236 estaba al final de un pasillo estrecho, oscuro y tibio. A Simón le costó insertar la pesada llave. Captó que estaba mareado y con sueño. La pieza tenía dos catres de bronce y una ventana que daba al letrero luminoso. Todo se veía verde.

—Creo que voy a dormir hasta mañana por la noche. No me despiertes, Roberto, ¿quieres? No sabes lo cansada que estoy.

Simón cerró la cortina, pero la luz verde seguía infiltrándose. Al darse vuelta, vio a Adriana terminando de sacarse los calcetines. Estaba totalmente desnuda y se veía mejor de lo que se había imaginado.

—Qué.

—Nada.

—Hace calor. Dormiré mejor peladinga. Espero que no te moleste.

—No.

Adriana sonrió. Simón le sonrió de vuelta.

—Abre una ventana, Roberto. Necesito aire fresco y agua. Mucha agua. Tráeme agua. ¿Puedes?

Simón caminó alrededor de todo el hotel por el angosto pasillo pero no encontró una máquina. Bajó la escalera y le preguntó al recepcionista, quien le recomendó bajar a la cocina del albergue. Simón colocó un billete de dólar en la máquina y compró una botella de agua para Adriana y un té helado Lipton para sí mismo.

Al volver a la pieza, Adriana dormía. Roncaba a todo pulmón. Estaba descubierta, de espaldas, con las piernas abiertas. Su cara y sus brazos, en cambio, parecían desaparecer bajo varias almohadas. Toda su piel se veía verde. Simón abrió la botella y la dejó en el velador. Se acercó a ella y le miró el vientre. Subía y bajaba. Si roncaba, no podía estar fingiendo. Sin duda, dormía. A patas sueltas. Literalmente. Simón le tocó el vientre y le pareció suave y extremadamente tibio. Casi como si tuviera fiebre. También le miró su enrulado y exuberante pubis brillar bajo ese neón que palpitaba. Simón se acercó al pubis de Adriana y lo olió. Inhaló la mezcla de fragancias y sintió cómo el tequila de inmediato se disipaba de su organismo. Simón quiso tocarla de nuevo pero se dio cuenta de lo que estaba haciendo y se detuvo. Pero luego lo pensó mejor. Muy suavemente, rozó los pelos con su dedo índice. El cuerpo de Adriana vibró, por un instante, y Simón saltó lejos. Ella seguía durmiendo. Simón entonces restregó su dedo índice debajo de su nariz y se acercó a su cama. Se sacó casi toda su ropa, aunque se dejó su polera gris. Simón botó las frazadas al suelo y deslizó su mano dentro de su calzoncillo.

Simón despertó a media tarde. Con la luz del día, Adriana se veía más carnal, pensó, aunque ahora sólo veía su cara asomarse bajo las sábanas color crudo. Simón se duchó, le dejó una nota y recorrió el centro de la ciudad. El ajetreo y la muchedumbre le recordó el barrio santiaguino de Patronato. Después caminó bajo el sol calcinante hasta la estación de tren, donde retiró los bolsos. Ahora sobraban los taxis. Se fijó que Ramírez no fuera el chofer y tomó uno conducido por un hombre con una mano de plástico. Le pidió que se detuviera en un Seven Eleven, donde compró Anacin y comida basura. En el taxi se tomó cinco tabletas con una botella de Gatorade de pomelo.

Debajo del hotel Gardner había un restorán lastimado. Simón pidió enchiladas grasosas y miró el noticiario de Univisión en la tele. Se enteró que Don Francisco estaba en San Antonio, al frente del Álamo, promocionando un carrier telefónico. «Los latinos necesitamos conectarnos con nuestra casa», aseguró. Después subió a la pieza. Antes de abrirla captó que algo no estaba bien. Pensó un par de escenarios posibles: se imaginó que Adriana ya no estaba, que se había fugado con sus documentos. Luego pensó que quizás ella miró su pasaporte y se dio cuenta de que no era Roberto del Río.

Simón abrió la puerta y la vio tendida en el suelo, rodeada de sangre. Estaba envuelta en una sábana cuajada de rojo. Adriana se veía pálida y no se movía. Simón pensó en Tucson, en el Congress, en la escritora. Miró la cama: estaba roja, con vómitos sobre la almohada. También vio la botella de Cuervo vacía. Simón se acercó y comprobó que Adriana estaba viva. Le habló, pero Adriana sólo emitía quejidos. De su boca le salía sangre. Simón tomó el teléfono y marcó 911.

Adriana Tejada había sufrido un ataque de cirrosis hepática. Se le había reventado una várice del esófago o algo así. El esfuerzo del vómito la hizo estallar. Perdió mucha sangre. El doctor le dijo que le salvó la vida. Pudo haberse desangrado. A Simón no le gusta la idea de andar salvando vidas, pero qué iba a hacer. A Adriana le tuvieron que hacer una transfusión.

Le formularon muchas preguntas sobre el tipo de sangre, enfermedades pasadas, sida, hepatitis, alergias. Simón no pudo responder. Simón revisó el bolso de Adriana para ver si encontraba algún seguro o papel importante. Ahí se dio cuenta que Adriana Tejada era, en rigor, Ana Cecilia Salazar Tejada. Al menos, eso decía su vencido pasaporte boliviano. También se enteró que Adriana tenía dos años más que él, a pesar que se veía cinco años menor. Según el pasaporte, su estado civil era casada. Según su licencia de conducir del estado de Pennsylvania, su apellido era Moorehead y residía en un sitio llamado Bethel Park. Cuando la enfermera lo interrogó sobre el seguro de su amiga, Simón cedió a regañadientes su Mastercard. No la tarjeta de la empresa sino la suya.

—Es usted un gran amigo —le dijo la enfermera latina—. Ojalá yo tuviera alguien como usted a mi lado.

Simón termina su soft-taco y deja su bandeja con papeles en la mesa. El Sonic Drive-In está saturado de soldados de la base militar de Fort Bliss. Los soldados lo saludan con respeto. Simón, entonces, se acuerda de su corte de pelo a lo marine. Simón decide ir al cine. ¿Qué otra cosa puede hacer en El Paso? Se sube al auto que arrendó. En la radio suena Tom Petty. *Walls.* Comienza a manejar rumbo al centro. Adriana lleva cuatro días hospitalizada. Los doctores creen que será dada de alta en una semana más; Simón ha decidido esperarla. Por suerte, piensa, hay varias películas que ir a ver.

—Perdona. Creo que tomé demasiado esa noche allá en El Paso. Perdí el control.

—Definitivamente —le responde Simón—. En todo caso, a todos nos ha pasado. Sé que no fue a propósito.

—Es que *fue* a propósito.

—...

—¿Te quisiste matar?

—Eso no. Sé lo que pasa cuando un tipo se suicida. No es algo agradable. Trabajé limpiando sitios de crímenes. No es un trabajo fácil.

—Momento. ¿Trabajaste en qué?

—No todos los latinos lavan platos.

—¿Limpiabas muertos?

—No, sus casas o departamentos. Cuando viví en Pittsburgh me dediqué a limpiar la mierda que dejan los muertos. No te imaginas cómo queda un departamento luego de que una viejita encantadora ha estado cinco días descomponiéndose. El negocio se le ocurrió a una pareja de lesbianas. Ellas eran muy pulcras y no eran negreras. Una de ellas había sido policía y se dio cuenta de que los parientes no se atreven a limpiar. Además, es peligroso. Te puedes contagiar. Uno aprende mucho de la vida cuando te toca un trabajo así.

—Entonces... No entiendo. Me confundes. Me perdí.

—Que no me quise matar. Eso. Tengo cirrosis. Desde hace muchos años. Me lo descubrieron en Cochabamba. Y nada, pues. No debo tomar. Ni una gota. Lo que pasa es que perdí el control, estaba nerviosa y eufórica y tomé. Tomé más de la cuenta. Y cuando te fuiste, desperté con unas pesadillas. Te eché de menos. Me cagué de miedo. Así que seguí tomando. Un error, claro. Pero uno, al final, es la suma de sus errores, ¿no?

Simón lo piensa y asiente.

—¿Antes tomabas mucho?

—Hay ciertas cosas de las que no voy a hablar. Ni siquiera contigo que me salvaste. No porque me salvaste significa que puedes hacer lo que quieras conmigo.

—Perdona.

—Nada que perdonar, Roberto. Con perdonarme a mí tengo para toda una vida. Cambiemos de tema, ¿te parece?

Los dos están sentados, frente a frente, en una butaca de un Denny's de Las Cruces, Nuevo México. Simón pensó que Las Cruces era un pueblito pero es más bien una ciudad chica, lo que no es lo mismo. Afuera hace calor y las calles están atochadas de autos y camiones. Adriana mira los restos de un pollo a la plancha con verduras, el plato más sano de todo el menú. Simón juega con su papa cocida con crema ácida. Las costillas agridulces estaban demasiado dulces, piensa. El local está prácticamente vacío. En la radio suena un disco de Kenny Rogers.

—No me has contado nada de ti.

—*What you see is what you get.*

—¿Y ese anillo? ¿Sos casado? ¿Dónde vive ella?

Simón trata de inventar algo sin que se note.

—Soy viudo. Cuando Paula falleció acepté el traslado acá a los Estados Unidos. Ahora vivo en Los Angeles.

—¿Y qué hacés?

—Cosas. *Detesto* que la gente pregunte por las profesiones de las personas. «¿Y tú qué haces?». Qué importa lo que uno haga. Y si uno no hace nada. ¿Qué implica eso? Lo que uno hace pocas veces tiene que ver con lo que uno es.

—Me lo decís a mí.

—Recibo los aviones de Lan. Ayudo a los trámites de aduana. Mi labor es ver que la carga sea despachada sin demora. En especial, lo que se refiere a comida o perecibles. Salmones, fruta, flores.

—¿Y te gusta tu trabajo?

—No demasiado.

—¿Entonces...?

—Necesitaba estar un tiempo fuera de mi país. Necesitaba tomar distancia.

—No tienes niños, deduzco.

—No —le dice, aunque decir la verdad le parece raro.

—¿No quisieron?

—No pudimos —miente—. Mi mujer tuvo cáncer al útero. Por suerte, fue rápido.

—¿La amaste?

—Al principio.

Una mesera de nombre Lupita le ofrece café y Simón acepta. Adriana le pide *ice water*. Lupita retira los platos. Simón le cuenta acerca de su infancia. De la infancia de Coné Cruz. Simón siempre ha creído que Coné se transformó en lo que se transformó debido a una infancia demasiado feliz y acomodada. Le cuenta a Adriana de su abuelo embajador y de sus veranos en Kenia y Marruecos y en Nueva Delhi. De su colegio inglés con hiedra y corbatas rayadas. De sus muchas hermanas campeonas de gimnasia rítmica. De cómo metía goles en campeonatos y de cómo las chicas lo acosaban por teléfono y le enviaban cartas de amor. Simón le habla con detalle y sentimiento sobre su madre productora de telenovelas («Ella descubrió a Claudia di Girolamo, no sé si sabes quién es») y de su padre comentarista deportivo («Todos los domingos me llevaba al estadio. Y para mis cumpleaños llegaban todos los futbolistas. Carlos Caszely, Elías Figueroa, hasta el Pato Yáñez cuando era flaco y cool y salía con la Viviana Nunes»).

Simón paga la cuenta. Por un instante, siente que quizá Coné Cruz no es un mal tipo. Afuera el aire está tan cálido y seco que cuesta respirarlo. Se suben al auto. Adriana baja su ventana.

—Tanto aire acondicionado me desacondiciona.

Simón mira el mapa y decide tomar la ruta 70 rumbo al Norte.

—¿Adónde vamos?

—No sé. Veamos adonde nos encuentre la noche. Quiero pasar por donde lanzaron la bomba atómica.

—Te gustan los mapas, ¿no?

—Sí.

—Una vez tuve un novio que quiso ser cartógrafo. Pero lo mataron.

—¿Cómo?

—Es una larga historia pero me da pena recordarla. Quizás algún día te la cuente. Por eso me fui a Miami. Para olvidar. Y porque me casé con Jeff, claro.

—¿Jeff?

—Jeff Brink. Pero nunca lo amé. A Jeff lo conocí gracias a Raquel Welch.

—¿Me estás hueveando?

—No.

Simón piensa que *sí* lo está hueveando. No le gusta que invente tanto. Le parece sospechoso. Cree que se le está pasando la mano. Abusando, incluso.

—O sea, Raquel no es tía-tía mía. Es más bien como prima en novecientos grados. Algo así. Mira, no soy experta en lazos sanguíneos. Pero, al final, todos los Tejada de Bolivia son los mismos Tejada. Y en Bolivia, cualquier pariente es un tío o tía.

—Ya, ¿pero qué tiene que ver una cosa con la otra?

—Raquel Welch se llama Raquel Tejada. Ése es su verdadero nombre: Raquel Tejada. Todo boliviano sabe eso.

Simón recuerda el pasaporte. Tejada no es invento. Quizá sea verdad. ¿Pero cuándo miente? ¿Cuándo dice la verdad? ¿Cómo se puede saber?

—Welch fue su primer marido y es un gringo —sigue Adriana—. Pero su padre es tan boliviano como el estaño. Su padre es un paisano que llegó a Chicago buscando mejores horizontes. Su madre, eso sí, es gringa. Nadie es perfecto.

—¿Y conociste a Raquel en Miami?

—No, calma. ¿Acaso no me crees?

—No. Te creo.

—Yo creo que no. Que no me crees.

—Te creo. Lo que pasa es que cuesta creerlo.

—Pero es verdad. Y es simple. Cuando Raquel Welch decidió conocer la tierra de su padre, necesitó una traductora. Yo estudié en el colegio americano. Raquel me eligió por mi apellido. Se fascinó con que yo fuera una Tejada. En Bolivia, Raquel fue recibida como una heroína, como una diosa, porque es una diosa. No te imaginas lo guapa que es. Luego ella me hizo contactos para que trabajara en la industria del espectáculo, pero no resultó. Se desentendió de mí.

—¿Cómo?

Simón la mira de reojo y trata de ver si su cara delata su mentira. Cómo es capaz de inventar y mentir tan rápido, piensa. ¿Cómo lo hace?

—Su agente no me dejó acercarme. Nunca me llamó de vuelta. Pero yo ya estaba en la Florida, así que no me importó tanto. Prefiero acordarme de cuando la conocí. Cuando llegó a Santa Cruz invitada al Festival Iberoamericano de Cine. No me puedo quejar. Se portó diez puntos conmigo. Fue toda una dama. Graciosísima, además. Graciosísima.

Simón y Adriana están en la cumbre de una duna que parece azúcar. Alrededor de ellos no hay más que dunas blancas que refractan con sus granos la luz del sol.

Están en White Sands National Memorial, en Nuevo México.

Hace calor pero está seco. No transpiran. Pronto deberán retornar a la carretera. Deberán encontrar un pueblo donde alojarse. Quizá Roswell, donde aterrizaron los extraterrestres. Quizá Socorro. Simón no tiene muy claro adónde van pero sabe, al menos, que la idea es llegar al mar. Al Pacífico.

Adriana le toma la mano a Simón y se la besa.

—¿Y eso?

—Por todo.

Adriana le toca la cara con sus dedos como si fuera ciega. Adriana lo asusta pero también lo tranquiliza. Le da confianza.

—Vos me ayudaste, me hiciste una gran gauchada.

—No fue a propósito. Ocurrió. ¿Qué iba a hacer?

—Eres un gran tipo. A *pesar* de todo.

—¿Qué significa «a pesar de todo»?

—Eso: a pesar de todo.

Simón siente que, a pesar de todas las mentiras, las de ella y las de él, ya son algo así como una pareja. Simón le cree a Adriana. Eso le parece extraño.

—Qué bueno que te conocí, Adriana —le dice.

Hace mucho tiempo que Simón no sentía que alguien le decía toda la verdad. Y eso que todo lo que le dice es quizá mentira.

Simón mira el letrero que acaba de iluminar con las luces altas de su auto arrendado. Socorro ya quedó atrás. El pueblo al que desea llegar está bastante más allá. 81 millas más, por el desierto, por la I-25. El reloj del tablero ahora marca las 3.26. Adriana está atrás y duerme. Adriana ronca y, cada tanto, se ha tirado pedos que parecen bombas. Simón decide jugársela. En una hora y media más podrán llegar a Truth or Consequences. La verdad o las consecuencias. Qué nombre más extraño para un pueblo. La verdad o las consecuencias. El dilema de siempre, a menos de 80 millas.

Simón señaliza y toma el desvío. El pueblo está bajo un cerro y la luna refleja el Río Grande que, en esa parte del continente, está en sus primeras etapas, muy lejos de la frontera. Truth or Consequences sólo posee un semáforo, pero no hay ningún auto circulando. Simón llega al final del pueblo; hay un par de bombas de bencina. Se detiene en una y baja. Conversa con un tipo indígena al que le falta un ojo. Le cuenta que todos los moteles convencionales están copados, pues el pueblo ha sido tomado por los Hell's Angels. Simón se acuerda de una vieja película que vio en la televisión en la cual un grupo de motociclistas comienza a matar y violar a todo el pueblo. El tipo de la bomba de bencina adivina el pensamiento de Simón y le dice que son buena gente. Después le recomienda un hostal. Simón anota la dirección.

—Despierta. Llegamos.

Adriana se restriega los ojos y mira a su alrededor. Ambos se quedan en silencio. Afuera del auto hace frío. El frío del desierto.

—¿Dónde estamos?

—La verdad o las consecuencias —le responde Simón.

—No entiendo.

—Así se llama el pueblo. Aquí nos vamos a quedar.

Simón calcula que por el Riverbend Hotel deambulan unos veinte europeos, todos rubios. La mayoría son hombres. Hay noruegos, alemanes, suecos y daneses. También hay un par de chicas holandesas que se ríen por cualquier cosa. Y unas suizas pecosas que hablan italiano. Los noruegos son tres y se parecen al desaparecido grupo A-Ha. Andan con pantalones de cuero y botas. Los daneses tienen barba y el pelo a lo rasta. Son todos muy jóvenes, universitarios, y hablan el inglés como lo pronuncian en MTV Europe.

Simón abre una cerveza y se sienta al lado de la fogata que está rodeada de escaños de cemento. El fuego se ve azul. Unos suecos insertan marshmallows en unos palitos y los colocan en las llamas. Simón camina hasta la terraza, que humea por el vapor. El cielo está saturado de estrellas. Adriana está dentro de una tina, desnuda. A pesar del ataque, se ve fibrosa, fuerte, segura.

Una holandesa termina de enrollar un pito junto a una chica que parece hopi o navajo. La holandesa también está desnuda y carga unos senos demasiados grandes y resbalosos. Dentro de las otras tinas hay una media docena de europeos sin ropa. Uno de ellos se sale de la tina y cambia la cinta a algo semejante a Morphine. Son muy delgados y lampiños y cuesta diferenciar a un chico de una chica.

Adriana mira a Simón y le hace una seña.

—Ven.

Simón se acerca. Siente el vapor del agua. Simón se fija que el sol ya se ha puesto. La luz que permanece en la atmósfera tiene un tinte rojizo.

—Entra.

—Me voy a mojar.

—Yo después te seco.

Adriana lo mira mientras se despoja de su ropa. Lo hace lento y no le es fácil, pero, una vez que ya casi no le queda nada, se apura. Sonríe. Su piel siente el viento helado. Simón ingresa a la tina. Una de sus piernas roza una de las piernas de Adriana.

Las tinas son más hondas de lo que Simón pensaba. Son como piscinas de niños. El único ruido es el agua que burbujea. Entre el vapor, Simón alcanza a divisar las estrellas. Estira la cabeza muy atrás mientras el resto de su cuerpo se pierde bajo el agua. El fondo de la madera es resbaloso. Siente como la mano de Adriana recorre sus piernas y acaricia su único testículo.

—Ya me contarás que pasó acá, Simón. Simón Rivas.

Uno de los vaqueros toca una campana y pone una olla de porotos sobre la fogata. Huele a barbacoa.

—Antes este pueblo se llamaba Hot Springs, pero hubo un plebiscito y decidieron cambiarle el nombre.

Adriana lo escucha con los ojos cerrados.

—Fue por un concurso de la televisión. Le pusieron el nombre del programa. No estaban contentos con el nombre, así que partieron de nuevo.

Del cerro desciende una brisa que diluye todo el vapor que emerge del agua. Simón mira las constelaciones y busca infructuosamente la Cruz del Sur. Simón cree que un grupo de estrellas forman una figura que se parece a un boomerang.

—Me gusta más Simón que Roberto. ¿Te puedo decir Simón?

Adriana se acerca y lo besa. Simón la besa de vuelta. Le cuesta imaginarse que se llama Cecilia. Ni Ana. Adriana tiene cara de Adriana, piensa.

—Pero yo prefiero Adriana.

—Como quieras.

—Adriana, entonces.

—Adriana.

Simón se sumerge en el líquido caldeado. Mientras baja, abre los ojos, pero sólo ve la efervescencia del agua agitada.

Simón despierta con el sol en la cara. Está transpirando. Dentro de la barraca de metal el calor es global, paralizante. Simón salta del camarote superior y ve que Adriana continúa durmiendo. En el camarote de enfrente un tipo muy flaco y muy rubio apesta a calcetines sucios.

Simón se pone sus jeans y sale al aire libre. El frío es montañoso y el viento le corta la cara. El hostal da al río y está sobre unas napas subterráneas de aguas calientes. Simón huele el tocino y el humo del fuego. Simón piensa en lo distinto que se ve todo de día. Quizá sea cierto que es mejor llegar a un sitio de noche. Así hay más sorpresa. El sol y el nuevo día cambian toda la perspectiva. Truth or Consequences ya no le parece tan misterioso ni abandonado. De día, incluso le parece acogedor.

Simón baja al río. El paisaje le recuerda el Cajón del Maipo. Y Siete Tazas. Las Siete Tazas le gustaba a Natalia, piensa, aunque cuando intenta pensar en la cara de Natalia, sus contornos se diluyen. A Simón esto lo alegra. Lo alegra tanto que se saca la argolla y la deja caer a una poza. La argolla brilla bajo el agua. Simón piensa en aquel verano en Vichuquén en que leyó todos los tomos de *El señor de los anillos*.

Después decide salir al pueblo a recorrer sus calles. Hay mucho que conocer. Aunque tampoco tiene apuro. Simón cree que se quedarán aquí unos días. Después, se verá. Por ahora no hay apuro. No hay ningún apuro.

Simón mira como pasan frente a él 200 motociclistas enfundados en cuero arriba de sus Harleys. Siente el viento de las motos en su cara. Simón no puede dejar de sonreír.

La hora mágica
(Matiné, Vermouth y Noche)

LA ÉPOCA: fines del siglo XX

EL LUGAR: cines y cafés de Santiago de Chile
(hemisferio sur)

LOS PERSONAJES:

—CLAUDIA MARCONI   (Santiago, 1963)
«una productora, aficionada a la moda y el diseño»

     Sus ojos son pardos y sus dientes son casi perfectos, a excepción de un pequeño acople al centro de la hilera inferior. Su pelo es del color de la miel cuando está dura, y cuando camina pareciera que siempre hubiera una brisa. Claudia es alta, para los estándares locales (1,72); a pesar de sus numerosas fluctuaciones de peso, lo cierto es que Claudia es delgada (45 kilos). Su piel es blanca como la leche evaporada y, en la espalda, tiene una guirnalda de pecas. En el tobillo derecho tiene una leve cicatriz diagonal, recuerdo de un accidente ciclístico. Las areolas de sus pezones son algo más oscuras de lo que ella desearía. En su glúteo derecho tiene un lunar en forma de tortuga.

—TEO GÁNDARA (Nancagua, 1972)
«un director de documentales de TV, aficionado al cine y a la fotografía»

     Tiene el pelo negro y crespo. Cuando está largo, o hay mucha humedad, siente que se le infla y se le dispara. Su piel es del color del agua de las aceitunas negras. Sus ojos carbón delatan el origen árabe de su madre y se hunden en su cara. Entre sus dos paletas dentales posee una leve fisura. Teo mide 1,77 y pesa 74 kilos. Aun así, tiene una pequeña panza que intenta esconder. Sus brazos son más vellosos que sus piernas. Debajo de su ojo izquierdo tiene una leve cicatriz, producto de la mordida de un perro.

ANTECEDENTES:

La idea de Claudia Marconi era hacer un *lay-out* para la revista con algunos de los actores de una película nacional recién estrenada.

Así partió todo.

La película era chilena, de un director joven, una suerte de thriller existencial sobre hormigas que asesinan. Yo había escuchado hablar de la cinta. En la escuela. Un tipo de mi curso había sido tercer asistente del productor de campo. Me dijo que la película no era igual a todas las otras que se filmaban acá. «Se nota que al huevón le gusta el cine. Que el huevón ha visto cine. Ya con eso, compadre, le saco el sombrero», me dijo.

El día antes de juntarme con Claudia había leído una crítica de Lucas García tan exageradamente a favor que sospechaba que el producto final iba a estar muy por debajo de mis expectativas.

Pero, cosa curiosa, *tenía* expectativas. Muchas.

De la película y de ella.

Claudia Marconi estaba a cargo de todo lo que era moda en la revista y, por ser una revista de moda, era algo así como la diosa de la revista. También parecía una diosa o, al menos, una top model retirada. No es que fuera vieja, pero era mayor que yo. Se notaba que había viajado y, sobre todo, vivido. No usaba argolla. Tampoco tenía fotos de sobrinos en su repisa.

Claudia había visto algunas escenas de la película en

video. «Me pareció atractiva, sobre todo a nivel visual», me dijo cuando me llamó por teléfono a mi cuchitril.

«Es un filme independiente», agregó, como si en Chile todas las películas no lo fueran.

Yo la había mirado un par de veces. Era inevitable. Todos decían que era insoportable. Una arpía. Su voz era levemente ronca, cachonda, espesa como la chancaca de las sopaipillas. Claudia pensaba que yo podría ser el fotógrafo. Había visto algunas de mis fotos, pero también se había fijado en como me vestía.

«Lo perfecto ya pasó; ahora viene la era de la imperfección. Feo, pero con onda. Como tú. Ser de clase baja, Teo, ya no tiene nada de malo».

«Qué», le dije, pero ella no se hizo cargo o no me dejó interrumpirla.

«Sé que no tienes mucha experiencia, pero creo que estás cerca del tema. ¿Has bailado alguna vez tecno?».

«No bailo», le dije, «pero he ido a esas fiestas».

«El trabajo es tuyo».

Ojo: yo no era exactamente un fotógrafo, pero podía tomar fotos. Claudia Marconi pensaba usar a los actores como modelos y trabajar «una cosa urbana, nocturna, muy alternativo, pero comercial». Según ella, sólo *yo* podía interpretar su visión. Eso, claro, me gustó. Me hizo sentir bien. Era un desafío tomar esas fotos. Dejar de ser el ayudante, el *goma*, de la Agnes, que no me tomaba en serio ni por broma.

Pasar el día rodeado de mujeres bonitas es una suerte, y un agrado, pero no deja huella. Y yo quería dejar huella. Dios sabe por qué. Retratar a actores-modelos no era el camino, lo sabía, pero al menos me ayudaba a ponerle fin a la rutina de objetos para regalos, los interiores de casas ABC1 ajenas y, sobre todo, terminar de una vez por todas con iluminar los platos que ilustraban las complicadas recetas que atochaban las páginas finales de esa revista.

Estaba en primer año en la Escuela de Cine de Chile, allá en Macul. No era pobre pero tampoco rico y vivía lejos de mi familia. Llevaba poco tiempo en Santiago y a veces me sentía un huaso cuando se me escapaba un código o un chiste que todos celebraban. Necesitaba algo de dinero extra porque mi vieja estaba corta de fondos luego de enviudar. Además, quería ganar dinero por mí mismo. Despreciaba a mis compañeros «hijitos de su papá» que recibían mesada. Ser asistente de asistente en filmes pequeños era divertido, pero no daba dinero. Postulé entonces como asistente de asistente de una famosa fotógrafa y quedé. Yo quería ser fotógrafo de cine, no fotógrafo fijo, pero una vez el Carlos Flores, mi profe, me dijo que lo clave era aprender a «desentrañar» la luz, así que acepté el ofrecimiento. Ni huevón. Cuando uno nace sin contactos, los contactos nunca sobran.

Agnes era vieja, tenía como cincuenta, y sabía mucho de foto publicitaria y de moda, pero nada de cine. Todos le decían Agnes *Be*, como la B de burro, aunque nunca entendí por qué, pues su apellido era Kruger. La Agnes me hacía reír aunque a veces me gritaba. Perdía el genio con facilidad. Una vez me dio una bofetada y otra vez me tiró un té en la cara. Por suerte, estaba tibio. Me acuerdo que me regaló su vieja cámara Pentax para que no armara un escándalo. Agnes *Be* era sola, no muy bonita y rellena, y me miraba como a un hijo hasta que una vez me tocó las orejas y me las besó. Una vez, en su cuarto oscuro, la comencé a tocar. Se mojó al tiro, así que se lo metí ahí mismo. A la paraguaya. Le gustó aunque yo quedé medio asqueado. Su trasero era blanco y gelatinoso y se movía al tocarlo. Rebotaba. Igual me dio pena. Agnes me dijo que nunca le contara a nadie y me regaló una Polaroid, un trípode y un lente gran angular marca Zeiss.

Le pregunté a Claudia de qué se trataba la película. La verdad es que sabía al dedillo de qué iba. Ella, sin embargo, estaba tan entusiasmada con su primicia que me dio pena explicarle que, para la gente del medio cinéfilo, la película en cuestión era un capricho, algo local con tufo a foráneo, una pérdida de celuloide. Nadie apostaba por ella, nadie le daba la luz del día, todos cruzaban los dedos para que le fuera como las huevas.

«Es rara», me dijo, «gótica. Hay discotheques, muchas discotheques. Está totalmente adelantada a su época, como yo».

«El sábado, ¿te parece el sábado?».

«Sí», le dije.

«Podemos tomar té, ponernos de acuerdo, ver la película, comentarla, hacer un poquito de tormenta cerebral».

«Intercambiar fluidos creativos», agregué a la pasada, pero luego me arrepentí porque me di cuenta de que podía sonar a otra cosa.

«Quizá podemos comer algo a la salida», me dijo.

«Claro, cómo no. Podríamos comer algo».

«Encantado», le dije. «Un honor».

Esto —creo que lo dije— pasó hace tiempo. Al menos, yo siento que fue hace mucho porque tengo tan poco que ver con el pendejo que fui. Yo era muy joven y me hacía el mayor.

Confiaba en lo que vendría. Me creía artista.

Sabía poco.

Ella, ahora que lo pienso, también.

PRIMERO:
Invierno de 1992

Escena uno:

Café Villa Real, al lado del cine Oriente
Pedro de Valdivia norte, Providencia,
Santiago de Chile

Cinco de la tarde

Claudia espera en una mesa. Las paredes del café están dibujadas con motivos naif. Claudia está sola. Hojea la revista para la cual trabaja.

El café Villa Real es el tipo de lugar donde uno iría con su abuela, en caso de contar con una y en el caso que uno quisiera, sin presión alguna, salir a tomar el té con su abuela. El Villa Real está en el corazón de Providencia, en la Avenida Pedro de Valdivia norte, en un sector decididamente afrancesado, al lado del Oriente, un cine que se quedó en el tiempo y sobre el que todos coinciden en que es pésimo, además de muy helado en invierno.

Providencia fue el primer suburbio de Santiago. Los ricos ahora han huido a los faldeos de la Cordillera. Providencia tiene metro y mucho tráfico. Casi no quedan casas, pero sí los árboles de los antiguos jardines. Providencia es una rara mezcla de boutiques y tiendas baratas, bancos y oficinas, bares sofisticados y fuentes de soda. El barrio es geriátrico-adolescente. Hay departamentos muy grandes y miserables estudios. Todos pasan por Providencia, pero pocos se quedan. Llegas ahí a iniciar una vida o a terminarla.

Teo se sienta junto a Claudia.

TEO
Me atrasé, lo siento. Me
quedé dormido. Mucha siesta,
parece.

CLAUDIA
¿Te acostaste muy tarde?

TEO

Como a las cuatro-cinco.
Fui al cine. Función de
trasnoche. La puta pelí-
cula no terminaba nunca.

CLAUDIA

¿No te parece un poco tarde
para ir al cine?

TEO

No.

CLAUDIA

Bueno, es tu vida.

TEO

Eh... sí, supongo.

CLAUDIA

¿Te puedo decir algo?

TEO

Creo que me lo vas a decir
igual.

CLAUDIA

Me molesta que llegaras
atrasado. Mucho. No lo puedo
negar. No tolero esperar. Ya
no estoy para esperar a nadie, ¿me entiendes? Ha terminado esa etapa en mi
vida.

(pausa)

Tampoco me parece adecuado
que el día antes del *shoot*
decidas irte de farra.

TEO

¿Shoot?

CLAUDIA

La sesión de fotos. Debe-
rías cultivarte un poco.
Si quieres entrar a un cír-

(continuará)

culo, lo mínimo que debes
hacer es aprender sus có-
digos.

TEO
Eh... Si quieres puedo
volver a entrar para que
esto parta más o menos
bien... O podemos dejarlo
para otro día en que estés
menos agresiva. Todo esto
es muy raro.

CLAUDIA
El raro e irresponsable
eres tú. Esto me pasa por
apostar por pendejos. Te
vas de farra con quién
sabe quién, llegas tarde y
con ese olor.

TEO
¿Qué olor?

CLAUDIA
Tu olor.

TEO
Ya, mira, Claudia, de verdad
buena onda que te hayas fijado en mí y todo, pero
creo que hay...

CLAUDIA
Perdona. Soy un poco di-
recta, lo sé. Los medio-
cres le tienen miedo a la
gente directa. Y no digo
que tú seas mediocre. He
apostado por ti, pero tampoco deseo perder mi
apuesta. Si te quieres ir,
lo entiendo. No te voy a
denunciar en la revista.
Es mejor anular esto antes
que empiece, ¿no crees?

(continuará)

> **TEO**
> Eh... Dame un minuto.

Una laaaarga pausa.

> **CLAUDIA**
> ¿Qué viste?

> **TEO**
> No ha pasado el minuto.

Claudia sonríe. Teo también.

> **CLAUDIA**
> ¿Qué viste? Me interesa.

> **TEO**
> Tarkovski.

> **CLAUDIA**
> No sé quién es.

> **TEO**
> Es un ruso famoso. Los in-
> telectualoides lo aman
> porque la gente normal no
> lo entiende.

> **CLAUDIA**
> ¿Y tú la entendiste?

> **TEO**
> Poco. Además, era lenta.
> Demasiado. Pero lo peor es
> que no me identifiqué; no
> sé, para mí es importante
> identificarme. Y pasarlo
> bien, claro. No entrete-
> nerse porque sí, pero...

> **CLAUDIA**
> ¿Te parece mal entretenerse?

> **TEO**
> No. Para nada. Lo que in-
> tenté decir antes de que me
> interrumpieras es que hay

(continuará)

varias maneras de entrete-
nerse: sufriendo, conectán-
dose, no sé, mil maneras.
El profe que me enseña dice
que Tarkovski es un clá-
sico. Puede ser, pero cada
uno tiene sus clásicos y no
creo que nunca él esté entre los míos. Yo creo que
es clave a quiénes uno
elige como sus favoritos.
Tus ídolos no sólo revelan
tus gustos y tu moral, sino
que te forman. Es más im-
portante elegir bien a tus
cineastas favoritos que a
tus amigos. Uno puede tener
los padres equivocados, pero
si uno ve los filmes que
corresponden sale ganando.

(pausa corta)

Yo antes veía mucha basura.
Demasiada. Como si fuera
maní. En la escuela consideran que todo lo que es
americano es basura. Así
que ahora tengo que po-
nerme las pilas. Eso.

(pausa)

Mis compañeros han visto mucho menos que yo, pero saben
más porque han visto más
huevadas de arte. Le han
dado duro al Normandie y El
Biógrafo. En la Sexta Re-
gión no hay cines-arte. Ni
hay cines. Ok; supongo que
me falta mucho blanco y negro. Lo admito. No sé por
qué, pero lo cierto es que
se me hace cuesta arriba
ver películas en blanco y
negro. Yo quiero filmar en
color. Puta, si la vida es
en color.

(continuará)

CLAUDIA
¿Estudias cine, entonces?

TEO
Sí, por suerte. No me veo
estudiando Derecho o nada
normal.

CLAUDIA
¿No te consideras normal?

TEO
Por suerte. ¿Tú?

CLAUDIA
Espero que sí. De eso se
trata, ¿no?

TEO
O sea, ¿eres igual a todos?

CLAUDIA
No. Espero ser *mejor* pero
siempre dentro del grupo
de las mejores, digamos.
¿Me explico? Espero ser
normal. No me interesa
para nada ser la rara. Uno
ya sufre suficiente siendo
normal, ¿no hallas tú?

TEO
Igual eres un poco freak.

CLAUDIA
Mucho cuidadito, Teo. Re-
cuerda que siempre hay límites. Y están por algo.

Pausa larga.

CLAUDIA (CONT'D)
Pensé que lo tuyo era la
foto fija.

(continuará)

TEO

Es un trabajo. Por ahora,
no más. Igual me sirve.
Aprendo. Digamos que me
gustan las fotos que se
mueven. La verdad, 24 ve-
ces por segundo.

CLAUDIA

Eso lo aprendiste en cla-
ses.

TEO

Sí. ¿Tú estudiaste algo?

CLAUDIA

Da lo mismo. No importa lo
que estudias sino en aquello en que te conviertes.
Ya lo verás.

TEO

Hablas como si tuvieras
setenta años.

CLAUDIA

A veces me siento de cua-
renta y ocho, que es peor.
Espero saltarme la meno-
pausia o llegar a ella muy,
pero muy bien, lo que es
dudoso pero bueno... Según
Max, mi problema es que...

TEO

¿Tu novio?

CLAUDIA

Mi analista. Pero es un
tema privado que no viene
al caso. No suelo hablar de
mi analista en público. Me
parece una rotería.

(continuará)

                    TEO
Eres como Diane Keaton en
las películas de Woody
Allen.

                  CLAUDIA
¿Lo debo tomar como un in-
sulto? Nunca me ha gustado
ella. Encuentro patético
cómo se viste. Es como si
se escondiera.

                    TEO
Yo me enamoré de la Keaton
cuando vi *Annie Hall*.

                  CLAUDIA
De verdad odio a esa mujer.
Es la que actuaba en esa
película del bebé.

                    TEO
Baby Boom.

                  CLAUDIA
Ahí no se vestía mal, es
cierto. Pero soy bastante
más guapa. Y flaca. Y no
tengo esas patas de gallo.
Cambiemos de tema.

Pausa larga.

                  CLAUDIA
¿Fuiste solo?

                    TEO
¿Qué?

                  CLAUDIA
Si fuiste solo. Anoche.

                    TEO
Sí, claro.

                  CLAUDIA
¿Sí?

(continuará)

TEO

Sí, ¿qué tiene?

CLAUDIA

No, nada. Curiosidad.
¿Dónde vives?

TEO

Cerca de la Avenida Matta.
Por San Francisco. Una
calle chica.

CLAUDIA

Lejos.

(pausa)

La verdad es que no se me
ocurriría ir al cine sola.
Nunca he ido sola. Tampoco
podría. No va conmigo. Menos a la medianoche.

TEO

Las películas aburridas
hay que verlas con al-
guien, así las puedes criticar. Pero yo siempre voy
solo. Es como leer. Uno lee
solo. Ir con alguien es como redundante.

CLAUDIA

Puede ser. Yo veo tele
sola. Veo harta tele sola.
Casi todas las películas
las veo en la tele. En ví-
deo, digo. Pero al cine,
sola... jamás. Imagínate
si me vieran. ¿Qué dirían?

TEO

Qué van a decir. No es un
pecado ni un crimen. No hay
nada de qué avergonzarse.

(continuará)

CLAUDIA

Definitivamente, no eres
de mi círculo ni tienes mi
edad.

TEO

Perdón, ¿qué edad tienes?

CLAUDIA

Nunca se le pregunta a una
mujer su edad. Se nota que
no sabes de mujeres.

TEO

Tienes como treinta y dos.
Eso me parece superjoven.

CLAUDIA

Estúpido.

TEO

Clint Eastwood tiene como
setenta.

CLAUDIA

Tengo veintinueve.

TEO

Mejor.

CLAUDIA

Vivo con mis padres.

TEO

Peor sería que vivieras
sola.

CLAUDIA

No; eso es lo que quiero. Me
parece patético que no sea
capaz de independizarme.

TEO

Quizá debas gastar tu
dinero en otras cosas.
Quizá podrías vivir en una
pensión. A mí me sale bas-

(continuará)

tante poco. Lo malo es que
hay que compartir el baño
y la cocina. Y te tienes
que mamar que el osornino
que estudia filosofía
cante toda la noche Pablo
Milanés.

Claudia se ríe.

> **CLAUDIA**
> No es un tema de plata. Me
> da miedo. Eso es todo.

> **TEO**
> Vive en uno de esos de-
> partamentos con guardia
> abajo. Nochero, portero,
> alarma, todo.

> **CLAUDIA**
> No es ese el miedo al que
> le tengo miedo.

Pausa.

> **CLAUDIA** (CONT'D)
> ¿Y tú? ¿Quince?

> **TEO**
> Veinte. Pero partí chico.

> **CLAUDIA**
> ¿Qué significa eso?

> **TEO**
> Para mi edad, he hecho har-
> tas cosas. Cuando no eres
> ni el más mino ni el mejor
> deportista, tienes tiempo
> para leer y aprender algo.

> **CLAUDIA**
> E ir al cine.

> **TEO**
> Claro.

(continuará)

Laaaarga pausa.

> **TEO**
> ¿Y tú qué hiciste anoche?

> **CLAUDIA**
> Me acosté con un huevón ca-
> sado que no me quiere y al
> que ya no amo porque nunca
> se la va a jugar conmigo.

> **TEO**
> Vaya. Esto es mejor que un
> corto de la escuela. ¿Por
> qué la gente no habla así
> siempre? Si hubiera sa-
> bido, traigo una grabadora
> y saco la mejor nota en mi
> taller de diálogo.

> **CLAUDIA**
> Mi vida no es una comedia,
> te lo aseguro.

> **TEO**
> Es más bien una *sitcom*.

> **CLAUDIA**
> ¿Qué?

> **TEO**
> Nada. O sea, es un drama.
> ¿Y la pasaste bien con tu
> amante casado?

> **CLAUDIA**
> La parte sexual no estuvo
> mal.

> **TEO**
> Bueno, es una parte impor-
> tante, ¿no?

> **CLAUDIA**
> Sí, pero lo otro también
> lo es.

> (pausa)

(continuará)

Después tuve que ir al
lanzamiento sola. Un res-
torán nuevo. No había a
quién fotografiar. Nadie
que valiera la pena. To-
talmente   aspiracional,
como diría la Andrea.
¿Nunca te han mandado a tomar fotos de social?

TEO

La primera y única vez le
tomé fotos a pura gente que
no era jet-set. La Andrea
casi se muere. Me dijo que
mejor me quedara en el es-
tudio. Por mí, mejor. Igual
me da como pena la gente
que posa para las fotos.

CLAUDIA

Pero si se están divir-
tiendo.

TEO

Quizá. Pero no me voy a de-
dicar a eso. Tengo mi dig-
nidad.

CLAUDIA

Todo el mundo la tiene.

TEO

Yo creo que no.

CLAUDIA

Yo creo que sí.

TEO

Yo creo que no. Me extraña.
Mira a toda la gente que es
famosa.

CLAUDIA

Creo que no tenemos nada en
común.

(continuará)

                    TEO
            Por suerte esto no es una
            cita romántica. Estaríamos
            en problemas.

Laaarga pausa.
Se acerca un mozo.

                    TEO
            Tenía ganas de tomar onces.

                  CLAUDIA
            Vamos a tomar té. No digas
            onces. Nunca.

                    TEO
            Yo me crié tomando onces.

                  CLAUDIA
            ¿Y qué culpa tengo yo?

Claudia pide por los dos. Teo mira las señoras mayores que toman té con galletas. Todas tiene aros con
oro y brillantes.

                  CLAUDIA
            Tú quieres ser fotógrafo,
            ¿no? De cine, digo. No de
            modas.

                    TEO
            Sí. Es lo único que quiero.
            Para eso sirvo. O sea, creo
            que sirvo. Es importante
            servir para algo. Ser bueno
            aunque sea en una cosa.
            De ahí partes y armas el
            resto.

                  CLAUDIA
            Cierto. Al menos estoy
            bien en algo.

                    TEO
            ¿Cómo?

(continuará)

CLAUDIA
Nada.

(pausa)

¿Y por qué no lo haces?

TEO
¿Qué?

CLAUDIA
Fotografiar películas.

TEO
De a poco. Calma. Igual recién empiezo. Para eso estoy estudiando. Si lo supiera todo, para qué estudiaría, ¿no? Además, con lo cara que me sale la carrera. Uf.

(pausa leve)

Y tampoco me han llamado los directores decentes, los que tienen algo que decir. Que son como dos. La mayoría de nuestros supuestos cineastas no son más que publicistas culposos que buscan limpiar su nombre y pasar por artistas.

CLAUDIA
Tienes muchas opiniones personales, Teo.

TEO
Todas las opiniones son personales.

CLAUDIA
Pero las expresas. Eso es bueno. Yo pensaba que hablabas poco. Tan callado, misterioso.

TEO
Cuando trabajo, no hablo.

(continuará)

CLAUDIA

Como los obreros.

TEO

Uno es obrero de su voca-
ción, sí.

(pausa)

Además, no tiene nada de
malo ser obrero. Tú despre-
cias a los obreros parece.

CLAUDIA

No, pero claramente no soy
uno.

TEO

Claramente. No todos tienen
que ser artistas, Claudia.
El mundo sería una mierda.

Pausa larga.

CLAUDIA

¿Tú crees que los tipos que
hablan menos seducen más?

TEO

Depende. ¿Por qué?

CLAUDIA

Por nada.

Pausa no tan larga.

TEO

¿A qué hora es?

CLAUDIA

¿Qué?

TEO

Las hormigas asesinas. ¿No
vamos a ver una película?

(continuará)

CLAUDIA
A la vermouth. Aún tenemos tiempo. Te cité temprano para conversar.

TEO
Vermouth...

(pausa)

Ya nadie usa esa expresión. Ni siquiera de donde vengo yo.

CLAUDIA
Matiné, vermouth y noche. Es un decir, una costumbre.

TEO
Una vecina allá tenía un amante y, claro, todo el mundo sabía. Mi abuela decía que tiraba «matiné, vermouth y noche».

CLAUDIA
Y estaba la selecta.

TEO
¿A qué hora era ésa?

CLAUDIA
Creo que a las 14. Creo. También estaba la matinal, a las 11, para los niños.

TEO
Mi viejo me llevaba a la matinal los domingos al cine Plaza. Casi no me acuerdo, pero me llevaba.

CLAUDIA
Y está el trasnoche, que la gente de tu generación inventó.

(continuará)

TEO

No, fue la de tu de-gene-
ración. Lo que pasa es que
tú no eres parte de tu generación.

CLAUDIA

A mucha honra. Todas las
generaciones se pierden.
Eso se sabe.

TEO

¿Viste alguna vez *Generación perdida*? No es mi
tipo de película pero
igual me voló los sesos
cuando la vi. San Fernando
está lleno de vampiros. Y
Nancagua está plagada de
zombies. Mientras más
chico el pueblo, más gore
se pone la cosa. La gente
cree que es puro folclor.
Para sobrevivir en uno de
esos pueblos tienes que
pertenecer a una secta,
ser rockero o cinéfilo. O
creer que el mundo es un
cómic. *That´s the only way
out*. Por suerte ahora
existe el cable. El cable
fue nuestro cable a tierra.

Larga pausa.

CLAUDIA

No te interesa dirigir,
entonces.

TEO

Prefiero fotografiar. Casi
todos prefieren dirigir.
En la escuela sólo dos optamos por la cinematogra-
fía. ¿Leíste *Días de una
cámara*? Néstor Almendros
es ídolo. Vittorio Sto-

(continuará)

raro, maestro. Yo ahora estoy adicto a la hora mágica ¿Sabes lo que es la hora mágica?

CLAUDIA
¿Cuando sirven dos tragos por el precio de uno?

TEO
Es la mejor hora para fotografiar. Es la hora en que todo y todos se ven bien. A la hora mágica, todo es tan bello que dan ganas de no irse.

CLAUDIA
¿Y a qué hora es la hora mágica?

TEO
Al final del día. También puede ser por la mañana, pero ésa es, más bien, la hora azul, cuando aún no es noche ni día, y es cuando los pájaros se callan. La hora mágica es más roja, anaranjada, y es a la hora de la puesta de sol. Pero no tiene nada que ver con eso porque la puesta de sol es un cliché. No hay manera de filmar una. Todas las puestas han sido apropiadas por la gente equivocada. La hora mágica es cuando el sol ya se puso y aún queda luz. Una luz tibia y, sobre todo, suave. Cuando la gente está en el mar y mira la puesta de sol, yo miro hacia el otro lado. Lo malo es que la hora mágica no dura una hora.

(continuará)

CLAUDIA

¿Cuánto dura entonces?

TEO

Dura como veinte minutos.
Dura poco. Se va así. No te
das ni cuenta y todo es ya
un recuerdo.

CLAUDIA

Yo pensé que la hora má-
gica era otra cosa.

TEO

¿Qué?

CLAUDIA

Pensé que era esa hora que
uno recupera en marzo.

TEO

¿Cómo que en marzo? No entiendo.

CLAUDIA

Claro. Cuando llega el verano, y cambiamos una hora,
adelantamos el reloj. Por
eso ese día domingo es tan
corto. Te levantas a las 10
y ya son las 11. Pero cuando llega marzo, se atrasa y
cuando son las 12 de la
noche, vuelven a ser las
23. Tienes una hora más. La
vuelves a repetir. Si estás
con alguien que te gusta o
quieres, tienes la oportunidad de enmendar todo lo
que hiciste mal durante la
hora que recién pasó.

TEO

Nunca lo había pensado. Al
revés: el único recuerdo
que tengo de esos domingos
es que el día es eterno. No

(continuará)

termina nunca. Se arrastra
y se arrastra.

CLAUDIA
¿Ves? Cada uno ve lo que
quiere ver. Cada uno se
fija en aquello que le
afecta o le interesa.

Silencio. Pausa.

CLAUDIA
¿Y piensas filmar algo?

TEO
Si nos dan el Fondart, capaz que fotografíe un
corto con unos compañeros.

CLAUDIA
¿De qué se trata?

TEO
¿De qué va a ser? Lo típico.

CLAUDIA
No sé.

TEO
Me extraña. Adivina.

CLAUDIA
¿Un asesinato?

TEO
Es sobre el amor. El único
tema. ¿Hay otro?

El mozo interrumpe y sirve el té, las galletas.

CLAUDIA
¿Sí?

TEO
Sí, ¿no? No me hagas ponerme
colorado. Todos los temas
pueden parecer ridículos

(continuará)

pero los más ridículos son
los más cercanos. Sólo los
valientes se atreven a ser
frívolos. Josh Remsen, por
ejemplo, dice que...

                CLAUDIA
¿Quién?

                  TEO
Un cantante... Da lo mismo.
Él dice que la única manera de saber si lo que hi-
ciste te salió bien es que
te dé un poco de ver-
güenza.

                CLAUDIA
A veces hay cosas que me
dan mucha vergüenza.

Claudia huele de su té

            CLAUDIA (CONT'D)
Huele.

                  TEO
¿Qué?

                CLAUDIA
El aroma de las colinas del
Himalaya.

                  TEO
Nunca he estado.

                CLAUDIA
Me trastornan los aromas
del té fino.

Claudia Marconi se acerca lo más posible a Teo y comienza a olerle su cuello que se esconde bajo un
tosco suéter negro con cierre.

                CLAUDIA
Tienes bastante olor.

(continuará)

TEO
Ya me dijiste eso. ¿Siempre eres así? ¿Te pasa algo?

CLAUDIA
Olor a hombre, pero a algo más.

TEO
Me estás diciendo que estoy pasado a...

CLAUDIA
Relájate.

TEO
Me vine corriendo.

CLAUDIA
Usas Old Spice. Deberías usar algo más fino.

TEO
No soy fino, soy campesino.

CLAUDIA
Y ese desodorante Gillete.

TEO
El gel. Azul. De barra.

CLAUDIA
Te bañas con jabón Le Sancy y te lavas el pelo con... con Sedal de manzanilla.

TEO
No sé. Se lo saqué al tipo de la pensión.

CLAUDIA
Deberías lavarte más el pelo, Teo. Tienes lindo pelo, pero sucio te da un aspecto severo.

(continuará)

TEO

¿Severo?

CLAUDIA

Sí.

TEO

Mi pelo está hediondo.
¿Eso es lo que me quieres
decir?

CLAUDIA

No, pero no brilla. Se
queda pegado. Y como pasas
rodeado de gente que fuma,
huele a cigarro. A humo. A
marihuana.

TEO

¿Cómo lo sabes?

CLAUDIA

Lo estoy oliendo.

TEO

¿En serio? ¿Qué? ¿Tienes
poderes especiales? Debe-
rías trabajar para la CIA.
Podrías oler a la gente en
el aeropuerto.

CLAUDIA

Tu olor natural, en todo
caso, desprende energía.
Una muy buena energía. Su-
das porque exudas con-
fianza. No todos los tipos
la tienen.

TEO

Mira, Claudia, o sea...
igual no nos... Esta con-
versación me parece un poquito extraña.

CLAUDIA

¿Te tensa? No debería.

(continuará)

TEO

Es como rara, no más. Eso.
No opino. Ahora sí que estoy sudando.

CLAUDIA

Relájate. No confundas
olor con hedor. Todos te-
nemos olor. Todo tiene su
aroma. Nuestra sociedad le
teme a los olores natura-
les. Es pavoroso pensar
que sólo las flores y los
aromas dulces son buenos.
El olor es el más depre-
ciado de los sentidos.

TEO

¿Sí?

CLAUDIA

¿Te cabe alguna duda? Hace
siglos que le estoy pi-
diendo a la Gracia que me
deje organizar una página
centrada en la aromatera-
pia. Es el futuro. Acuér-
date de mí.

TEO

¿La qué?

CLAUDIA

Aceites naturales con aroma.

TEO

No entiendo.

CLAUDIA

El aceite no es más que la
sangre de algunas plantas
y flores. Es como la savia.
Absorber esos aceites es
como inyectarse la san-
gre de la naturaleza. Te
afecta el cuerpo, la mente
y el espíritu.

(continuará)

                    TEO
¿Me estás hablando en serio?

                  CLAUDIA
Yo siempre hablo en serio.
Más vale que hagas un es-
fuerzo por conocerme.

                    TEO
En eso estoy.

                   (pausa)

Mi cutis es aceitoso. De-
bería comer menos palta. A
veces, en el ascensor, me
limpio la cara con los dedos y luego mancho las
puertas de metal con la
grasa. Dejo mis huellas
dactilares.

                  CLAUDIA
Eso es un secreto.

                   (pausa)

Gracias por compartirlo
conmigo.

Claudia enciende un cigarrillo. Teo, con un gesto,
rechaza la oferta.

                    TEO
Pensé que no te gustaba el
olor a cigarrillo.

                  CLAUDIA
No me gusta el olor añejo
de cigarros ajenos mez-
clado con el pelo. Te
ruego no sacar conclusio-
nes antes de tiempo.

                    TEO
Perdona.

                  CLAUDIA
Como te decía: el sistema
olfatorio está conectado a
                            (continuará)

ciertas áreas del cerebro
donde se concentran las
emociones y las respuestas
hormonales.

TEO
Esto es como una clase. Yo
debería filmarlo. Si yo te
inventara, los huevones de
la escuela no me creerían.

CLAUDIA
¿Puedo seguir? Se sabe que
la manera más efectiva
para darse una sesión de
aromaterapia es fusionar
diez gotas de algún aceite
especial en un baño muy caliente. Luego, te sumerges
en la tina y cierras los
ojos. No hay que jabonarse
ni lavarse el pelo ni agre-
gar sales. La idea es respirar en forma tranquila
hasta que los dedos co-
miencen a arrugarse. No
sólo uno inhala el aroma,
sino que la piel absorbe
los aceites y éstos entran
al flujo sanguíneo. Hay
gente a la que le gusta
usarlos directo a la piel,
vía masajes.

TEO
No entiendo cómo pueden decir que los masajes son re-
lajatorios. Me di un par en
las termas y, no sé. A mí
me calientan, lo que es un
bochorno. Se me para. Y eso
que las masajistas son unas
viejas impresentables.

CLAUDIA
La lavanda, en todo caso,
equilibra las emociones y

(continuará)

te calma los dolores de cabeza. Te la recomiendo. Te
haría bien. También te in-
duce el sueño y te baja la
presión.

                TEO
Igual a veces me dan jaque-
cas. Como a mi viejo. He-
rencia, por la puta.

            CLAUDIA
Por eso.

                TEO
Ah.

            CLAUDIA
La bergamota es un cítrico.
Es ideal para equilibrar
el sistema nervioso, bajar
la ansiedad y el estrés,
además que diluye la me-
lancolía.

                TEO
¿La diluye?

            CLAUDIA
Te la quita. Quedas menos
triste.

                TEO
De eso me gustaría tomar un
poco entonces. A veces quisiera que existiera algo que
te la quite para siempre.

            CLAUDIA
Existe.

                TEO
¿El cine?

            CLAUDIA
La bergamota.

(continuará)

Laaaaarga pausa.

> **TEO**
> ¿Tú siempre eres así?

> **CLAUDIA**
> ¿Así cómo?

> **TEO**
> Tú sabes.

> **CLAUDIA**
> ¿Cómo?

> **TEO**
> Así.

> **CLAUDIA**
> ¿Eso te incomoda?

> **TEO**
> Un resto.

> **CLAUDIA**
> Relájate. Es una primera cita. Así son.

> **TEO**
> ¿Sí? Ah, bueno saberlo. No sabía que era una cita. Yo pensé que estabas aburrida no más y no tenías con quién más estar.

Larga pausa.

> **CLAUDIA**
> Me parece cruel lo que acabas de decir. Creo que eres un tipo cruel. Te haces el bueno.

> **TEO**
> Creo que debajo de tu fachada se esconde una mujer cruel. Y vengativa.

CLAUDIA
No sabes cuánto.

TEO
Me queda claro.

Ambos ríen. Se ríen mucho. Claudia, de pronto, se pone seria.

CLAUDIA
Debemos encontrar algo en común para hacer algo bueno. Si no conversamos, no podremos hallar las afinidades.

TEO
Nos está costando.

CLAUDIA
Los opuestos se atraen.

TEO
Los opuestos se repelen. ¿No estudiaste física en el colegio?

(pausa)

Seguro que esto no es una cita. La he pasado mejor que en muchas citas, te confieso. Las chicas de Colchagua no son como tú.

Pausa. Larga. Eterna.

CLAUDIA
¿Qué hace tu padre?

TEO
Da lo mismo lo que hace.

CLAUDIA
Era por preguntar. A lo mejor lo conozco.

(continuará)

TEO

No creo que lo conozcas.
Dudo que lo conozcas. Así
que no me huevees.

CLAUDIA

Yo conozco a mucha gente.

TEO

¿Y? ¿Para qué? Es como coleccionar.

CLAUDIA

Qué denso te pones.

TEO

Mi padre no vive acá. Se
viró cuando yo tenía como
cinco. Creo que ahora vive
en el Chaco. Nunca lo he
vuelto a ver. Se asoció
con un chileno de Ciudad
del Este, en Paraguay. Algo
así. A veces miro el mapa y
pienso en él.

(pausa)

Mi papá antes era vendedor
viajero. Vendía televiso-
res Bolocco por toda la
zona central.

CLAUDIA

Los del papá de la Cecilia.

TEO

Ese viejo. La hija salió
peor que el padre.

CLAUDIA

Encuentro admirable lo que
ha logrado la Cecilia.

TEO

Disculpa pero desprecio a
la gente que admira a la
Bolocco. Es como la prueba

(continuará)

de la blancura de Omo.
Delata más incluso que alguien que tenga una foto de
Pinochet en su casa. Mi
pueblo está lleno de vie-
jas que admiran y sufren
por la Cecilia. Uf. Las
odio. Las mataría de a una.
Algún día haré una pelí-
cula llamada *Colchaguan
Psycho*, sobre un tipo que
decide matar a todas las
viejas copuchentas y adic-
tas a la tele que circulan
por San Fernando.

CLAUDIA

Claramente, exageras. De
la Bolocco, en todo caso,
podemos esperar cualquier
cosa. Ella es el tipo de
mujer que alcanza sus me-
tas. Y eso me parece más
que respetable.

TEO

Va a terminar abriendo la
mejor cadena de casas de
masaje. Con aromaterapia y
putas brasileñas. Cada
cliente va a terminar con
las bolas aceitadas con
bergamota y lavanda.

CLAUDIA

Qué vulgar eres. Y mal edu-
cado. ¿Qué te ha hecho la
pobre Cecilia?

TEO

La Cecilia Bolocco es
cualquier cosa menos
pobre.

CLAUDIA

Te encuentro un poco re-
sentido.

(continuará)

TEO

Ni siquiera es rica. Nas-
tassja Kinski es rica.
Diane Lane, en *Calles de
fuego*, es rica.

CLAUDIA

Ya, córtala. ¿Qué le hizo
Papá Bolocco a tu padre?

TEO

Se lo cagó, aunque seguro
que nunca lo conoció por-
que mi padre era rasquita,
un vendedor ahí no más. Seguro que sus secretarias
se reían de su terno.

CLAUDIA

Traje, nunca digas terno,
ni en broma.

TEO

¿Viste? Ustedes son todas
iguales. Yo también tengo
mis límites, Claudia. Y
puedo ser violento si es
necesario.

CLAUDIA

Perdona, me desubiqué.

TEO

Ustedes nacieron desubicados.

CLAUDIA

Quiénes somos *nosotros*.

TEO

Sabes perfectamente.

CLAUDIA

Sí. Sí sé. Nosotros somos
nosotros.

(continuará)

TEO

Ellos. Para mí, todos
ustedes son *ellos*.

Pausa. Teo se levanta.

TEO

Voy al baño. ¿Puedo?

CLAUDIA

Eres un tipo libre.

TEO

Más que tú, sin duda. Ya
vuelvo.

Claudia se queda sola. Finaliza su té. Prueba una ga-
lleta. Saca su agenda y la estudia. Teo regresa.

CLAUDIA

¿Qué pasó con los televi-
sores de don Enzo?

TEO

De pronto, Pinochet libera
todo y comenzaron a lle-
gar los Sony y JVC todo a
precio de huevo. Bolocco
cagó. Lo cagó su propia
gente, lo que igual es
como bonito. Mi viejo co-
menzó a vender cuadernos.
Y terminó, no sé cómo, viajando... y nada, la pelí-
cula la has visto mil
veces. Yo, por suerte, era
chico, así que no recuerdo
mucho.

(pausa)

Mi padrastro, en cambio,
que era como mi padre, trabajaba en moda.

CLAUDIA

No te creo.

(continuará)

TEO

En serio. Vestía a toda la
región. Diría incluso que
cambió la moda.

CLAUDIA

Me perdí.

TEO

Mi padrastro instaló la
primera gran tienda de
ropa usada americana en la
región. Y se amplió por
todas partes: Rancagua,
Santa Cruz, Pichilemu,
hasta en Curicó. Fue mi padrastro el que hizo que los
huasos comenzaran a ves-
tirse como raperos.

CLAUDIA

Insólito.

TEO

Pero así es. Incluso una
vez fue a una convención de
ropa usada en Las Vegas.
Casi toda la ropa que
llega acá es de americanos
muertos. Gente del medio-
oeste. Gente que vive en
pueblos como el de *Tercio-
pelo azul*. Mi padrastro me
trajo de regalo el libro de
Leonard Maltin. Y una caja
de videos. Murió hace dos
años. Fue más padre que mi
padre.

Pausa larga.

CLAUDIA

Cuéntame más sobre tu
corto. ¿Qué estética vas a
usar?

(continuará)

TEO

¿De verdad te interesa?

CLAUDIA

Por supuesto.

TEO

¿No me estás hueveando?

CLAUDIA

Cuéntame.

TEO

No lo tengo claro, pero sí
sé que deseo fotografiar a
la actriz con cariño. Ella
es mi polola. Por eso. Mi
idea es fotografiarla de
modo que toda la platea se
enamore de ella, que es lo
que le pasa al protago-
nista. Yo creo que cual-
quier mujer puede verse
atractiva en pantalla si el
director de fotografía
realmente quiere jugársela.

Pausa.

CLAUDIA

¿Tu polola es actriz?

TEO

Entre otras cosas. También
estudió literatura, lo que
es bueno porque nos ayuda
con los guiones. Yo soy
incapaz de escribir una
carta. Pero se me ocurren
hartas ideas visuales.

CLAUDIA

¿Ha actuado?

TEO

Obras para colegio. Teatro
infantil. Y alguno que otro
corto. Lo bueno es que la

(continuará)

Cristina no es actriz-ac-
triz. No está llena de tics.

CLAUDIA
¿Y por qué no está acá?

TEO
Está en Madrid.

CLAUDIA
¿Vive allá?

TEO
Está por el fin de semana.

CLAUDIA
¿Tiene mucha plata?

TEO
Es auxiliar de vuelo. Le
toca viajar a Los Angeles y
a Nueva York a cada rato. Me
trae rollos vírgenes o va a
los laboratorios de 16 mm.
Con los de la escuela hicimos un corto muy corto, onda
cuatro minutos, y la Cristina
se encargó de revelarlo allá.
Es mucho más barato y queda
mejor. En especial si es
blanco y negro.

CLAUDIA
Azafata.

TEO
Auxiliar de vuelo. Es por
un tiempo. Se ahorra el
viático, viaja. En un par
de meses más vamos a ir a
Tahití. Gratis. Onda *La
laguna azul*.

CLAUDIA
¿Por qué nunca me has ha-
blado de ella?

(continuará)

TEO

Porque nunca antes habíamos
hablado, Claudia. Creo que
una vez te dije «buenos
días» y no me pescaste.

CLAUDIA

Me pudiste haber informado
por teléfono.

TEO

¿Qué?

CLAUDIA

¿Y estás mucho con ella?

TEO

Todas las noches que está
en Chile. ¿Te parece poco?

CLAUDIA

Me parece raro. No lo es-
peraba.

TEO

¿Qué esperabas?

CLAUDIA

No la mencionas en toda la
conversación y ahora... No
sé. Raro. Además, no pareces
el tipo de tipo que tiene
una novia tan estable. Ni
siquiera pareces que tienes
una novia. Yo incluso pensé
que tenías novio. ¿Qué hace
un hombre en una revista de
mujeres rodeado de mujeres?

TEO

No creo que pensaras eso.
Si me vas a atacar, ataca
bien. No creo que hubieras
estado toda la noche
intentando tirarme si
hubieras pensado que era
fan de Almodóvar y las películas musicales.

(continuará)

CLAUDIA
Creo que te equivocas.

TEO
Creo que no.

CLAUDIA
Mira, esto se ha vuelto
desagradable. Y yo no par-
ticipo de situaciones de-
sagradables ni densas.
Para qué. La vida es demasiado corta.

TEO
Relájate. Yo también quiero.
También me gustas. Y harto.
Me gustaría olerte entera.
Por todas partes. Sólo que
no puedo.

CLAUDIA
¿Te asusto?

TEO
Tengo polola, te dije. No
soy infiel. Menos por algo
pasajero. Ella es mi chica
y quiero que lo siga siendo.
Yo la elegí a ella y ella
me eligió a mí.

CLAUDIA
Qué romántico.

TEO
No, es la verdad no más.
Cuando uno ama, ama. No
cuesta tanto.

Pausa larga. Larga. Claudia mira la hora. Teo mira
por la ventana. Teo se amarra las zapatillas.

CLAUDIA
¿Realmente crees que cualquier mujer puede verse
atractiva?

(continuará)

TEO

Es cosa de saber qué des-
tacarle. Siempre hay algo.
Siempre. Es clave escu-
charla. Para eso hay que
conversar, claro. Y tratar
de ponerse en su lugar. Recién ahí recurres a tu fotó-
metro.

CLAUDIA

¿Ponerse en su lugar?

TEO

Entender. No sé cómo de-
cirlo. Las palabras no son
mi fuerte.

CLAUDIA

No parece.

TEO

Mira, es... Es la luz... No
lo puedo explicar sin que
suene cursi.

CLAUDIA

La luz. Sigue.

TEO

Al final, todo se reduce a
eso. Es la luz de los ojos,
creo. Dependiendo de la
luz que irradian los ojos,
uno sabe qué tipo de focos
o filtros hay que usar.
Tampoco es tan cierto. Es
como una teoría mía. Yo
trabajo así.

CLAUDIA

Explícamela.

TEO

Yo creo que es verdad. O
sea, quiero que sea verdad.
Mira, hay mujeres que bri-

(continuará)

llan y resplandecen —te
ciegan casi- y otras que
parecen restos de braseros.

CLAUDIA

Braseros.

TEO

Y hay toda una gama inter-
media. Obviamente tiene
que ver con la personali-
dad de la actriz, si al-
guien las quiere, si se
sienten bien, si se tienen
confianza y la han pasado
bien.

(pausa)

Conoces esa canción de
Frank Sinatra. La sombra
de tu sonrisa. *The shadow
of your smile*. Gran título. Yo creo que una sonrisa puede dar una sombra y
un rictus triste puede
iluminar un salón... Mira,
¿cómo te lo explico? La
luz, en el fondo, es como
un chal. Suena mal pero es
como eso. Es lo que uno, el
fotógrafo, les da para que
se abriguen. Para que se
escondan un poco y se pro-
tejan en el set. Si se ve
todo, se esfuma el miste-
rio, ¿me entiendes? Y se
miente. Eso es lo peor porque, en la vida real, uno
nunca es muy capaz de ver
la totalidad. Siempre van
a haber sombras. El verdadero desafío es iluminar
las partes más oscuras que
todos tenemos.

Pausa leve.

(continuará)

CLAUDIA

Sigue.

TEO

¿Has leído a un crítico francés llamado André Bazin? Bueno, él dice que ni el sexo ni la muerte se pueden mostrar en el cine. Es como una teoría. Suya, no mía. Tampoco la entiendo mucho, pero yo creo que toda fotografía delata quién está detrás. Para mí, esa es una de las fallas más imperdonables del cine chileno. Las mujeres nunca se ven bien. Y eso que la mayoría de las protagonistas son las amantes de los directores. Parece como si no las quisieran.

CLAUDIA

¿Por qué?

TEO

Porque si uno de veras quiere a una mujer, eso se tiene que notar en la pantalla. Tienes que fotografiarla con amor. Con cariño. Tienes que captarla exactamente como tu memoria la recuerda.

CLAUDIA

Y a mí, ¿cómo me fotografiarías?

TEO

Con distancia.

CLAUDIA

Tarado. La que debe mantener la distancia de ti soy yo.

Pausa.

(continuará)

TEO
Creo que debemos partir.
No me gusta llegar atra-
sado. No puedo. Si la pe-
lícula ya se largó, yo no
entro.

CLAUDIA
Qué neurótico.

TEO
Vamos.

CLAUDIA
Déjame pagar la cuenta.

Ambos se levantan.

(continuará)

Escena dos:

Cine Oriente

Pedro de Valdivia norte, Providencia,
Santiago de Chile

Siete de la tarde

Claudia y Teo ingresan al foyer del teatro Oriente.
Miran los afiches de las próximas películas. Entre
ellas, *Bajos instintos* y *El guardaespaldas*.

> **CLAUDIA**
> Ésa la quiero ver.

> **TEO**
> No la vería ni que me pa-
> garan.

> **CLAUDIA**
> Prejuicioso.

> **TEO**
> ¿Kevin Costner y Whitney
> Houston? ¿Por qué habría
> de confiar en eso? ¿Quién
> es ese Mick Jackson? Na-
> die. Un patán contratado
> por el estudio. Por favor.

Caminan hacia la puerta.

> **TEO**
> Ingresemos. Quiero ver los
> trailers.

> **CLAUDIA**
> ¿Los qué?

> **TEO**
> Las sinopsis. Además, me
> gusta sentarme en punta y
> banca.

Claudia no le responde. Se fija en una cicatriz que
tiene debajo de su ojo izquierdo.

> **CLAUDIA**
> No me había fijado que te-
> nías eso.

> **TEO**
> Cambia la luz, cambia to-
> do. Uno ve las cosas de
> otro modo.

> **CLAUDIA**
> ¿Qué te pasó ahí?

> **TEO**
> Me mordió un perro.

> **CLAUDIA**
> ¿Cuándo?

> **TEO**
> Tenía como un año. Estába-
> mos en un asado donde unos
> parientes de mi madre por
> Agua Buena. Es una parcela,
> en el campo. Le quité el
> hueso a un dálmata que re-
> cién había parido. Me mor-
> dió de una. Quedé en estado
> de shock. Me salía y salía
> sangre. Casi me muerde un
> nervio; ahí sí que hubiera
> quedado mal.

> **CLAUDIA**
> Pobre.

> **TEO**
> ¿Quieres saber algo más?

> **CLAUDIA**
> ¿Qué?

> **TEO**
> Para mi cumpleaños número
> seis, mi tío Elías, que es

(continuará)

el dueño del hotel de las
termas del Flaco, pero no
es rico como todos creen,
sino al revés, porque ese
hotel pierde plata a manos
llenas, me llevó al cine
Plaza como regalo de cum-
pleaños. Primero fuimos a
tomar onces —té— a la calle
O´Higgins y de ahí a la matiné o la vermouth, no sé.
A lo mejor fue la matinal y
esas onces no fueron onces
sino un desayuno-almuerzo.

CLAUDIA

Un *brunch*.

TEO

No; estamos hablando de San
Fernando en los setenta. La
cosa es que mi tío Elías
Zerené me llevó al cine a
ver *La noche de las narices
frías*, de Disney. Entré
fascinado, no podía estar
más feliz. Hasta que apare-
cieron los perros. Me dio
una reacción química. No
paré de llorar. Nunca he
sentido tanto terror. Salí
huyendo y no podía encon-
trar la salida. Era muy
chico y estaba oscuro. Ha
sido la experiencia cine-
matográfica más traumati-
zante que he tenido. Aún
hoy odio a los dálmatas. O
cualquier perro. Veo uno y
cruzo la calle.

CLAUDIA

Te encuentro toda la razón.

Pausa.

(continuará)

Ingresan al cine. Está prácticamente vacío. Se sientan al final de una fila. Teo ocupa el asiento al lado del pasillo.

TEO
No hay nadie.

CLAUDIA
Y eso que es sábado. La función más taquillera. Y yo la tonta reservé entradas.

TEO
Puta qué lata. De verdad. ¿Por qué la gente no quiere ver lo que se hace acá? ¿Sabes qué me da miedo, Claudia? Me da miedo hacer algo personal, cercano, y que luego no sólo se rían de mí y me destrocen, sino que después nadie se aparezca. Que las plateas estén tan vacías como ésta. Uf. La sola idea me quita todas las ganas de jugármela.

CLAUDIA
Esperemos que ésta sea buena al menos. Capaz que sea pésima, Teo. Por algo no vino nadie. ¿Te quieres ir? No estoy comprometida con nadie de la producción. Estamos libres.

TEO
No, quiero verla. Además, no porque no haya nadie significa que sea mala. ¿O crees que todo lo que es comercial es porque es bueno?

CLAUDIA
Al menos delata que se está comunicando con la gente.

(continuará)

TEO

Estás loca.

CLAUDIA

Mira quién habla.

Apagan las luces. Se abren las cortinas. Comienzan a exhibir el noticiario alemán «El mundo al instante».

TEO

Este cine es como las huevas, pero me gusta que tenga cortinas. ¿Cuál es tu cine favorito?

CLAUDIA

¿El Las Condes?

TEO

En Santiago me gusta el Gran Palace. Eso que las paredes cambien de color me conmueve. De verdad. También me gusta el Rex porque tiene sillones de enamorados. La mejor proyección es la del Astor, donde dan las mejores películas de terror. El mejor sonido es el del Pedro de Valdivia. Igual casi todos los cines están en decadencia. Dicen que en Estados Unidos son increíbles. Tienen sonido THX, no como esta mierda.

CLAUDIA

Una vez, hace años, fui con mis padres y mis hermanas menores a Buenos Aires. Fuimos en el verano, quizá porque era más barato, no sé. La ciudad estaba vacía. Éramos chicas: yo tenía unos quince; ellas, catorce y doce. Ellas ahora están,

(continuará).

por supuesto, casadas, pero
bueno... eso no viene al
caso. Nos quedamos en un
hotel increíble, tipo francés, antiguo, llamado Cas-
telar, me acuerdo. Una pieza para ellos y otra para
nosotras. Las dos piezas
daban a un salón. Abajo del
hotel había una placa que
indicaba que ahí se había
alojado Federico García
Lorca. Yo, claro, no sabía
quién era. O sea, sabía que
era famoso, pero no sabía
por qué. Mi madre comenzó a
recitar algunos versos de
García Lorca. Ahí, en plena
Avenida de Mayo. Y lo más
impresionante es que mi padre también se los sabía y
juntos se recitaron poe-
mas, y mis hermanas y yo
nos quedamos ahí mirándo-
los y ahí capté que ellos
dos se querían y, quizá, se
amaban. Me di cuenta que se
gustaban. Raro, ¿no?

TEO
No.

CLAUDIA
Una día nos dejaron solas.
Es decir, nos sacaron en-
tradas para que fuéramos
al cine, que estaba en-
frente. Ellos tenían algo
que hacer por su cuenta.
Algo de grandes. Supongo
que iban a ir a una tangue-
ría o algo así.

TEO
Capaz que se quedaron en la
pieza. Tirando.

(continuará)

CLAUDIA

Capaz. Ahora que lo pienso,
yo creo que sí. Yo creo que
se quedaron en el hotel.

TEO

¿Qué película vieron?

CLAUDIA

Un pequeño romance.

TEO

De George Roy Hill. Esta-
dos Unidos, 1979, con
Diane Lane, en su debut,
Thelonius Bernard, sir
Lawrence Olivier y Sally
Kellerman como la madre.
Muy buena. Buenísima. Es,
lejos, una de las pelícu-
las de mi vida. No puedo
creer que tú la hayas
visto. Nadie la ha visto.
Nadie que conozca, al me-
nos. La vi en Nancagua, en
la casa de mi abuela. Tardes de cine.

CLAUDIA

Es sobre un cinéfilo como
tú. Un francés medio feo.

TEO

Y una cuica como tú.

CLAUDIA

La verdad es que me iden-
tifiqué a gritos con la
chica. Me pareció la chica
más guapa del mundo y yo
quería ser como ella. So-
bre todo quería tener su
pelo y vestirme como ella.
Y ahí estaba, totalmente
embobada... Embobadas,
porque mis hermanas estaban
totalmentes entregadas a

(continuará)

la pantalla cuando, de pronto, el techo del cine comenzó a abrirse. El techo era corredizo y desapareció por completo. Yo nunca había visto algo así. Nunca he vuelto a ingresar a un cine como ése. El calor del cine se disipó y entró la brisa húmeda, pero fresca, del Río de la Plata. Y todo estaba lleno de estrellas. Y Diane Lane con este niñito feo se escapa a Venecia.

TEO

Porque se aman y se tienen que besar bajo el Puente de los Suspiros.

CLAUDIA

Porque si te besas con tu enamorado bajo ese puente, a la puesta de sol, cuando comienzan a sonar las campanas de las iglesias, estarás con esa persona el resto de tu vida. Algo así, ¿no?

TEO

Algo así. Ultra-cursi-romántico pero real. Qué habrá pasado con ellos. Se habrán reencontrado ya de grandes. Me pregunto si el chico logró alguna vez dirigir una película. Sería alucinante que filmara esa misma historia. Pero a la francesa, tipo *nouvelle vague*.

CLAUDIA

Años más tarde fui a Venecia. Me arranqué de Milán, donde me habían enviado al

(continuará)

lanzamiento de la nueva
temporada. Me gasté una
fortuna para pasar por debajo del Puente de los Suspiros en una góndola. El
gondolero, claro, era gua-
písimo y casi le pregunto
si podía besarlo, pero me
pareció desubicado. Así
que me besé la mano. Y sus-
piré.

Teo toma la mano de Claudia.

(continuará)

Escena tres:

Restorán La Pérgola de la plaza Mulato Gil,
calle Lastarria, comuna de Santiago,
Santiago de Chile

Once de la noche

Un taxi avanza por la Costanera. Atrás, Claudia apoya su cabeza sobre el hombro de Teo. Ambos miran por la ventana. Teo le acaricia el pelo.

No hablan.

El taxi avanza hacia el barrio Lastarria, bordea el Parque Forestal.

El taxi llega a la plaza Mulato Gil de Castro, centro de la bohemia fina, artística, afrancesada.

En el restorán, iluminado por velas, los dos comen. Piden sopa de cebolla, dos ensaladas con queso de cabra y nueces, una tabla de quesos y dos botellas de vino.

Comen en silencio. Se miran mucho y conversan poco. Hasta que Claudia decide reanudar la charla:

                    CLAUDIA
          ¿A quiénes matan las hor-
          migas?

                      TEO
          ¿Cómo?

                    CLAUDIA
          Dímelo tú. Tú eres el que
          sabe de cine. ¿Entendiste
          la película? A mí me pare-
          ció tan rara.

                      TEO
          A los que nunca han amado.

CLAUDIA

Los que nunca han amado. Sí, eso lo entendí.

TEO

Entonces...

CLAUDIA

¿Pero cómo lo saben? Las hormigas, digo. ¿Cómo saben quién es quién?

TEO

Es una película. Saben. Ése no es el punto.

CLAUDIA

¿Cuál es?

TEO

Es una metáfora. Obviamente que nunca van a existir hormigas que maten a los que no aman. Lo que el director quiere decir es que no se puede vivir sin amor.

CLAUDIA

Hasta por ahí, no más. Conozco a mucha gente que se las arregla lo más bien.

TEO

Se las arreglan, pero no bien.

Pausa.

CLAUDIA

Eso que la gente no cambia. Eso que dicen en la película. ¿Será cierto?

TEO

Sí y no.

CLAUDIA

¿Cómo?

(continuará)

TEO

Si uno se lo propone...

(pausa)

Me gustaría creer que sí.
Puede ser.

CLAUDIA

¿Tú cambiaste?

TEO

Yo creo que sí. Antes era
de una manera, ahora soy de
otra. Así que sí, supongo.
Tampoco tanto. Da un poco
lo mismo por mi edad. Aún
está por verse. Mal que
mal, vengo saliendo de mi
etapa de cambios. Así que
no sé. Ya se verá si cam-
bié o, lo que es más importante, si logré lo que
quise. Si me resultó mi
plan. Porque ¿para qué cambiar cuando uno está más o
menos contento con como uno
es o está?

CLAUDIA

¿Qué plan?

TEO

Todos tenemos un plan. Aunque esté ultraescondido en
tu inconsciente. Cada uno
sabe lo que quiere. Cada uno
sabe todo lo que no le resultó, todo lo que le falta.

Larga pausa. El mozo les trae una copa de mousse de
chocolate y dos cucharas.

TEO (CONT´D)

Un tipo que conozco tomó
ácido. Lo engañaron. Le
hicieron una broma y lo
pasó re mal porque ni si-
quiera supo lo que le es-

(continuará)

taba pasando. Pensó que
estaba sufriendo un estado
sicótico. Creyó que se estaba volviendo loco.

CLAUDIA

¿Cómo?

TEO

Eso. Me lo contó hace
poco. Él trabaja todo el
verano, hasta Semana
Santa, en el hotel de mi
tío. Allá arriba en las
termas del Flaco. ¿Has
ido?

CLAUDIA

No. Dicen que el camino es
horrible.

TEO

Patético. Es para jeep o
4x4. Es tan malo que sólo
está abierto de noviembre a
abril. Las termas quedan
aisladas todo el invierno.
Igual en el hotel se quedan
algunos cuidadores. Onda
El resplandor. El hotel de
mi tío es quizá más grande
que el de la película,
pero nunca se terminó.

CLAUDIA

¿Cómo?

TEO

Nunca. Se construyó como
en los años treinta, por el
gobierno. Iba a ser un
gran, gran hotel para los
obreros. Para que se fue-
ran a curar y descansar.
Pero llegó el terremoto y
faltó dinero y no se pudo
terminar. Si lo hubieran

(continuará)

completado, hubiera sido
el hotel más grande de Sudamérica. Uno camina y camina por sus pasillos y no
llega a ninguna parte.

CLAUDIA
O sea, está listo, enton-
ces. Se puede alojar ahí.

TEO
No. Sólo la obra gruesa.
Llegas al final del camino
y, de pronto, en medio de
las cumbres de la cordi-
llera, ves esta inmensa
construcción. Pero está
vacío. Sin nada. Algún día
filmaré una película de
terror ahí. Va a ser sobre
los tipos que se quedan ahí
cuidando. Se terminan volviendo locos.

CLAUDIA
Pero eso es *El resplandor*.
No puedes hacer eso. Ya se
hizo.

TEO
Todo ya se hizo. Lo que hay
que hacer es darle tu to-
que. Tu mirada. Tu acento.
El resplandor en las termas del Flaco jamás va a
ser *El resplandor*. Va a ser
otra cosa.

CLAUDIA
Puede ser.

TEO
Sí; si no, estaríamos ca-
gados. No podríamos contar
nada. Además, en el mío,
algo le sucede al agua ter-
mal y cada vez que se ba-

(continuará)

ñan o la toman —porque el
agua está caliente ca-
liente todo el año, aunque
haya nieve— les dan ganas
de comer carne humana.
Igual está como basado en
lo que le pasó a Urquidi.

CLAUDIA
¿Urquidi?

TEO
El tipo que te decía. Es el
masajista. En verano, pasa
toda la temporada en el
hotel. Porque mi tío es
dueño del hotel vacío,
pero construyó su propio
hotel, que son cabañas más
bien, alrededor del hotel
abandonado. Es casi como
si el elefante blanco pro-
tegiera las cabañas de los
dinosaurios.

CLAUDIA
¿Qué dinosaurios?

TEO
O sea, es un decir de mi
tío. Obvio que no hay di-
nosaurios. Pero hubo. De-
trás del hotel está lleno
de fósiles petrificados.
Están ahí, en la piedra
viva, a la vista de todos.

CLAUDIA
¿Y qué pasa con este tipo
Urquidi?

TEO
Es un buen tipo. Callado.
Como traumado. Lo que se
entiende. Cuando estaba en
el colegio, parece que
algo le pasó. No sé qué.
Pero quedó ciego.

(continuará)

CLAUDIA
Quizá fue una enfermedad.

TEO
No, no. Hubo, al parecer,
una pelea. Urquidi era del
barrio alto. De Santiago.
Colegio privado y todo eso.
Y se agarró con el hijo
del dueño del colegio y el
tipo le reventó los ojos.

Claudia pierde la compostura y mira para el otro lado,
recordando. Teo no se da cuenta y sigue con su cuento.

TEO (CONT´D)
No es que quedó ciego, es
que no tiene ojos. Por eso
usa dos parches. Para que
a la gente no le dé asco.
Sus padres lo enviaron a
Suiza. Creo. No sé. A al-
guna parte y allá aprendió
a ser masajista. ¿Sabías
que los masajistas ciegos
son los mejores del mundo?
Además, la gente los pre-
fiere porque ellos no los
pueden ver. Urquidi, igual
es joven, yo creo que
tiene menos de treinta, y
todas las empleadas del
hotel dicen que si no hu-
biera quedado ciego, hu-
biera sido doctor o algo
así. Cuando el tipo no está
en las termas, trabaja para
una cosmetóloga que atiende
a viejas ricas. A veces, el
tipo las masajea tanto que
acaban. Les mete la mano
bien adentro y las viejas
aúllan. Todo eso saldría en
mi película. Un ciego que
se queda de cuidador junto a
un grupo de freaks: desde
un arriero zoófilo, que es

(continuará)

como lógico, todos lo son,
hasta una topletera que intenta hacerse pasar por una
mucama evangélica.

CLAUDIA
¿Y todo esto a qué viene?

TEO
No, por nada. Me acordé, no
más. Si te fijas, ese tipo
ahí con esa mina es ciego.
El perro está afuera. Eso
es todo. Me acordé.

CLAUDIA
¿No me dijiste que iba a
ser una película de amor?

TEO
Ése es el corto. En los
cortos uno puede experimen-
tar. Cuando te lanzas a hacer una película, tienes
que contar una historia.

CLAUDIA
¿Y eso te parece una his-
toria?

TEO
¿Y a ti no?

Claudia y Teo terminan el postre. Les llega la
cuenta. Claudia saca su tarjeta de crédito. Toman
Cointreau como bajativo.

CLAUDIA
¿Qué le pasó a Urquidi?

TEO
Nada. Llegaron los hijos
de unos viñateros de Santa
Cruz. Estaban aburridos.
Porque las termas es un si-
tio para ancianos. *Cocoon*

(continuará)

pero tercermundista. Porque todos los que van son de la región. O sea, no van los cuicos de Santiago. No. Las termas del Flaco son como la Cartagena andina. Pero la cosa es que llegaron estos hijitos de sus papás con sus padres, que estaban pensando en invertir. Llegaron en helicóptero. Estuvieron dos días. Y nada... engañaron a Urquidi y lo hicieron lamer una laminita y luego lo dejan solo en su salita y el pobre comenzó a alucinar.

CLAUDIA
¿Pero se salvó?

TEO
Sí. O sea, fue una mala pesadilla. Un mal viaje, no más. Dudo que use eso en mi película. Quizá parta con el día que le sacan los ojos. ¿Qué crees?

CLAUDIA
Se nota que no estuviste ahí.

TEO
Lo hubiera filmado todo. Uno cree que esas cosas pasan en las películas, pero también pasan en la realidad.

CLAUDIA
¿Puedes terminar tu cuento? Te vas y vas por las ramas. ¿Qué pasó cuando Urquidi comenzó a alucinar?

(continuará)

TEO

Fue horrible, porque empezó
a recordar todos los nombres
que conocía. Nada de casca-
das de agua o escenas de la
galaxia, sino nombres.

CLAUDIA

¿Nombres?

TEO

Sí, frente a él comenzaron
a desfilar, como si fuera
realidad virtual, listados
y listados de nombres de
gente. Como esas listas de
reclutamiento que pegan en
las paredes. Pero no pa-
raba. Lo peor es que se
quedó pegado en eso. No podía pensar en otra cosa
aunque quisiera. ¿Qué tal?

CLAUDIA

Pobre Cristóbal.

TEO

¿Lo conoces?

CLAUDIA

No.

TEO

¿Cómo sabes que se llama
así?

CLAUDIA

Tú lo dijiste.

TEO

¿Sí?

CLAUDIA

Sí.

TEO

Raro. Pero imagínate alu-

(continuará)

cinar así. Además, lo tre-
mendo del asunto es que uno
conoce más nombres que
gente. Uno conoce miles de
nombres.

CLAUDIA
¿Sí?

TEO
De más. Partamos por los
que uno conoce. Conoce
personalmente, digo. Tus
parientes. Ahí ya tienes
como veinte. Después, toda
la gente del colegio, in-
cluyendo los profesores.

CLAUDIA
Y la universidad. Y el
preuniversitario. ¿Fuiste
al preuniversitario?

TEO
No, pero estudié inglés en
San Fernando.

CLAUDIA
Y está tu contador.

TEO
No tengo. Boleteo.

CLAUDIA
Bueno, y tus vecinos.

TEO
Y los maridos de tus her-
manas. Y sus familias.

CLAUDIA
Gente con quien uno trabaja.
Los júniors. Tu dentista.

TEO
Claro. Y con los que uno
habla por teléfono. ¿Tú
hablas con mucha gente por
teléfono?

(continuará)

CLAUDIA
Todo el día.

TEO
Además, veamos, el go-
bierno. Alcaldes, minis-
tros. Yo no conozco muchos
pero, no sé, uno se sabe
los nombres de hartos mi-
litares.

CLAUDIA
Actores de teleseries. Y
todos los que salen en la
tele.

TEO
Cantantes. Son cientos.
¿Qué más? Periodistas,
animadores. Me sé todos
los que aparecen en el cable. Los que hablan en la
radio. Me sé mil nombres de
actores de cine. Y fotó-
grafos. Sven Nykvist, Mi-
roslav Ondricek, Vilmos
Zsigsmond, Andrzej Bartko-
wiak. Los mejores fotó-
grafos son centroeuropeos.

CLAUDIA
Top models, las tipas de
venta, mi abogado.

TEO
Guionistas, directores,
productores.

CLAUDIA
Tantos nombres que uno se
sabe.

TEO
Y tan poca gente que uno
conoce. De verdad, digo.

(continuará)

Ambos se miran a los ojos.
Teo intenta besarla.
Claudia se aleja.

CLAUDIA
Tienes novia, recuerda.

TEO
Sí, si sé. Tienes razón.
Perdona. Pero es que...

CLAUDIA
¿Pero qué?

TEO
Nada. Me siento... Me
siento cerca tuyo. Super-
cerca. Mejor nos vamos.

CLAUDIA
Mejor.

Los dos salen del restorán.
La noche está fría pero tranquila. Las calles, vacías.
Se van caminando. Ingresan por la calle Villavicencio.
Teo le toma la mano a Claudia. Ella se la suelta. Ca-
minan en silencio.

CLAUDIA
Creo que es mejor que me
tome un taxi.

TEO
En la Alameda pasan más.

Teo se le acerca, le toca el pelo, la besa en los labios. La besa profundo, con calma, con tiempo.
Ella se aleja de él, lo empuja con fuerza, se tapa la
boca con una mano.

TEO
Claudia.

CLAUDIA
¿Sí?

(continuará)

TEO

Lo que te dije antes no era verdad. Lo de la cicatriz es verdad, te juro. Y lo del dálmata.

CLAUDIA

No te capto.

TEO

Lo de *La noche de las narices frías* no fue cierto. Nunca pasó. Nunca me dio un ataque al ver todos esos perritos. Lo inventé. No sé para qué.

CLAUDIA

¿Para seducirme?

TEO

Sí.

Teo la mira fijo y después la besa de nuevo. En la mejilla. La acoge un rato. La hace sentirse protegida.

TEO

¿Segura que vas a estar bien?

CLAUDIA

Supongo.

TEO

Nos vemos el lunes, entonces.

CLAUDIA

El lunes, como nuevos.

TEO

Duerme. Nunca está de más.

CLAUDIA

¿De verdad no deseas ir a otra parte?

(continuará)

TEO

Sí. Pero no. De verdad. No sé. Mejor que no. Después me voy a sentir culpable.

CLAUDIA

Yo ya me siento.

Teo la vuelve a besar.

CLAUDIA

O es todo o no es nada. Uno puede ser infiel en la mente, y esta noche, Teo, has sido infiel. ¿Importa serlo un poco más?

TEO

Sí. Ya me siento mal. No me hagas sentir peor.

Caminan en silencio. Llegan a la Alameda. Teo detiene un taxi.

TEO

Se me acaba de ocurrir algo.

CLAUDIA

Pero que no me duela.

TEO

Sé cómo te podría fotografiar.

CLAUDIA

¿Cómo?

TEO

Tal y como estás ahora. Así es como te quiero recordar.

Pausa.

CLAUDIA

Teo.

(continuará)

                    TEO
¿Qué?

                  CLAUDIA
Esto nunca ocurrió.

                    TEO
Nunca.

                  CLAUDIA
Buenas noches.

                    TEO
Buenas noches. Nos vemos
el lunes.

SEGUNDO:
Otoño de 1993

No nos vimos más.

Esto fue lo que pasó:

Ella no fue a la revista ese lunes y como yo no iba todos los días, sino cuando la Agnes me necesitaba, se produjo una suerte de ventana de tiempo por donde se escapó nuestra posibilidad de continuar lo que habíamos empezado.

Ese martes, además, Cristina llegó de su viaje.

Agnes no me contactó en toda la semana. Una asistente de Claudia me llamó y me dijo que «la señorita Marconi» tuvo que partir «de urgencia» a Buenos Aires por un asunto de una producción. Por desgracia, agregó, la idea de «hacer algo» con el filme se anulaba por «la poca convocatoria que tuvo la película».

En efecto, *Las hormigas asesinas* se convirtió en el fracaso que todos anhelaban y la cinta fue expulsada de la cartelera sin misericordia.

«Para otra vez será», me dijo la asistente.

Cuatro días más tarde, no sé bien por qué, Agnes *Be* me despidió. Me dijo que iba a prescindir de mis servicios. Necesitaba alguien full time, comprometido, que se interesara de verdad por la fotografía y que no fuera tan cinéfilo ni joven. No obtuve indemnización alguna porque no estaba contratado. Agnes me dio las gracias y me besó en la frente y me regaló una vieja Leica que aún tengo.

No volví más a la revista. Tampoco volví a leerla. Un par de años después, sin que me diera cuenta, la revista dejó de circular.

***

Esa misma semana, en el taller de dialogo y guión, Justo Naveillán, nuestro profesor, que era un crítico de cine algo obeso y, sin duda, obseso, nos hizo escribir un guión basado en diálogos. Teníamos 48 horas para finalizarlo. El mejor sería filmado por todo el curso. A cada uno de los alumnos nos interrogó antes, para saber qué ideas teníamos, qué temas nos rondaban. La meta de Naveillán era atajar a tiempo las premisas que no le interesaban. Naveillán encontraba *todo* malo y nunca, en toda su carrera, fue capaz de otorgarle a un filme cinco estrellas. El mito que circulaba en la escuela es que, en verdad, el tipo odiaba el cine y, sobre todo, detestaba tener que escribir sobre las películas.

Según Naveillán, el cine local no necesitaba remedos del cine extranjero. Insistía en que existen ciertos géneros en los que, hiciéramos lo que hiciéramos, estábamos destinados al fracaso. «Ni siquiera intenten con el western, el musical o el policial-negro; simplemente no se dan en nuestras latitudes», argumentaba con la cara roja y el cabello impregnado de sudor.

Benjamín Sartori, un compañero que siempre parecía estar a punto de enfermarse del estómago, fue masacrado al sugerir que deseaba contar el lazo que se producía entre una dominatrix sadomasoquista y un travesti.

«¿*Qué* sabes de ese mundo? ¿Con *cuál* de los *dos* te vas a identificar? ¿*Cuál* de ellos se hará *cargo* de tu voz y de tu mirada? O escribes de lo que sabes y eres, o cambias cómo eres y luego escribes al respecto. Tus fantasías sexuales me merecen todo el respeto, aunque son algo burdas y obvias. Chicos: ya superamos la década de los ochenta. Traten de estar a la altura de los tiempos».

Uno de los tipos más «sonoros» del curso era Gregorio de la Calle, y a él se le ocurrió una historia sobre un médico forense que habla con los muertos, para así ahorrarse la autopsia. Al conversar con ellos, los muertos asisten a la primera terapia de su vida. Terminan libres, «listos para ir al cielo sin sus pesadas mochilas emocionales».

Justo Naveillán se sacó sus gruesos anteojos, caminó un par de pasos hacia donde estaba y le dijo:

«*Jamás* pagaría por ver un corto como ése. No lo vería ni gratis en un festival de pacotilla. Hay ideas, muchacho, que nacen mal y que ni la mejor puesta en escena ni el mejor director pueden rescatar *bazofias* semejantes. El que debería ir a terapia eres *tú*. Hay *dos* cosas que no tolero, señor De la Calle: un intelectual sin intelecto y un frívolo que busca *legitimarse* a través del arte. No quiero cortos de escuela en mi curso. Escribe sobre ti, muchacho, aunque termine siendo una cosa intrascendente».

Cuando Naveillán me miró, de puro aterrado, le dije que mi corto era sobre un hombre y una mujer.

«No es una mala premisa. Me interesa. ¿Qué hace el tipo?».

«Es estudiante de cine», le inventé.

«¿Y *ella*?».

«Ella... ella es profesora de religión en un convento para niños sordos. Y es mayor. Tiene como diez años más».

«¿Ambos son amantes?».

«No. Es la primera vez que se encuentran. Pero él tiene novia y la ama y quiere ser fiel, pero algo sucede».

«¿Qué?».

«Ella le habla como nunca nadie le ha hablado. Su novia no le habla, le responde. Le contesta. Pero ella es distinta. Es rara. Y es capaz de que él hable de cosas de las que nunca hablaría».

«¿Sexo, traumas, qué?».

«No, lo hace hablar de arte, de fotografía, de luz. De amor... Como que lo suelta».

«Vale. Escríbelo. Pero *cambia* la profesión de ella. Que no sea monja».

«No es monja».

«Que sea otra cosa».

«¿Productora de modas?»

«¿Por qué no? Seguro que alguien se dedica a eso».

***

Un largo cuento en versión corto: escribí el guión de una sentada. Nunca había escrito porque nunca me había sentido con imaginación, pero esa noche, frente a mi computador usado, mis dedos no pararon de teclear. No necesitaba inventar para crear. Sólo recordar y condimentar. Antes, cuando había intentado armar la historia de, no sé, un asesino a sueldo, lograba, con mucho esfuerzo y alcohol, establecer ciertas anécdotas, situaciones, giros de tuerca. Pero no era capaz de que mis personajes hablaran. Aquí hablaban solos. No paraban. No había manera de hacerlos callar.

Le di otro final, eso sí, porque lo nuestro no tenía final o quedó inconcluso. Los hice llegar a un motel. A un hotelito que está en la calle de la SECH y la Casa de Cena, cerca del Parque Bustamante. Los hice hacer al amor y la escena me quedó tan intensa y caliente y creativa, que el teclado se me llenó de semen y tuve que limpiarlo con unos cotonitos. Después que tiran, Jonás y Cecilia siguen conversando hasta que miran el reloj y captan que pronto va a ser la hora azul. Salen a la calle, cruzan el río, caminan hasta el funicular, pero está cerrado. Se despiden. Cada uno debe ir donde su pareja. Porque eso fue mi otro aporte. Que cada uno tenía a alguien que no deseaban dañar. Los otros dos estaban de viaje. Cecilia y Jonás deciden verse una vez por año. Se comprometen con eso. Pasarán una noche juntos hasta que sean viejos. O hasta que el primero de ellos se muera. Fin.

***

El curso optó por mi corto. Yo quería colocarle *La hora mágica* pero terminó ganando *Matiné, Vermouth y Noche*. Esto sucedió a comienzos de 1993. Me acuerdo que Alex me dijo que quizá la Cristina se podría molestar cuando viera el corto, pero lo cierto es que nunca tuve ese problema.

La Cristina me informó, tres semanas después de mi sábado con Claudia, que ya no íbamos a continuar juntos. Tenía a alguien. Un estudiante de música en Nueva York. Chileno. Le pregunté si había estado con él allá. Ella me dijo que eso no se preguntaba.

«Y pensar que una noche yo te fui fiel».

Ella me respondió que siempre me iba a querer. Yo le dije que se fuera a la mierda. Con los años, Cristina terminó, por esas vueltas que tiene el destino, viviendo en Australia, sin el músico, pero con un empresario libanés. Una vez su hermana, con la que me topé en un supermercado, me contó que los dos hijos de la Cristina eran campeones de ortografía.

***

Se hizo un gran casting para buscarme. Para encontrar a Jonás. Llegaron un montón de seres a la vieja casona de Macul. Optamos por un actor joven que, de entre todos los que casteamos, fue el único que dijo que su actor favorito era Michael J. Fox y que la razón por la que deseaba ser actor era para ser rico, famoso y querido, puesto que nunca lo quisieron. El tipo, que nunca se hizo famoso ni menos rico, se llamaba Mateo Ruiz-Tagle y era un *cuico*, lo que me pareció mal pues yo quería que mi álter ego fuera un sujeto más como yo. Insistí en que debía ser un provinciano. Pero Lázaro Santander (antes de toda su fama nacional e internacional) era el codirector (junto a Álex Frigerio) y ambos sostuvieron que era mejor que fuera un tipo guapo más allá del hecho de que yo claramente no lo era. Yo después le comenté que en realidad daba lo mismo, pues Jonás no tenía nada que ver conmigo. Todos se rieron en mi cara. Gregorio de la Calle, que estaba a cargo de la producción y el casting, pensaba que Ruiz-Tagle iba a ser una estrella y que, en el futuro, quizá podríamos rescatar el corto y venderlo a la tele.

Mateo Ruiz-Tagle nunca se hizo célebre porque se mató. No alcanzó a filmar otro corto. Hizo un par de obras que nadie vio. Ni siquiera nosotros, y eso que nos invitó. Mateo se mató esquiando. Estrelló su snowboard contra una roca. Mateo Ruiz-Tagle fue nuestro James Dean. Nadie del mundo teatral lo recuerda pero yo, a veces, me acuerdo de Mateo y, de paso, me acuerdo de mí.

***

Para el rol de Claudia, o sea de Cecilia, se la jugaron por una actriz conocida y, con la ayuda de Carlos Flores, que movió sus hilos en el mundo de la farándula cultural, pudimos contar con Patricia Rivadeneira. Sí, la misma. La famosa musa del *underground,* la que se paseó desnuda con la bandera chilena, la que alguna vez participó en un colectivo de minas locas y alternativas llamadas Las Cleopatras. Patricia Rivadeneira era la hija descarriada de un señor de derecha del barrio alto que para ganarse la vida hacía telenovelas. Las del 7, de TVN, que son —o eran— las más célebres, las que calaban más duro en el inconsciente colectivo. Esto fue mucho antes de que la nombraran agregada cultural en Roma, antes de que pasara de moda; digamos, antes de que dejara de ser *la* Patricia Rivadeneira, la actriz más polémica y temida de la escena nacional y se transformara en una señora del barrio alto.

Patricia Rivadeneira también hacía teatro «normal», y cuando supimos que quizás ella podía ser Claudia, digo Cecilia, la fuimos a ver a un teatro de Bellavista donde actuaba en una obra de Benjamín Galemiri. Lo extraño de todo es que no sólo nos pareció que era mucho mejor actriz de lo que pensábamos, sino que también era más bonita, menos loca y menos amenazante de lo que decían. Además, no era nada tonta. La obra nos gustó mucho y terminamos aplaudiendo de pie, aunque el resto del público se quedó en sus butacas.

Después de la función nos fuimos al Galindo. Al rato llegó ella. Patricia Rivadeneira pidió un sándwich de lengua y, mientras comía, nos sedujo a todos. Era la única mujer entre

cuatro hombres, y sin duda aprovechó su rol al máximo. Todos
creían que habían coqueteado con ella. Quizás eso quiso que pen-
saran. Pero, al final, yo creo que salí aventajado cuando preguntó
quién había escrito el texto. No dijo guión sino *texto*. Le dije que
yo y ella sonrió. Luego quiso saber quién sería el fotógrafo.

«La luz», dijo, «es clave; por eso nunca me luzco en
televisión».

Le expliqué que yo la iba a iluminar.

«Ah», me dijo, «o sea, tú y yo vamos a estar muy cerca».

Digamos que lo estuvimos. Nada más. No puedo
contar más, o entrar en detalles, porque Patricia Rivadeneira
es —o era— Patricia Rivadeneira. Creo que me enamoré de
ella. Al menos por esa semana. *Todo* duró una semana. El
rodaje, más los ensayos. Porque ensayamos. A Mateo Ruiz-
Tagle creo que también le pasó lo mismo. Llámenlo transfe-
rencia. La escena de sexo entre ellos fue fuerte. Fuerte por lo
que nos tocó ver (creo que *sí* lo hicieron) y porque yo, la
noche antes, me había acostado con ella en su departamento
del barrio Lastarria.

«Jonás, dime Cecilia. Dime Cecilia», me dijo la primera noche.

La filmación fue demencial: una mezcla de adrenalina,
histeria, celos, paranoia, calentura, admiración e ira. Lo único
decepcionante del rodaje fue que duró demasiado poco.

Fui dos veces al cine con Patricia Rivadeneira (*Perros
de la calle*, cinta que ella encontró «bonita», y *Los imperdonables*, la que también encontró «bonita»). Cenamos dos veces
(en un restorán vietnamita y en otro árabe). Y tuve lo que, sin
duda, ha sido la mejor conversación telefónica de mi vida: seis
horas y media sin parar.

El último día del rodaje se despidió de mí.

«Al principio odié el personaje, pero después lo
quise», me susurró al oído.

«¿A Cecilia?».

«A Jonás. Los perdedores siempre despiertan en mí un
no sé qué».

En mi casa tengo una gran foto. Una foto tamaño afiche. Es de un fotograma. El mejor de los fotogramas. Están los dos, en el café, iluminados con una vela. Claudia/Cecilia/Patricia se ve insuperable. Creo que nunca se ha visto mejor. Mi ex mujer siempre miraba la foto pero nunca me preguntó nada. Mi ex nunca vio mi corto. Tampoco nunca le conté. Nunca volví a iluminar. Al final, no me transformé en un director de fotografía, sino en productor de campo. Mi ex me conoció como productor de campo y no creo que se imagine que alguna vez quise ser otra cosa. No me quejo. Soy un *gran* productor de campo, lo sé, pero no era exactamente lo que había planeado.

¿Acaso a alguien le resulta su plan?

Quizá por eso me dejó. O se enamoró de otro. Decía que yo no le hablaba. Que yo no tenía vuelo ni imaginación. Que no luchaba contra mi destino.

Cada tanto veo *Matiné, Vermouth y Noche.* La veo tarde, por la noche, después de que vuelvo de algún sitio que no me divirtió tanto como esperaba. Inserto el video y lo miro. Cuando veo a Jonás no puedo dejar de acordarme de cómo era. De cómo era yo cuando estuve a punto de convertirme en el tipo que quería ser.

TERCERO:

Verano de 2007

Hoy es domingo y es verano. Santiago está vacío. Me gustan estos días así. Mis niños están veraneando en el Norte con mi mujer y su nuevo marido.

Hoy fue un domingo impar. Por lo que igual no me tocaba salir con ellos. Los domingos en que estoy con ellos no me parecen domingos; los domingos en que estoy solo, en cambio, la mala reputación que acarrea el día se cristaliza y me traga.

Para paliar esa sensación de abandono acostumbro ir al cine los domingos temprano. En el Hoyts de La Reina hay funciones desde las diez de la mañana; muchas de las películas terminan proyectándose en una sala vacía. He visto notables filmes solo, como si fuera un magnate que tiene su propia sala de proyección. A veces pienso que la razón por la que encuentro buenos todos los filmes que veo los domingos es porque los he visto a solas.

Mi rutina dominical cuando no estoy con los niños es simple: me levanto temprano, me coloco un buzo, parto al cine, me compro los tres diarios principales, un café y dos Dunkin Donuts e ingreso a ver mi primera película. Luego, a la salida, me quedo en el café que está en el primer piso, o bien me instalo en el Tip y Tap y leo los diarios con calma. A veces, si hay algo que me interesa, ingreso a otra película, a la función de las 12.30 o 13.00 horas. Después regreso a mi casa a domir siesta. Si el día está lluvioso, la sensación de placer aumenta aún más.

La película que vi esta mañana se llama *La mitad del mundo* y es un filme independiente americano. Es la historia de un tipo de Nueva York que, al minuto dos, pierde a su novia, quien salta desde un edificio durante una fiesta.

PARTE UNO:

El tipo parte a Ecuador. A sanarse y escapar. En Quito trabaja como profesor de inglés. Viaja por el país, conoce algunos gringos expatriados y se regresa. Sus nuevos amigos lo despiden en el aeropuerto.

PARTE DOS:

Una chica australiana consigue trabajo en la Embajada de su país en Quito. Viene saliendo de una mala relación. Parte a Ecuador. Allá conoce amigos y vive. Viaja. Su ex amor, un chef, se contacta con ella y le dice que está en Miami, trabajando en un hotel de lujo. Le envía un pasaje. Ella acepta.

PARTE TRES:

En un vuelo Quito-Miami, en que viajan tanto el tipo neoyorquino como la australiana, algo le sucede al motor y se ven obligados a descender en la isla caribeña de Martinica. Están ahí unas ocho horas. Tipo conoce tipa. Conversan. Caminan por la playa. Cenan. Bailan. Desean besarse. Ella le dice que va a encontrarse con su amor. El avión se arregla, abordan. No pueden sentarse juntos. Lo intentan pero una señora antipática se niega cambiar de asiento. El avión llega a Miami, se despiden en el aeropuerto antes que ella se reencuentre con su chef. Chica pasa la noche con su amor pero algo no funciona. A la mañana, la chica va de compras. Aprovecha para revelar sus fotos. Tiene muchos rollos no revelados. Por algún motivo no los reveló en Quito. Dos horas más tarde regresa a su hotel, un hotel todo blanco, y se recuesta en la cama y mira las fotos. Capta que Mark, el tipo del avión, aparece en varias fotos tomadas en Ecuador. Mark aparece en unas fotos en el barrio histórico de Las Peñas en Guayaquil y se lo ve atrás de Nicole en Galápagos y en una foto en que él está posando frente al monumento de la mitad del mundo, justo donde pasa la línea del ecuador, en las afueras de Quito. Paralelamente, Mark revela sus fotos en un cuarto oscuro. Al ir revelando, se va dando cuenta de que en varias fotos aparece Nicole. La que más le llama la atención es una en que ella aparece junto a él frente al monumento de la mitad del mundo.

EPÍLOGO:

Pasan los años. Ocho años. Mark llega con su mujer a Venecia. Deciden tomarse una foto turística en la Plaza de San Marcos. La mujer de Mark le pide a otra mujer, de abrigo, que si fuera tan amable de tomarles una foto. La mujer se da vuelta. Es la australiana. Es Nicole. La de las fotos. La del avión. Se miran, sorprendidos. Ella toma la foto. La foto se congela.

FIN.

Me gusta quedarme a ver los créditos. Casi siempre me quedo hasta el final. Me atrae saber dónde se filmó, de quién era tal tema, a quiénes agradecen. En eso estaba cuando las luces se encendieron lo suficiente como para ver las butacas y salir de la sala de una manera ordenada, sin tropezarse.

Me di cuenta que había una sola persona más en la sala. Tres filas más allá, en diagonal, llorando, estaba Claudia. No había nadie a su lado.

Traté de calcular cuántos años habían pasado desde que fuimos ese sábado a la función de la vermouth. Mucho tiempo y, sin embargo, a veces me parece que fue hace poco. A veces pienso que nunca ocurrió.

Antes de que las luces se encendieran del todo, me levanté y me fui. Pienso que eso es lo que ella hubiera querido. A lo mejor estoy errado. ¿Lo estoy? Quizá debí quedarme. Quizá debí haberme quedado esa primera vez. Pero a veces es mejor quedarse con un recuerdo. Un recuerdo puede ser más potente que una foto, que una carta. De qué nos iba a servir conversar tres palabras ahí, en el cine. Quizás ella se hubiera incomodado. Me acordé que ella una vez me dijo que jamás sería capaz de ir al cine sola. ¿Por qué lo estaba entonces? ¿Por qué lloraba? No lo sé. Una cosa es cierta: nunca he vuelto a ir al cine con una mujer como Claudia. Nunca.

«... y, de pronto, todo lo vio en forma clara...».

ANTÓN CHEJOV